中西モトオ

# 鬼人幻燈抄《きじんげんとうしょう》

## 平成編《へいせいへん》　終の巫女《ついのみこ》

双葉社

# 鬼《き》人《じん》幻《げん》燈《とう》抄《しょう》

# 登場人物紹介

**葛野甚夜**《かどのじんや》
江戸時代、天保の頃から生きる鬼。平成の世に現れるとされた鬼神と対峙するべく、兵庫県葛野《かどの》市へやって来た。

**姫川美夜香**《ひめかわみやか》
葛野市にある甚太《じんた》神社の娘。いつきひめと夜の名を継ぐ者。

**梓屋薫**《あずさやかおる》
みやかの友人。明治時代に迷いこんだことがあり、その時は甚夜に朝顔《あさがお》と呼ばれていた。

**吉岡麻衣**《よしおかまい》
甚夜のクラスメイトの一人。体が弱くて読書が趣味の少女。

**富島柳**《とみしまやなぎ》
甚夜のクラスメイトの一人。中学生の頃から、吉岡のことを何かと気にかけている。都市伝説のひきこさんに変貌したが、甚夜と吉岡の助けによって自我を取り戻した。

**藤堂夏樹**《とうどうなつき》
渋谷の映画館『暦座《こよみざ》キネマ館』を営む藤堂芳彦《よしひこ》・希美子《きみこ》老夫妻のひ孫。父親の仕事の都合で、葛野市に引っ越してきた。甚夜とは、赤ん坊の頃からの付き合い。

**根来音久美子**《ねくねくみこ》
夏樹の幼馴染。小学生のころに意識消失を起こした夏樹を助けてくれたのが縁で仲良くなったが、その正体は……。

**桃恵萌**《ももえもえ》
甚夜のクラスメイトの一人。派手な格好をしていて、クラスの中でも中心グループの一員。なぜか、みやかと甚夜のことを気にしている。

**姫川夜宵《ひめかわやよい》**
みやかの母親。幼い頃に、刀に封印されていた甚夜と出会ったことがある。

**姫川啓人《ひめかわけいと》**
みやかの父親。旧姓は高森《たかもり》。やよいとは子供の頃からの付き合い。

**岡田貴一《おかだきいち》**
江戸時代から、剣を極めることに専心し続けてきた鬼。平成の世では、コンビニの店長をしている。

**溜那《りゅうな》**
大正時代に、南雲叡善《なぐもえいぜん》によって監禁状態で育てられてきた少女。甚夜によって助け出されたが、吉隠との戦いの中で鬼へと変貌した。

**井槌《いづち》**
叡善に仕えていた鬼の一人。その後、甚夜たちの仲間となり、戦前から戦後にかけて暦座を従業員として支える。

**吉隠《よなばり》**
叡善に仕えていた鬼の一人。両性具有。元はいつきひめ楓《かえで》の力だった〈織女《はたおりめ》〉の能力を宿している。

**向日葵《ひまわり》**
マガツメの心の断片から生まれた鬼女。甚夜のことを「おじさま」と呼んで慕っている。

**鈴音《すずね》**
甚夜の実の妹。正体は鬼で、甚夜の最愛の人・白雪《しらゆき》の命を奪った。この世の破滅を願ってマガツメを名乗り、甚夜に立ち塞がる。

鬼人幻燈抄　平成編

# 目次


My Dear? My Darlin'!　7

過ぎ去りし日々に咲く花の　95

In Summer Days　125

終《つい》の巫女　217

装幀　bookwall（築地亜希乃）
装画　Tamaki

# My Dear? My Darlin'!

## 1

　明るい茶色に染めた髪をリボンでワンサイドアップにまとめ、メイクはケバくならない程度に整えている。服装もかなり派手で、スカートの長さは当然のように調整済みだしブラウスの着こなしは緩め。手にした携帯はいわゆるデコ電で、犬や猫などの動物系ストラップが多くて見るからに重そうだ。桃《もも》恵《え》萌《もえ》は非常にギャルっぽい、いかにもといった女子高生だった。

　言動が軽めなのに加えて遊んでいそうな容姿から、彼女に言い寄ってくる手合いは結構な数に上る。だが、そういったチャラついた男についていったことは一度もない。そもそも萌は制服の着こなしが派手なだけで、決して素行が悪いというわけではなかった。授業をサボって街に繰り出すくらいはしても、他人をこき下ろす娯楽は趣味じゃないと公言していて、いじめだのカツアゲだのは一切やらない。当然ながら、援助交際なんてもっての外だ。

　しかし世間では色眼鏡を大安売りしているらしく、一部の生徒が「桃恵萌は援助交際をしている」と根も葉もない噂を流しているのが現状だった。

「だからさぁ、あたしはこれでもいいとこの家の娘なんだっての。そういうのは一切しないし、基本はマジメなの」

住宅街にある花屋の店先で、萌は店長相手に愚痴を聞いてもらっていた。

『三浦花店《みうらはなてん》』は若い女店長一人で切り盛りする小さな花屋で、戻川《もどりかわ》高校から程ない距離にあるので萌も結構な頻度で通っている。店長は若々しくて十代にしか見えないが、実年齢は四十をとうに超えているらしい。以前、スキンケアの方法を教えてもらおうと詰め寄ったが、本人曰《いわ》く「特に何もしていない」とのことである。

「ええ、知っていますよ。なにより萌ちゃんは、いい子ですからねぇ」

「でっしょ⁉」

萌は「ももえもえ」という自分の名前の響きがあまり好きではなく、友人には「アキ」というあだ名で呼んでもらっている。ただ、店長には本名を知られているため呼び方は訂正していない。

「ですが、かわいい子には色々噂が付きまとうものですから」

「ありがと。もうマジ店長いい人」

「ふふ、ありがとうございます」

「それに比べて、うちの男子どもときたらさぁ」

見た目で色々と言われるのは慣れている。軽く見られるのは言動からすれば仕方ないし、実際に授業をサボって遊びに行くこともある。だから可愛いが軽そうという評価までは許すが、援助交際をしているという噂はどういうことか。萌の目下《もっか》の悩みの種は、そういう「ウリをやっている安い女」に見られている点だった。

「高校決めたのだって、お目当ての男子が行くって聞いたからなのに。めっちゃまじめに勉強して合格したんだっつーの。裏で何かやったってどういうことだ、こんちくしょうが」

「あらあら。女の子がこんちくしょうなんて言ったらいけませんよ」

「でもさぁ、ひどくない？　こちとら純情一途な乙女だってのにさ」

一途、というのは間違いではない。なにせ萌が戻川高校への入学を決めたのは、目当ての男子がそこへ行くという話を聞いたからである。

まともに喋《しゃべ》ったことはなく、彼も彼女を知らない。それでもお近づきになろうと、伝えたい想いがあると、同じ学校に行こうと決めたのだ。入学した後は彼の様子を遠くから眺めたり周囲に人となりを聞いたりするだけで、明確な行動に移せてはいないが。

「はあ、すっきりした。ごめんね、店長。毎度愚痴に付き合ってもらっちゃってさ」

「いえいえ、お得意様には報いるものがないと」

「あはは、この商売上手。それじゃ、ソケイに白バラ、トルコキキョウ。次の日曜に取りに来んね」

「はい、毎度ありがとうございます」

萌は母の教えで、幼い頃から生け花を嗜《たしな》んでいる。花は当然自分で選ぶし、着物の着付けもお茶の子さいさい。ついでに言えば料理も得意で、和食ならそこそこ自信がある。店長と仲良くなったのも、生け花の花材をたいてい三浦花店で買うからだ。最近は溜まった愚痴を聞いてもらったりもしていて、以前より会話する機会が多かった。

「そんじゃ、またねー」

「はい、それでは。あと、萌ちゃん。遠くから見つめるのも恋の至上でしょうけど、いつかはちゃんと声をかけられるといいですね」

「恋じゃねえ。っていうか、今までは本当にその人か自信がなかったからだし？　だから、まあ。そこは、うん。頑張る」

ちょっとだけ強がりは入ったが、間違ったことは言っていない。彼の名前は、彼女の記憶に刻まれた大切な名前と同じだった。けれど同一人物かは確信が持てなかったため、ずっと声をかけずにいたのだ。

しかし今は、彼が記憶にある男性なのだと確信している。

「もうちょっと頑張る」

よっしゃ、と気合を入れて足取り軽く駅前へと向かう。

幸い今日は日曜日。決戦に向けて新しい服と新色のリップ。あと化粧水と美容液、乳液もちょっといいやつを取り揃えておこう。

◆

２００９年７月。

七月に入ってぐっと暑くなり、緑の色も匂いも濃くなった。昼休みの校舎裏も、日陰になっているとはいえかなりの熱気だ。ほんの少し風が吹いて、生い茂った木々の葉がざわめく。涼やかな風と耳をくすぐるような音が心地よい。

ただ、今はそんな気分に浸っているような状況ではない。目の前の男子生徒も、余裕などないらしい。なけなしの勇気を振り絞って、彼は想いを打ち明けた。

「一目見て好きになりました。付き合ってください!」

これも学生特有のイベントなのだろうか。姫川《ひめかわ》みやかは中学の頃にはあまり縁のなかった状況に思わず目を丸くした。昼休みに呼び出され、隣のクラスの男子生徒から「お付き合い」というやつを申し込まれたのだ。

「えっ、と。私、貴方《あなた》のこと知らないんだけど。どこかで会った?」

「会ったことは。俺、サッカー部で、姫川さんのことを見て。それで、返事お願いできますか!」

一目惚れと言われても、生まれつき髪が茶色がかっている以外は別に目立つ容姿でもない。無愛想に見られることが多いせいで交友関係も狭く、男子の友人など数えるほどしかいない。これが生まれて初めてされた告白だし、理由が理由だけにからかわれているとしか思えなかった。

「ごめんなさい。今はあまりそういうの、考えてなくて」

そもそも今は、恋愛にも目の前の男子にも大して興味はなかった。顔色一つ変えず男子の告白を退けて、その場を離れる。相手はうまく反応できずに立ち尽くしていた。

「あっ、みやかちゃん。お帰り!」

教室に戻ると、薫《かおる》が好奇心に満ち満ちた笑顔を向けてきた。

「で、どうだったの、告白っ」

みやかは席に着くと、母お手製のお弁当を箸《はし》で突つきつつ普段通りの平坦な調子で答える。

「断った」

「端的すぎるし、早いよ」

「そう言われても、話したこともない人だし」

「そうなの？」

「うん、今日が初めて。一目惚れって言われてもね」

とりあえず事の顛末《てんまつ》を話しておく。話したことはないし、告白理由は一目惚れ。みやかにとっては一番ない相手だった。

「なんか、ちょっと怒ってる？　その人、そんなに嫌な人だった？」

「別に嫌な人ではなかったけど。時期的に、夏休み用の恋人ってのが透けて見えてて。それに、一目惚れってあんまり信用してないから」

「少女漫画とかだと定番なのに」

「一目で好きになったんなら、中身はどうでもいいってことじゃない。だいたいその相手が私って時点で趣味が悪いと思う」

せめて何度か話をして、「一緒にいて落ち着く」みたいな理由ならばもう少し考えるのだが。

「みやかちゃん、きれいだと思うけどなぁ」

「そう思うのは、薫が優しいからだと思うけど」

「そんなことないよ」

薫が朗らかに笑っている。みやかからすると、可愛らしい彼女こそ一目惚れの対象だと思う。

「一目惚れが嫌なら、やっぱり付き合うのは仲のいい男の子の方がいい？」

「まあ、よく知らない相手よりは」

「じゃあ……葛野《かどの》君？」

「……それは別の意味でない」

声が低くなってしまった。ゆっくりと呑み込み、お茶を飲んで一呼吸。いきなり思ってもみなかったことを言い出した薫を半目で見る。

「だいたい、なんでそこで彼が出てくるの？」

「えっ？　だって、クラスで一番仲いい男の子って葛野くんだよね？」

みやかは件《くだん》の葛野甚夜《じんや》について、思い付く限りを脳裏に浮かべる。

彼はクラスメイトだが、夜な夜な都市伝説と戦っている。親しくなったのも、オカルトな事件に巻き込まれたところを助けてもらったからだ。百歳を超えた鬼を自称しているが、磯辺餅が好きで機械に弱く、人間を見下したところはない。説教臭いところはあるが、なにかと気を遣ってくれる。理解しがたい部分は多いものの頼れる男子ではあると思う。

「だとしても、ありえないよ」

確かに仲はいいが、恋愛に繋がるとは思えない。彼からは保護者目線で見られているような気がするし、そもそも今の自分では誰が相手でも恋愛なんて正直想像もつかなかった。

「そうなの？　でも、みやかちゃんがあんなに男の子と仲良くなるのって初めてじゃないかな」

「それを言ったら薫もでしょう。そもそも彼、薫にだけ特別優しくない？」

「そうかなぁ？　普通だと思うけど」

傍目《はため》には、初孫を可愛がる祖父のように甘く見える。ただし、そこにも年頃の男子特有の感情はほとんど感じられなかった。

「ともかく、別にその手の好意があるわけじゃないから」

「でも、葛野君の方はみやかちゃんのこと好きだよね」

「……どこが？」

「だって、前に言ってたよ。私が天女《てんにょ》なら、みやかちゃんは春の花だって」

それは、好きとは違う感情だ。甚夜にとってのみやかは、現代で出会えたかつての名残《なごり》のようなものだろう。巡る季節の中で咲いた美しい春の花という表現も、いつきひめの在り方を褒め称えただけで、みやか一個人に対しての評価ではない。

「どうしたの？　顔を顰《しか》めて」

「なんでもない」

「そう？　調子悪かったら言ってね」

「うん、ありがと」

調子は悪くない。ただ、ふと考えてしまった。もしも彼が本当に長命の鬼ならば、この学校生活も長すぎる生涯のほんの一瞬でしかない。きっと彼にとっての「共に過ごした高校三年間」は、みやか達ほど価値のある時間にはならないのだろう。

奇妙な憂いを深呼吸で追い出して、みやかは昼食を再開する。

「そういえば、葛野君遅いね」

薫がきょろきょろと教室を見回すが、甚夜の姿はない。いつもなら昼食を一緒に食べるのだが今日は用事があるらしく、昼休みが始まると同時に教室を出ていってしまった。それから三十分以上は経っているのに、まだ帰ってきていない。あまり遅くなると食事の時間もなくなるし、また厄介な事件に巻き込まれたのかもと心配になってくる。

薫もみやかと似たような気持ちだったのか、甚夜と親しい藤堂夏樹《とうどうなつき》に声をかけた。

「あっ、藤堂君。葛野君どこ行ったか知らない？」

根来音久美子《ねくねくみこ》との会話を中断した彼が、事もなげに言う。

「じいちゃんなら二年の女子の先輩と昼飯食いに行ってるぞ。あれだ、お仕事がらみで助けた相手だし、手作り弁当だから断れなかったってさ」

返答が意外すぎたせいか、薫はあんぐりと大口を開けていた。

「気になるなら、帰ってきたら聞けばいいと思うよ？」

甚夜の行方が分かった後は、特に彼のことを話題にすることもなかったが、昼食を終えたところで薫に指摘されてしまった。

確かに、もやもやとしたものはあった。入学当初はみやか、薫、甚夜の三人で行動していたが、最近は彼の別行動も増えてきた。普段から親しくしている夏樹や富島柳《とみしまやなぎ》、吉岡麻衣《よしおかまい》と一緒というなら分かるが、今回はそうではないらしい。話を聞く限り知らないところで都市伝説がらみの事件が起こり、知らない間に解決していたということだ。

「聞いて、いいと思う？」

「えっ？」

「甚夜とはそれなりに仲良くなれた。向こうもそこまで悪い感情は持ってないと思う。だけど、遠慮は必要じゃないかな」

「でも友達なんだし、そんなに気にしないでもいいと思うけどなぁ」

そうかもしれないが、事あるごとに根掘り葉掘り聞くのは気後れしてしまう。他意のない、純粋に彼を案じての躊躇《ためら》いだった。

「結構、隠し事してると思うしね。変に踏み込むと、隠しておきたいところを突くことにならないか、少し心配なんだ」

そもそもみやかは、「当面は捏造《ねつぞう》された都市伝説を倒すために動く」という方針以外ほとんど知らない。善良な性格ではあるが、彼の目的やなぜ学校に通っているのかなど本当のところは分からないままだ。

「えっ、と。どういうこと？」

「もし薫が、知られたくないことについて聞かれたらどうする？」

「うーん、嘘ついたり、誤魔化したり？」

「でしょ。だから、そういうことはさせたくないって話。多分、話せることってあんまり多くないだろうから、彼の場合」

隠しておきたいことの量は、常人の比ではないだろう。それでもみやか達がうまく立ち回れるよう色々と教えてくれている。そういう彼に余計な負担を強いたくはない。つまるところ、まだ距離感がうまく掴《つか》めていないのだ。どのくらい踏み込んでいいのか、みやかはいまだに測りかねていた。

「そっか……うん、じゃあ私が聞いてくるね！」

真剣に話していたのに、薫が勢いよく席を立つ。見れば、ちょうど甚夜が教室へ帰ってきたところだった。

「ねえねえ、葛野君。今日、彼女さんとお昼してきたって本当？」

薫はまっすぐ甚夜へ突撃すると、前置きもなくそんな質問をぶつける。即決即断を地で行くような友人だ。

「いきなりどうした？」

「あのね、藤堂君から二年生の先輩にお弁当作ってもらってるって聞いたから、もしかして恋人なのかなって」

「ああ、そのことか。残念ながら違うよ。相手は以前に都市伝説がらみで助けたことのある娘でな。弁当は、そのお礼だそうだ」

「あっ、そうなんだ」

「普段カップ麺やらコンビニ弁当で済ませているのが気になったらしい。意外と美味《うま》いんだがな」

「あはは、でも、やっぱり体には悪いしね。それじゃあ、いま恋人っていたりする？」

「見ての通り独り身だ。しばらくそういう艶っぽい話はないな」

「そっか、ありがとう！」

薫が小さく手を振って、今度はみやかの方まで一直線に戻ってきた。

「だってさ！」

「薫、すごいね」

「そりゃあ友達だもん。変に遠慮したりしなくても大丈夫って思えるから友達なんだよ」

無邪気に、当たり前のように相手のことを信じられる。親友のこういうところを、みやかは素直に尊敬していた。

「わざわざありがとう。でも、ごめん。私の聞きたかったこととと微妙に違う……」

「えっ？」

「都市伝説の怪人が学校にもいたのかとか。私や薫をはじめ生徒が狙われているのはなぜなのかとか、そういう話が聞きたかったの」

「ああ、そっちかぁ。なんか、こっちこそごめんね」

彼女はみやかが嫉妬の類で頭を悩ませていると考えていたらしく、逆に謝られてしまった。しかし、薫の行動は見習うべきだろう。踏み込みすぎてはいけない。そこを譲る気はないが、遠慮しすぎるのも確かによくない。

そんなことを考えていると、ちょいちょいと肩の辺りを指先で突かれた。振り向いてみれば、夏樹が苦笑を浮かべて立っていた。

「どうしたの、藤堂君？」

「ああ、一応言っとくけど、じいちゃんはあれで結構世慣れてる人だからな。あんま気遣わなくても聞かれて困ることはさらっと流すし、それで姫川さんのことを嫌うってのは絶対ないから」

昔からの知人だという夏樹は、甚夜に対する理解度では群を抜いている。彼曰く、葛野甚夜という男が子供の言うことに腹を立てるというのはまずありえない。多少のわがままや無礼くらい、可愛いものだと笑って許すだろうと言う。

「そもそも子供のわがままを負担に思うってのが、まずない。困ったな、なんて苦笑してそれで終わりだよ」

「ああ、なんか想像できる」

短い付き合いだが、それはみやかにとっても納得のいく話だった。赤マントの時も無理を聞いてくれたし、囮《おとり》役を申し出た時も渋々ながら承知して、姿を消して傍に控えていてくれた。よくよく考えてみれば、夏樹の言う通りだ。

「ありがとね」

「いやいや。もしよかったら、爺ちゃんの話はいくらでも流すからな。もしその手の感情があるなら、姫川を婆ちゃんと呼ぶのもやぶさかじゃない」

「それは本当に、違うから」

思わず小さく笑ってしまった。下心など全くなく、恩を売る気もさらさらないのだろう。言いたいことだけ言って夏樹は久美子の方へ戻っていく。顔は平凡、運動や勉強も得意というわけではない。それなのに甚夜が一目も二目も置いている理由を垣間見《かいまみ》た気がする。

入れ替わる形で甚夜が席に座った。先程のやりとりに興味を引かれたらしい。

「夏樹と随分仲良くなったんだな」

「そういうわけじゃないけどね。でも、いい人だってのは分かった」

「だろう？　昔から人を思いやれる優しい子だった」

夏樹のおかげで、みやかもいくらか気持ちが軽くなった。代わりに色々気になることも出てくるが、藪《やぶ》をつついて蛇を出す結果は好ましくない。まずは、当たり障《さわ》りのないクラスメイトとしての雑談を振ってみる。

「そう言えば、甚夜って料理しないの？」

「できないわけじゃないが、普段はしない。一人分を準備するのはどうにも面倒でな」

自炊しない理由が面倒というのは意外だった。というよりも、彼から生活感溢れる台詞《せりふ》が出てくること自体が不思議に思えてしまう。

「……なんか、意外かな」

「自分のためだけに料理というのは、やはり張り合いがない。カップ麺や惣菜弁当もなかなか美味いし、一人分ならどうとでもなる。最近では、レンジで温めるだけで食べられる磯辺餅もある」

「私も、結構そういうのに頼るかな。料理そんなにできないし。というか案外普通の生活だね」

「霞《かすみ》でも食って生きていると思ったか？」

「そこまでじゃないけど。古い家で厳しい修行を毎日繰り返して、みたいなことは考えてた」

「鍛錬はしているが、それ以外は至って普通だと思う。適度に娯楽も嗜むしな」

普段の印象とは違い、いかにも普通の男子高校生といった感じである。人でも鬼でも食事は必要だし、睡眠だって大切だ。そういう意味では、普段の生活には大きな違いはなくて当然なのかもしれない。ただ、食生活に関しては件の先輩が心配するのも仕方ない。もう少し体を労《いた》わって欲しいと伝えるのは、余計なお世話だろうか。

「ええ、嘘だぁ。娯楽って、葛野君の部屋なんにもなかったよ」

「そうなの？」

「うん。テレビと冷蔵庫と電子レンジくらいで、ゲームとかパソコンとか漫画とか、そういうの一個もないの」

いつの間にか、薫は家に遊びに行っていたらしい。指摘された甚夜はバツが悪そうにしていた。軽く目を逸らしながら、小さく両手を上げて降参のポーズをとる。

「漫画はともかく、電子機器は苦手なんだ。あの手のものは進歩が速すぎてついていけない」

聞けば彼の言う娯楽は、本をのんびり読むことらしい。文学少女の麻衣と話が合うはずである。

「葛野君、もうちょっと高校生らしい楽しみも持とうよ」

「しかし、ゲームというやつは、どうにも」

「そうだ！　もうすぐ夏休みだし、みんなで遊びに行かない？　麻衣ちゃんや富島君も誘って、海とか山とか泊りの旅行とか！　ゲーム苦手でも、そういうのならいいでしょ？」

夏休みまであと二週間程度。確かに、そろそろ夏休みの計画を立てておいた方がいい頃だ。柳は薫と同じく楽しそうなことはとりあえずやってみるタイプだし、彼が行くなら麻衣も賛成するだろう。無表情で堅物そうに見えるが、この手の提案には甚夜も結構乗ってくれる。それはグループワークの打ち上げの時に証明済みだった。

「せっかくの機会だ。それはいいかもしれないな」

「うんうん、やっぱり夏休みのメインは、そういうイベントごとだしね！」

ちなみに薫は毎年八月後半まで夏休みの宿題を残し、最後の最後でみやかに泣きついてくるのが恒例になっている。今年こそはそうならないように、七月中に何度か勉強会を開こうと画策しているのだが、それをここで言うのはさすがに酷だろう。

「ね、みやかちゃん？」

「うん、私も賛成。話だけで終わらないようにちゃんと計画煮詰めようか」

「えーっと、そこら辺は、その」

「大丈夫、私がやるよ」

「ありがと、みやかちゃん大好き！」

「はいはい」

感極まった薫が抱き付いてくる。スケジュールを整えて計画を練るのは苦手そうだし、こんなに喜んでくれるのなら、多少の手間など気にするようなものでもなかった。

「まだ企画段階だけど、甚夜も参加でいいのかな？」

「ああ、乗らせてもらうよ」

「そっか。それじゃあ携帯番号とアドレス交換しない？　詳しいこと決まったら連絡しないといけないし」

まずは参加者の連絡先くらい把握しておこうと思っただけだが、何故だか彼の反応は芳しくなかった。

もしかして教えたくない？　そう思って少し気落ちしかけたが、様子を見るに嫌がっているといった感じでもない。そこでさっき彼が「電子機器が苦手」と言っていたのを思い出し、まさかと思いつつも遠慮がちに問うてみる。

「ねえ。甚夜。もしかして」

「ああ、なんだ。……すまん。携帯電話は持っていないんだ」

予想は大当たりだった。浮世離れしているとは思っていたが、ここまでとは。やはり、鬼が現代社会に溶け込むのはなかなか難しいのかもしれない。

## 2

日曜日、お気に入りの服に身を包んだみやかは駅前へ向かった。

梅雨が終わって日差しは強まった。暑くなった分、涼やかな風を心地よく感じる。

待ち合わせは11時に駅前の噴水。少し早いかと思ったが、約束相手の甚夜は既にそこで待っていた。

「ごめん、待った？」

「いや」

定番のやりとりだが、目的は二人で駅前の携帯ショップに行くだけである。夏休み前に連絡手段を確保しておきたいが、甚夜は独りで選ぶ自信がないらしい。そこでみやかと薫が、購入や契約を手伝うという話で落ち着いた。今までの恩返しの意味合いも込めてだ。ただ、直前になって薫から「行けなくなった」と連絡が入ったため、二人で行動する流れとなった。

正直に言えばみやかも携帯電話についてはあまり詳しくないが、それでも甚夜よりはマシだ。店に着くと、さっそく見て回りながら軽く商品の説明をする。ひと通り見終わった甚夜がシルバーフォンを選ぼうとしたので止める。どうやらついてきて正解だったらしい。

飛んで跳ねて斬った張ったが当たり前みたいな彼だから、機能の多い機種よりもバッテリーが長持ちで生活防水もしっかりしているものをおすすめすると、お眼鏡にもかなったようだ。礼を言った甚夜は、そのまま契約手続きへ向かった。

しかしよく考えれば契約には身分証明が必要だが、彼は証明した方が問題のある年齢だ。その辺りはどうするつもりなのか心配になって、こっそり耳打ちをする。

「……そう言えば、戸籍ってどうなってるの？」

「高校入学の時に用意してあるから大丈夫だ」

物言いから察するに、彼の戸籍は偽造したものらしい。これこそ踏み込んではいけない話だ。みやかは曖昧に笑って、聞かなかったことにした。

そうこうしている間に契約手続きも完了した。

「助かった。ありがとう、みやか」

「あとは使い方ね。分からないとこは聞いて」

「ああ、その時は頼らせてもらう」

容姿はともかく中身はお爺ちゃんなのだ。初めての携帯電話には戸惑うだろう。みやかは買ったばかりの携帯を借りると、彼がいつでも相談できるよう、まず一番に自分のアドレスを登録することにした。

「ほら、私のアドレス入れておいたから。困ったら気にせず連絡してくれていいよ」

「本当に、君には世話になってばかりだな」

携帯一つで大仰だとは思うが、まっすぐな感謝の言葉は素直に嬉しかった。

携帯ショップを出ると、ちょうど正午を少し過ぎたくらいだった。

「一応、今日の予定は終わったけど、これで終わりも素っ気ないね。……お昼ご飯でも食べていく？」

「そうするか。まだ日は高い、すぐに帰るのももったいない」

「だよね、よかった」

以前よりも距離が近くなったように思うと、足取りは気持ち軽くなった。

雑談しつつ二人で適当な店を探していると、途中で大きめのＣＤショップに通りかかった。

「ちょっと覗《のぞ》いていい？」

「ああ、構わない」

昼食のお店はまだ決まっていなかったが、これも散策の楽しみとＣＤショップを冷やかす。特に目当てはないが新譜を見ておきたかったし、彼の趣味嗜好にも興味がある。新作コーナーに並べられたマキシシングルを見ながらも、メインは彼との会話の方だ。

「そう言えば甚夜って音楽聞くの？」

「正直、あまり聞かないな」

「へえ、興味ない？」

「贔屓《ひいき》の歌手がいないだけだ。流れている曲を綺麗だとは思う」

ＢＧＭとしてなら聞くが、自分から買うことはない程度だろうか。イメージ通りと言えばイメージ通りだ。彼がアイドルやバンドに熱をあげている姿なんて想像もつかない。

「君は？」

「ん、私は雑食だから、視聴して気に入ったのがあれば。あとはＣＭとか有線で流れているのを適当に。最近のはラブソングが多すぎて、あれだけど」

みやかは普通にドラマを見るし音楽も結構聞く。付き合いでカラオケに行く機会もあるので、どちらかというと女性歌手のＣＤを買うことが多い。

「最近も何も、江戸の頃も愛をしたためた和歌を異性へ贈ったものだ。今さらだろう」

「……そう考えると、昔と今ってあんまり変わってないのかな」

唸《うな》るみやかが面白かったのか、甚夜は落とすように笑った。

ラブソング談議に花を咲かせ、しばらく店内を見て回り、今度は甚夜がＤＶＤコーナーで足を止める。なぜか彼は、いやに真剣な表情でモノクロパッケージのＤＶＤに手を伸ばした。

「夏雲の唄《うた》……」

まるで古いアルバムを取り出すような、懐かしむような言い方だった。

「知ってるの？」

「ああ、古い活動写真だ」

「へぇ。もしかして、見たことある？」

「一応は」

少し興味が湧いて、みやかも手に取って見る。タイトルは『夏雲の唄』。裏を見てみると、大正時代の映画をリメイクしたものらしい。

彼は時間を忘れたように、懐かしそうな顔でパッケージを眺めている。

「甚夜？」

黙ったまま固まってしまった甚夜が少し心配になって、みやかは遠慮がちに呼びかける。

反応はない。二、三度繰り返すが結果は同じ。今度は彼の服の袖口を引っ張って、先程よりも大きめに声を出す。

「……ねえってば」

そこでようやく気付いたらしく、甚夜はみやかの方へ向き直った。まとう空気の穏やかさは変わっていない。こうした老成した雰囲気は、彼が見た目通りの年齢ではないということを改めて意識させる。

「ああ、すまない。少し、懐かしくてな」

「ふうん。それ、面白いの？」

「いいや。物語としては陳腐だな。ただ、大切な人と共に見た。だからだろう、映画と言うとこれを思い出す」

なにか思い入れでもあるのだろう。結局、彼はそのDVDを購入することに決めたようだ。しかしDVDプレイヤーとビデオデッキの違いを理解しておらず、しかもビデオデッキしか持っていないという。DVDは再生できないと指摘すると、大げさに驚かれてしまった。

「なんだかなぁ。もう、分かった。お昼食べたら電気屋に行こ？　安いプレイヤー見てあげるから」

「……世話になる」

素直に頭を下げる彼の姿に、みやかは安心した。百歳を超える鬼で、都市伝説なんか簡単に倒してしまう。けれど彼は決して超人ではない。できないこともあって、こうやって自分が助けになることもある。それが何故だか、とても嬉しかった。

「うわぁ、暑い……」

会計を済ませて店を出れば、日差しが飛び込んできた。あまりの強さに目が眩《くら》んだ。冷房の効いた店内とは温度が違いすぎて、暑さが骨身に染みる。

「じゃ、まずはご飯ね」

「ああ、詫《わ》びと言っては何だが、昼は奢《おご》ろう」

「ホント？　じゃあ牛丼、ごぼうサラダ付きで。あっ、吉田屋でいい？」

「ああ、久しぶりに悪くない」

「そう？　それなら決まりね」

本音なのかこちらに合わせてくれたのか。彼の反応が気になって、横目でその表情を覗き込む。いつものように無表情だが、多分嫌がってはいないはずだ。もう少し分かりやすいとありがたいのだが、それはわがままというものだろう。

日はまだ高い。ランチのあとに電気屋に寄っても十分に時間はある。せっかくの機会だし、高校生の何たるかが分かっていない彼に現代の娯楽をレクチャーするのも悪くないかもしれない。

さて、どこに行こうか。

普段動じることのない甚夜の表情が驚きに崩れる様を想像すると、それだけで楽しくなった。

みやかは機嫌よく鼻歌交じりで炎天の下を軽やかに歩く。

百年を生きる鬼と、遠い約束を紡ぐ巫女《みこ》の末裔《まつえい》。普通の友達とは言い難い関係の二人は、まるで普通の友達のように休日を楽しんでいた。


日曜日を友達と買い物しながら過ごすのは、勿論彼らだけではない。

「アキー？　どしたの？」

「いやぁ、ちょっち面白いもの見ちゃってさぁ」

花屋の店長にひとしきり愚痴った後、桃恵萌は美容液と新しい服を買いにいつものグループと駅前まで買い物に出かけていた。そして偶然、本当に偶然、仲良さげに歩くみやか達の姿を発見した。

「へぇ？」

彼女はなにやら楽しそうに、いやらしく口元を歪《ゆが》めた。

◆

「で、それから電気屋に行ってＤＶＤプレイヤーを見て、本屋に寄って」

「ふうん」

「喫茶店で休んで。意外にもケーキ食べてた。甘いもの結構好きみたい。なんだか昔は、砂糖を使ったお菓子ってご馳走で滅多に食べられなかったんだって。一番の好物は、やっぱり磯辺餅らしいけど」

「そっか。ところで、ちょっといい?」

「どうしたの、薫?」

「……みやかちゃん。それって、ふつーにデートだよね?」

「はあ!?」

翌日の昼休み、みやかは薫と二人で昼食をとりながら甚夜との買い物の話をしていた。本来なら三人で行くはずだったのだから、顛末は気になるだろう。そう思ってのことだ。しかし何故か、薫はじと目でこちらを見ている。予想外の反応だった。

「えっ? ただの、買い物だけど」

「でも。その本も、昨日一緒に買ったんでしょ?」

「あっ、うん。『都市伝説大事典』。新しい都市伝説については詳しくないみたいだし。こういうので勉強しておけば、知識面では力になれるかなって」

「やっぱりデート……」

「だから違うって」

一緒に買い物して、一緒にご飯を食べて、ただそれだけ。デートとは全く違う。大体、後半は一緒に遊ぶという状況ですらなくなってしまったのだから。

「一応言っておくけど、誤魔化しとか照れ隠しとかではないよ。最後の方は調査みたいなものだから」

「調査？」

「そう。最近、『どこからともなく赤ん坊の声が聞こえる』って噂が流れてるの知らない？」

からかうような薫の表情が、一転真剣なものに変わる。

〝火がついたように泣き叫ぶ赤ん坊の声を、「マンマ…」と言うか細い声を聞いた〟

その噂を聞いたのは、電器屋の後に本屋と喫茶店に足を運び、次いで訪れたボウリング場でのことだった。そこでみやかは、偶然中学時代の友人と出会った。他の高校に進学した女子バスケ部の同期で、同じ高校の友人と遊びに来ていたらしい。甚夜と一緒だったことでみやかはからかわれることになったが、お互いに近況報告をするなかで彼女から「どこからともなく赤ん坊の声が聞こえる」という噂話を聞いたのだ。

「駅前で遊んでいると、周りがうるさいのになぜか赤ん坊の声がはっきりと聞こえてくる。薄気味悪くてさっさと離れたから、詳しいことは分からない……そんな感じの話をしてる人たちが、結構いるらしいよ」

「うわぁ、なんか嫌な感じ。やっぱり、都市伝説だよね？」

「多分。駅前で赤ん坊の声だと『コインロッカーベイビー』あたりが有名かな。甚夜も気になったみたいで、ボウリングのあとで一緒に調べてみたの」

しかし残念ながら空振りで、楽しかった日曜日は今一つすっきりしない終わりになってしまった。

「結構遅くまで駅前にいたけど、赤ん坊の声は聞こえなかった。まだ被害は出てないみたいだし、ただの噂ならいいけどね」

「そうなの？」

「うん、聞いた話だと向こうの高校でも、誰かがいなくなったり死んだりみたいな、直接的な話にはなってないみたい」

友人に教えてもらった話では、今回の噂は「赤ん坊の声が聞こえる」だけで止まっている。ただの噂ならよし。もしなんらかの怪異が原因だとしても、薄気味悪い声が聞こえた時点で逃げた結果、それ以上何も起こっていないという事実は安心できる点だ。

「とりあえず、今分かっているのは『夕暮れ』に『駅前』で『赤ん坊の声が聞こえてくる』。だけど『聞こえた時点で逃げれば何も起こらない』ってところかな」

「そっか、ちょっとほっとしたや。駅前に行く時は気を付けるね」

みやかの説明に薫が気楽な調子で頷いたところで、いきなり遠慮のない声が割りこんできた。

「面白そうな話してるじゃん」

話に真剣になりすぎていたようだ。いつの間にか桃恵萌が近くの席に座ってメロンパンを食べていた。

「桃恵さん、いつからいたの？」

「ちょっと前。コインロッカーベイビーがどうこうの辺り。あと、アキね」

もふもふとパンを食べながら、彼女がにっかりと笑う。

教室で話しているのだ、致命的なことには触れていない。だから聞かれても「こんな噂があるんだって、気を付けようね」くらいで誤魔化せるが、いきなり話に参加してきたのでかなり驚いた。

「その話さ、あたしも聞いたよ」

「えっ？」

「噂をじゃなくて赤ちゃんの声の方ね。学校帰りにいつもの奴らで駅前ぶらついてたら、なんかすっごい泣き声聞こえてきてさぁ。ママ、ママって言ってるから迷子かと思ったけど見当たらないし。なんかヤバくね、と思ってみんな帰らせた。それも夕方、っていうかほとんど夜くらいの時間だったかな。多分マジもんのオカルトだよ、それ」

いつもの奴らというのは、クラスでも一際派手な女子グループだろう。こういった噂話を鼻で笑いそうな彼女達が聞いたというのなら、余計に真実味が増してくる。

もう少し話を聞かせてもらおう。みやかは萌に質問しようとしたが、彼女の浮かべた悪戯《いたずら》っぽい笑みに遮《さえぎ》られる。

「ところでさぁ、あたし日曜に駅前にショッピングに行ったんだけどねぇ。すっごい面白いもの見ちゃったんだぁ。なになに、葛野とデートだったの？」

どうやら偶然居合わせたのか、しっかりと目撃されていたようだ。

「……デートじゃないよ」

とりあえず目を逸らしながら淡々と答える。しかし、その程度では萌の好奇心は抑えられない。楽しそうに次々と問いを投げかけてきた。

「えー、でも、めっちゃ仲良さそうだったじゃん」

「ほんと、ただの買い物。彼、携帯持ってないらしくって」

「ああ、そりゃ苦手だろうしねぇ。でも、本当にデートじゃないの？」

「違う」

そう答えると萌が腕を組んで考え込みだした。そして三十秒ほど経った後、安堵《あんど》したように息を吐く。

「よかったぁ、なら気兼ねなく頼めるわ」

「もしかして、何か用事？」

「そそ、実は今日、お願い事がありまして。姫川には前言ったっしょ？　あたしがこのガッコ受験したの、気になる男の子追って来たんだって」

確かに、そんな話をしていたような気がする。その時は、案外いじらしいところがあると思っていたが、この流れで持ち出すのならお願いとやらは一つしかない。

「だからさ」

萌が満面の笑顔で、両手を合わせて拝む。

「紹介してよ、葛野のこと」

予想通りだったのに、みやかはぽかんと大口を開けて驚いてしまった。

# 3

彼を、ずっと前から知っていた。

喋ったことも、顔を見たこともない。

でも、彼がどんな人かは、ちゃんと知っている。

優しくて不器用で。とても弱くて、けれど誰よりも強い。

泣き虫な彼を、あたしは知っている。

だから会いたいと思った。

会って、いつか伝えたい言葉が——。

◆

「えっ、と。こちら、桃恵萌さんです」

「さすがにクラスメイトの顔くらい知っているが」

「それはそうだろうけど……」

甚夜に真顔で言われてみやかは困ってしまう。実際、彼女も同じことを思っていたのだから、うまい反論も出てこなかった。

放課後、生徒達は帰宅するか部活に行くかで、中庭にはほとんど人がいない。けれど念には念を入れて人目を避けるため、みやか達は立ち並ぶ葉桜の陰に甚夜を呼び出した。萌の頼みに当初は難色を示したものの、彼女の勢いに押し切られた形だった。

といってもクラスメイトだ。当然ながら彼も萌とは面識があり、顔も名前も知っているのに改めて紹介して挨拶をするという、ひどく間抜けな構図である。それでも十分満足なのか、萌はにこにこと嬉しそうに笑っていた。

「あの、だからね。桃恵さんが甚夜のこと紹介して欲しいって」

「桃恵が？」

別グループに所属している萌は、教室で挨拶くらいはするものの、みやかにとっては個人的な付き合いのない相手だ。しかしある程度話を聞いてみれば、彼女の願いが遊び半分の軽い気持ちではなく、とても真摯《しんし》な想いだと理解できた。

『実はさ、高校に入学する前から彼のこと知ってたんだよね』

『だから追っかけてここを受けたの。んにゃ、ストーカーじゃないよ？　ほら、あたしって一途なタイプだからさ』

『えっ？　喋ったこと？　ないない！　ていうか、向こうはあたしのこと知らないし』

『でも、ずっと昔から。彼に会いたいって思ってた』

そう言った萌は、懐かしむように遠くを見つめていた。

前々から彼女はみやかに対して甚夜との関係を尋ねたり、夏樹からも話を聞いているようだった。あれは興味本位やからかうつもりではなく、単純に意中の彼の交友関係を探っていたのだろう。今まで本人に直接声をかけなかったあたり、外見とは裏腹に萌は慎重だ。だから引っ掛かりを覚えつつも、みやかは彼女の願いを断り切れなかった。

「あはは、ごめんごめん。なんか姫川って葛野と仲いいみたいだからさー、あたしのこと紹介してって頼んだの。せっかく同じクラスになったんだから、仲良くしたいじゃん？」

「それは、確かに」

「でっしょ？　そういうわけで、よろしくね」

「ああ、こちらこそよろしく。桃恵」

みやかに吐露した言葉とは裏腹に、随分と軽い接し方だ。内心を隠すのは恥ずかしいからなのか、それとも他に理由があるのだろうか。

萌が差し出した手を取って、甚夜はしっかりと握手を交わす。クラスメイト同士を紹介するという奇妙なシチュエーションだったが、どうにか上手くまとまった。

「じゃあ、後は二人で」

「行くのか？」

「うん。邪魔しても悪いしね」

萌は多分みやかが思っている以上に真剣だ。遊び半分でないのなら余計なことを言う必要もなく、あとは二人に任せればいい。

それじゃ、と短く挨拶してからみやかはその場を後にした。

◆

甚夜は、大して気にした様子もなく去っていくみやかを見送った。

「姫川マジでクール……」

「そうか？　優しい子だと思うが」

萌は彼女のことを冷静で落ち着いていると評するが、甚夜の受けた印象は違う。態度こそ素っ気ないが、クラスメイトのために動ける優しい子だ。姫川の娘というだけではない。みやかという一個人の気質も、彼にとっては非常に好ましいものだった。

「あれ、もしかして葛野。姫川のこと好きだったり？」

「勿論《もちろん》好きだよ。惚れた腫れたではないにしろ」

「ふうん……」

孫ひ孫どころではない年齢差だ。若い彼女達のような恋愛感情は存在しない。納得できなかったのか、言葉の裏を、真意を探ろうと萌はじっとこちらを観察していた。

しかし結局分からなかったらしく、肩の力を抜いてにっかりと朗らかに笑う。

「ま、いっか。ねえ、せっかくこうやってよろしくーってやったんだしさ、帰りにどっか寄らない？　ほら、仲良くなるためにも」

「ああ、構わない。私も君に聞きたいことがあるしな」

「お、なになに？　あたしに興味あり？」

「ああ。同じクラスになったその日から、遠巻きに私を見ていた理由が知りたいな」

茶化した調子が甚夜の言葉でぴたりと止まった。萌は同じクラスになってから、ずっと甚夜を探っていた。隠そうともしていないのだから気付いて当然だろう。バツが悪いようで、彼女は苦笑いをしながら頬を掻《か》いていた。

「あちゃー、気付いてた？」

「一応は。君とは、初対面だったと思うが」

「うん、そうだよ。ただささ、あたし、前から知ってたんだ、あなたのこと」

そう言った萌は、どこか不敵に笑っている。やはりその顔に見覚えはなく、けれど企みや悪意といった、こちらを害そうとする含みは感じられない。

「そう、か。では、どうする？　寄り道するにもこの辺りはあまり詳しくないんだ」

「それじゃ色々遊ぶとこ教えてあげる……って、そんだけ？　そこはもうちょっとツッコんで聞いてくるとこじゃない？」

「聞いたら答えてくれるのか？」

「いや、答えないけど」

「だろう？」

萌は若干戸惑っている。ころころと表情が変わるところは案外子供っぽく映る。そういう反応も含めて、目的は見えないが敵ではなさそうだと甚夜は判断した。

「企みを持って近づいてきたならともかく、そう悪い子にも見えないしな。気にならないといえば嘘になるが、君が話してもいいと思えるまでは待つさ」

隠し事は重々承知。ただ無理に聞き出すつもりもない。甚夜の態度は彼女にとっても好ましかったようで、萌が素直に感謝を述べる。

「ありがと。もうちょっと仲良くなれたら、ちゃんと教えてあげる」

「そうしてくれると嬉しい。こちらも嫌われないよう気を付けるよ」

「そこは大丈夫。今日だけで結構好感度上がったし。そんじゃ、早速遊びに行こっか」

彼女の意図は今一つ読めない。紹介してという流れから単純な男女のそれかと想像していたが、どうも他にも含みがありそうだった。

決して悪人ではない。少女は通学路をスキップでもするような軽やかさで歩いていく。それがあまりにも楽しそうで、甚夜は先導する萌の後を苦笑しながらもついていった。


その日から、甚夜の学校生活に小さな変化があった。

お昼休みになると教室は途端に騒がしくなる。各々食堂や中庭に向かったり、教室で弁当を広げる生徒達も多い。甚夜とみやか、薫。富島柳に吉岡麻衣。いつものメンバーが教室で机を寄せ合ったところで、そこに参加者がもう一人増えた。

「あたしも一緒させてもらうから、よろしくー」

昨日、寄り道しながら話をしたことで多少なりとも打ち解けた桃恵萌は、お昼時も女子グループの方ではなくこちらへ顔を出していた。

「あれ？　アキちゃん、珍しいね」

「まね、今日はそういう気分でさ」

別の中学、違うグループ、どう見ても趣味が合わないであろう外見。にもかかわらず、薫は既に交友関係を築いていたようだ。

どうぞ、と紳士的な笑顔を浮かべ、柳が歓迎するように椅子を準備する。何かを察したのか、当然のように席は甚夜の隣だ。萌への気遣いに見せかけて、派手な外見に麻衣がわずかな怯《おび》えを見せたので隣にならないよう席の並びを調節して両者を離したのだ。

「やほ、葛野もお邪魔すんね」

「ああ、いらっしゃい」

挨拶を交わす彼女は、昨日よりも随分肩の力が抜けている。みやか以外の三人は、甚夜と萌の親しげなやりとりに疑問符を浮かべていた。

「あれ、コンビニ弁当？」

「手軽でそこそこ味もいいからな。案外世話になっている」

「あはは、ジャンクなのってなんか妙な美味しさあるからなぁ。ダメって分かってるんだけど、ファストフード食べちゃうんだよね、あたしも」

これまで甚夜は萌とほとんど接点がなかった。それが一夜明けると急に親しくなっていたのだから周囲からすれば疑問だろう。特に萌の方は、あからさまなくらい好意を示している。薫などはしきりに首をかしげていた。

「ねえ、みやかちゃん。なんか二人ともすごく仲良しじゃない？」

「えっ、と。うん、そうね」

事情を知っているみやかは、はっきりと言わず濁している。彼女なりに気遣っているようだった。

「ちなみに、あたしはちゃんとしたお弁当ー」

言いながら萌が少し大きめの黒いお弁当箱の蓋を開ける。梅としそを混ぜた桜色のおむすびに、高野豆腐には花形に切られた人参が添えられている。きんぴらごぼう、出汁巻き。メインには夏野菜のてんぷら各種と、スズキの西京焼き。白だしで素材の色味を生かした純和風の弁当は、笹の葉をあしらって涼やかな風情にまとめられていた。

「随分手が込んでいるな」

「へへ、すごいっしょ。全部あたしの手作り」

「ほう、若いのに立派だ。生まれは京都か？」

「あたしは生まれも育ちも葛野市《かどのし》。でも、お爺ちゃんが京都の生まれでさ、結婚と同時にここに引っ越してきたらしいよ。そのせいか、こういう料理の方が慣れてんのよね」

萌の意外な特技を見せつけられて、いつもの面々はかなり驚いている。

以前、みやかはあまり料理ができないと話していた。敗北感に苛《さいな》まれたのか、萌の弁当箱をじっと見ている。視線の意味を勘違いしたらしく、萌は弁当箱を差し出した。

「おっ、姫川。食べてみる？」

善意の申し出にみやかは一瞬躊躇いを見せたが、「ありがと」と礼を言いながら高野豆腐に箸をつけた。

「美味しい……」

「へへー、なかなかの腕っしょ?」

「うん、すごく美味しい。これ、朝から?」

「冬だったら煮物は前日に作ってもいいんだけど、こう暑いとねぇ。食中毒も気になるし、大半は朝に準備しちゃうかな。あっ、でもスズキは一晩味噌に漬けとく。朝から西京焼きはさすがにムリ」

手間じゃないけど時間かかるんだ、これって、と実感の籠った訴えだった。彼女の口ぶりからすると、日常的に料理をしているのだろう。

薫もおかずを一つもらい、その美味しさに目を輝かせている。

「アキちゃん、本当にすごいねー。お店で売ってるやつみたい」

「ま、こういうのは慣れだから。毎日やってれば結構できるようになるもんだよ」

「まず毎日やるのが、私には無理!」

「梓屋《あずさや》、そこは自信満々に言うところじゃないって」

案外と相性がいいのか、薫と萌はお互い遠慮せずに言葉を投げ合っている。それが途切れると、今度は甚夜にも弁当を勧めてきた。

「ささ、葛野もどうぞ」

「では、ありがたく」

人参を一つもらった。しっかりと出汁をきかせた、弁当用の煮物だ。店売りとは違い甘味は若干抑えてある。丁寧で棘《とげ》のない味付けは、非常に食べやすく美味しかった。

「美味いな」

「ありがと。そういや葛野も料理するんでしょ?」

「できないわけではないが、今はほとんどしないな。一人分というのはどうにも張り合いがない」

「そういうタイプかぁ。あたしは微妙に違うかな。自分のお弁当でも作るの楽しいって思うし」

元々甚夜の料理は、野茉莉《のまり》に下手なものを食べさせぬよう覚えたもの。萌の場合はどちらかというと料理自体が楽しみの一つで、自分の分だけを用意するのもさほど苦にはならないらしい。

「じゃあ料理が趣味?」と薫が聞けば、萌は首を横に振り、ポケットから携帯を取り出して全員に見せた。

「料理が、じゃなくて基本手作りすんのが好きなの。たとえばこれ。かわいいっしょ?」

彼女の携帯電話はデコ電で、ライトストーンで飾り付けられたうえ多種多様なストラップも十個以上ついている。せっかくの薄型なのに、小物が多すぎてかなり重そうだった。

「こっちの犬はフェルトを組み合わせて、ネコは編みぐるみ。ドールは天然石に蝋引《ろうび》き紐を通すの。ビーズとかでも作れるんだけど、簡単すぎてあたし的にはあんま趣味じゃないかなー」

これらのストラップも手ずから作ったもの。つまり、料理や小物など種類にかかわらず「自分で作る」ことに萌は満足を覚えるらしい。

なるほど、と納得したように薫は胸の前で両手を叩く。

「そっか、子供のものをなんでも手作りするのが趣味なママさんみたいな感じ？」

「なんか、すっげーヤなたとえなんだけど……何が嫌って微妙に外してないところが」

萌が不満そうに頬を膨らませれば、周りからは笑いが漏れた。彼女がいつものメンバーと馴染んでくれたのは、甚夜にとって喜ばしかった。

「まあ表現はあれだが、しっかりしていて家庭的、と言いたかったのだろう」

「なに、そのものすごい好意的解釈。葛野、梓屋に甘くない？」

「大体意味は合っていると思うが。っと、しまった。いいお嫁さんになる、というのは今の時代褒め言葉ではないのだったか」

「それは人によるんじゃない？　あたしは気にしないよ」

「そいつは助かる」

昼休みは和やかに過ぎる。

最低限の警戒をしつつも、甚夜は萌にある程度心を許していた。

しかし、入学当初からこちらを注視していたのも事実。この少女に対する奇妙な印象はまだ拭えなかった。


ある日のことである。

「……例えば、通り魔かなんかに、あたしと姫川が殺されそうになって。どちらかしか助けられないってなったら、葛野はどうする？」

昼休み、図書室で本を読んでいる甚夜に、萌はにししと明るく笑いながらそんなことを聞いてきた。

「みやかを助ける」

「即答っ!?　ひっど、もうちょっと迷ってよー」

「迷って手遅れになっては困る。決断はなるべく早い方がいい」

以前も、似たような問いを突き付けられた覚えがある。

惚れた女と大切な娘。どちらかしか救えず、この手で惚れた女を斬り捨てた。結果すべてを失ってしまったが、同じような状況が来た時、多分彼はどちらかを選び、いつかと同じように己が手で大切なものを斬り捨てる。

選んでしまうだろう、その自覚があった。数多《あまた》の歳月を重ねて少しずつ変わって。けれど結局、生き方だけは曲げられなかったのだ。

「ちなみにさ、中学の頃似たような質問、告ってきた男子達にしたんだけどね。大抵の奴はあたしか、どっちも助けるって言ってた。俺はどっちかを見捨てることなんてしない、通り魔なんて楽勝だってさ。……そういう選択肢はないの？　葛野なら二人とも助けることくらい簡単にできそうなもんだけど」

「可否は別にして、君の問いから逃げるのは失礼だろう」

「あ、なーる」

実際、通り魔くらいならどうとでもなる。しかし彼女が聞きたがっているのは「通り魔に勝てるか」ではなく「どちらを優先するか」。どちらも助けたいと願っていたとしても、そこを誤魔化すのは誠実さに欠ける。

答えに不満はあれど、納得はしたらしい。萌はかすかに表情を和らげ小さく頷いた。

「あたしの馬鹿話にちゃんと向き合ってくれたのは嬉しいけどさ、それって結局、姫川の方が大事ってことじゃん。うう、あたしのことなんてどうでもいいんだー」

萌が茶化すように泣き真似をする。勿論、本気ではない。ただ単にからかおうとしているだけだ。しかし返答の言葉は知らず知らずのうちに、硬く重いものになった。

「望む望まざるにかかわらず、生涯には選択の時というものがある」

「え？」

「本当に大切で、心から守りたいと願うものの中から、たった一つを選ばなければならない。たとえ選ぶこと自体が間違いだったとしても。……それでも、選ばなければならない場面は必ず訪れるものだ」

選んで、失って。それでもこの手には、小さな何かが残って。そんなことを繰り返して、無様でも歯を食いしばって、ここまでやってきた。

「選んだものだけが大切だなんて考えたことはないよ。失くしたものも斬り捨てたものも、本当に大切で。だから泣かれると、少し困る」

甚夜は普段見せることのない、頼りない小さな笑みを落とした。

〝みんなとずっといっしょにいたかった〟

子供のような、馬鹿な妄想。心から望み、なおも叶うことのなかった願い。守り切れたものなんていくつもなくて。けれど本当に大切で、こうやって過ごす今を間違いなく愛おしいと思えるから。冗談でも彼女には、「どうでもいい」だなんて言って欲しくなかった。

「……とまあ、そんな風に弁明をさせてもらえれば嬉しい」

「ぷっ、なにそれ。締まんないなー」

「実際、みやかを選んだ以上、言いわけ以外の何物でもないしな」

「まあ、そりゃそうだよね。でも、ちょっと嬉しかったから許したげる。いつか、あたしの方を選んでもらえるよう頑張ればいいだけの話だし」

「あー、お手柔らかに頼む」

ある日のこと。休み時間、図書室での、ちょっとしたやりとりである。大したものではない。友人同士の「もしも」の話。もし一億円拾ったら、もしあのアイドルと付き合えたら。その程度の雑談でしかなかった。

「うん、悪くない……結構イイじゃん」

けれど萌は楽しげに笑う。

ただそれだけの、小さな話。

◆

休み時間、みやかは何気なく甚夜達の様子を眺めていた。

桃恵萌を紹介してから三日経ったが、攻勢は依然続いている。最初は何事かとクラスメイトは奇異の視線を送っていたが、今ではすっかり見慣れたらしく、「ああ、またか」と軽く流す程度になった。

クラスでも人気のある女子のため、一部の男子生徒からは多少嫉妬めいた感情を向けられているものの、甚夜は平然としている。萌の方は友人達に不思議がられているようだが、こちらもどこ吹く風だ。今日も今日とて周囲の反応など気にせず甚夜へ声をかけていた。

「葛野さぁ、この雑誌見て。どっちの服が好み?」

「桃恵には、こちらの活発そうな方が似合うと思う」

萌のあからさまなアピールに気付いているのかいないのか、甚夜の態度は落ち着いている。派手な女子と強面《こわもて》で堅物そうな男子。二人の組み合わせは奇妙に映るのだが、そこそこ相性はいいらしい。というよりも、どう見ても遊んでいる風の萌を甚夜がうまく扱っていた。

みやかと同じく彼らを見ていた夏樹が呟く。

「だって爺ちゃんだしなぁ」

「それって理由になるの?」

「俺からしたらこの上ない理由です。なんせ夜鷹《よたか》の知人がいたり、赤線があった頃は娼婦と艶っぽい関係だったりしたらしいからな」

　みやかが事情をある程度知っているからなのか、夏樹は時折、甚夜の過去について零《こぼ》す。ただ、その内容はどれも信じられないものばかりだ。

「昭和の前半には、『未来の見える少女』とあれこれあったんだっけ。女子高生のアピールなんて、爺ちゃんにとっては懐いてくる子供と変わらないぞ」

「そう言えばなっきって、昔じんじんと一緒に暮らしてたんだっけ？」

　途中から話に参加してきたのは、夏樹の幼馴染《おさななじみ》である久美子だ。こちらは甚夜のことをあまり知らないらしい。

「まあな。俺、七歳までは東京に住んでただろ？　実家の映画館に住み込みで働いてたのが爺ちゃん。元々は、ひい婆ちゃんの家の庭師だったんだってさ」

「ああ、アレだからなぁ」

　荒唐無稽な夏樹の発言を疑わず受け入れているあたり、二人の信頼関係が分かる。

「みこは簡単に信じてくれるなぁ」

「なっきが嘘つく理由ないしね。それで、内緒にしとけばいいの？」

「話してもくだらない冗談言うな、で終わるだけだと思うぞ」

　それは確かに。都市伝説がらみの事件がなければ、みやかも嘘だと考えたはずだ。教室で萌と話している姿だけを切り取れば、ただの男子生徒に見えてしまう。

「アキちゃんすごいね」

「うん、本当に」

妙に感心している薫に同意し、みやかは小さく頷く。クラスでも派手な女子グループは、相手が甚夜であることには微妙に納得しきれていないようではあるものの、基本的には萌を応援する姿勢らしい。二人のやりとりを面白そうに見守っている。一部の男子達も邪魔する気まではないようで、押せ押せと言わんばかりに行動する萌を止める者は誰もいない。ただ、甚夜の方に変な下心がないため、現状二人は仲良くじゃれあっているだけだ。

「あの子は元気だな」

「あっ、葛野君お帰り」

こちらにきた甚夜を薫が迎え入れる。甚夜と萌で会話する機会は増えたが、いつも一緒にいるということもない。萌には萌の付き合いがある。甚夜の場合は、やはり普段はみやか達と一緒にいることの方が多かった。

「モテモテだねー」

「どうだろうな。あちらにも色々あるようだが」

囃《はや》し立てる薫を軽くいなした甚夜が、近くの席に座る。柳と麻衣も寄ってきて、いつものメンバーがすぐに揃った。

「色々って？」と柳が問えば、甚夜はちらりと横目で女子グループとはしゃいでいる萌を見る。

「彼女の行動にも、多少の裏はあるという話だ」

「なんだそれ？　葛野のことを騙《だま》そうとか、そういう？」

「騙すというよりは隠し事。明かすには今の私では足らないのだろう」

「好意はあるけど、秘密を教えてあげるほどにはまだ信頼できていない、くらいか」

「ああ、多分な」

以前、萌は「高校入学前から彼を知っている」と言っていた。しかし甚夜の方は覚えがないらしく、彼女が隠しているのはその辺りの事情なのだろう。

「今はそれよりも赤ん坊の声の方が気掛かりだ」

ここにいる全員が都市伝説の被害に遭った者達だ。甚夜がそう口にすれば、弛緩《しかん》した空気が一気に引き締まった。

「確か、みやかちゃんと買い物に行った時の話、だよね？」

「うん。中学時代の友達が言ってた。駅前で、赤ん坊の声が聞こえてくるって。結局、どうなったの？」

駅前で聞こえてくるという赤ん坊の声。みやかと二人で携帯電話を買いに行った日から、甚夜は調査を続けているようだった。

「手がかりはなしだ。何度も駅前に行ってみたが、赤ん坊の声など聞こえない。話を集めてみれば、確かにそういった噂はあった。しかし失踪《しっそう》した者、死んだ者。明確な被害者は出ていない。柳の力も借りたんだが」

「こっちも特になんにもなかったよ。やっぱり、声なんて聞こえなかったしな」

柳も大した成果は得られなかったようで、ゆっくりと溜息を吐いた。それはそれとして、今の物言いに違和感を覚えた麻衣が不思議そうにこてんと首をかしげている。

「あの、やなぎくんの力って、どういうこと？」

「俺は『ひきこさん』だからな。いじめっこの位置は大体分かるんだ」

「あっ、そっか。都市伝説保有者《アーバンレジェンド・ホルダー》の力……」

「そういうこと。都市伝説名『ひきこさん』。視界の悪い雨の中でも、いじめっこの居場所は把握できる。敵意に反応するレーダーみたいなものかな」

富島柳の能力は〈ひきこさん〉。

彼には都市伝説の怪人としての身体能力、そして『カミソリに代表される脆《もろ》く鋭い刃物の生成』と『敵意に対する感知』の二種の特殊能力がある。効果範囲が狭く敵以外を探せないので汎用性には欠けるが、レーダーの精度は甚夜が認めるほどだそうだ。柳が「危険はない」と判断したなら、九割方間違いないだろう。

みやかからしてみれば、当然の如く都市伝説保有者《アーバンレジェンド・ホルダー》という呼称が使われていることに違和感を覚えてしまう。薫の方は非常に満足そうだった。

「それじゃあ、単なるデマだったってこと？」

ここまで何もないとなると、薫の言う通りデマの可能性も十分にある。しかしみやかには、まだ納得しきれないところがあった。

「でも、何もないにしては〝赤ん坊の声を聞いたことがある〟って人が多すぎない？」

今回は伝聞ではなく実際に聞いたという話が多い。萌もその一人であり、ただの噂と切り捨てるには少し疑問が残る。

「みやかの言う通りだな。現状を考えれば、与太話で終わらせるのはちと怖い」

「だとしたら、フラグが立ってないってところか」

しばらく考え込んだ後、ぽつりと柳がそう零した。分かりやすく例えたつもりだったのだろうが、年寄りには若干辛かったようだ。今一つ意味が理解できなかった甚夜が、微妙に眉を顰《ひそ》めている。

「すまん、富島。ふらぐ……旗がどうした？」

「ん？　ああ、葛野はゲームやらないんだっけか。フラグっていうのはＲＰＧとかでいう、なんらかのイベントが起きるための条件のこと。今回の件でいえば、赤ん坊の声が聞こえるから何かイベントがあるのは確か。でも、条件を満たしていないから、その場所に行っても何も起こらないって感じかな」

「一定の条件下でのみ現れる怪異。確かに、その辺りが妥当か」

そう考えれば筋は通る。反面その条件とやらが分からなければ打つ手はなく、仮説は解決策には繋がらない。つまりお手上げ。今まで通り後手に回らざるを得ない、ということだ。

「あ、あの」

「どうした、麻衣」

「私、放課後に図書室で調べてみるね。赤ん坊の声が引き起こす怪異……。類似する話を調べていけば、条件の傾向くらいは分かるかもしれないし」

今のところなんの都市伝説かさえ分かっていない。打つ手がないのだ。遠回りのように見えるが、そういう地道な方策が一番かもしれない。

「今のところはそれが良策か。すまない、吉岡。力を貸してもらえるか？」

「う、うん。頑張るね」

自信なさげに、けれど麻衣はぐっと両の手を握り、かなりのやる気を見せている。ひきこさんの事件を経て彼女は変わったと思う。甚夜がちらりと柳に視線を送った。言わんとすることは分かったらしく、彼は「任せろ」としっかり頷いた。

「見通しは立たないままだが、今はこんなところか」

「甚夜、私達にも何かできることある？」

みやかも何か力になりたかったが、残念ながら首を横に振られた。

「いや、特には。寄り道せずに帰宅してくれるのが一番だな。あとは、妙な噂が流れているようならまた教えてくれ」

「う、ん。分かった」

分かりやすく助けになれないのは歯がゆいが、しゃしゃり出て邪魔をしては本末転倒もいいところだ。同じく不満そうにしている薫を宥《なだ》めつつ、みやかは彼の言葉に従う。

「そっちは、駅前？」

「そう、だな。明日からまた足で探そうと思っている」

「明日？」

今まで甚夜はこの手の話に関しては、すぐさま行動に移してきた。今日であっても明日であってもさほどの違いもないのは事実だが、先延ばしにするような真似は彼の嫌うところだと思っていたのだが。

「あれ、いつもなら今すぐ動くっ！　てところじゃない？」

似たような疑問を薫も持ったらしく不思議そうにしている。

「今日の放課後は、少し誘いがあってな」

答えも予想外だった。そういうことをしそうな女子は一人しかいない。

どうやら本当に親しくなっているようだった。そう考えると少しだけ引っかかりを覚えた。

放課後になるとみやかは早めに学校を出た。

普段ならば遅くなっても甚夜が家まで送ってくれるが、今日は期待できそうもない。手早く帰り支度を済ませて、薫と一緒に帰路に就く。〝おしごと〟で甚夜がいない時はままあるので、二人で帰る機会もそれなりにあった。

「麻衣ちゃんは？」

「富島君と一緒にもう帰ったよ、本屋に寄るからって。私もネットの怖い話のまとめで似た話を探してみるつもり」

鞄の中には、この前買った『都市伝説大事典』が入っている。それに最近の都市伝説なら、図書室の本よりはネットの方が見つかるだろう。

「私じゃそういうの、できそうにないなぁ」

「役に立つかはまだ分からないけどね」

「でも、やっぱりみやかちゃんはすごいよ」

薫は笑顔だが、いつもとは若干雰囲気が違う。珍しく気落ちしているように見える。けれどほんのわずかな憂いはすぐに消え、いつもの無邪気さが戻ってきた。

「どうしたの？」

きょとんとした表情は、慣れ親しんだ親友のものだ。今一つ腑に落ちないが、明るく振る舞う彼女に追及はできなかった。

「そうだ、せっかくだから遊びに……はさすがに駄目かな？」

「うん。そういうのは、落ち着いてから」

「でも、みやかちゃん。駅前にちょっとだけだから、寄ってもいい？」

「薫、それは……」

苦言を呈そうとするが、薫は一歩二歩前に進んで振り返ると両手を合わせてお願いしてきた。

「反対。明日じゃ駄目なの？」

「うん、できれば今日の方が」

「明日なら、甚夜が付き添ってくれると思うけど」

「でも、それじゃ意味ないし」

要領を得ない物言いに意図を問おうとすると、それより早く薫は気負いなく言葉を続けた。

「だって、みやかちゃんの気晴らしなんだから、今日じゃないと。なんか疲れてるみたいだったしね。だから、駅前で甘いものを食べてすぐに帰ろう。ちょっとのことでも、きっと気分はすっきりするよ」

あまり顔には出ない方だと思っていたが、彼女はこちらの内心を察して、方法はともかく気遣おうとしてくれていた。心配をかけていたのだと今さら気付くくらい余裕がなかったのだろう。それを思い知らされて、途端に恥ずかしくなった。

「えっ、と」

「いいでしょ？　ちょっとだけだから。クレープ買って、食べながら帰るの。それなら遅くならないし、ね？」

本当は断固として拒否するべきだ。まだ状況が明らかになっていない以上、軽率な行動はとらない方がいいに決まっている。

みやかは十分に理解しながらも「それくらいなら」と同意した。

「やった。じゃあ、急ごう」

「薫？　走ると危ないよ」

休み時間の萌の行動は、みやかを多少だが落ち着かない気分にさせた。

嫉妬というよりは劣等感に近い。自分が尻込みしてしまうところを何の遠慮もなく踏み込めて、しかも円滑に関係を構築できる彼女が少し羨ましかった。そういった考えまで見抜いたわけではないだろうが、薫は些細《ささい》な変化を察して気遣ってくれた。よく薫はみやかを「すごい」と持ち上げるが、本当は彼女の方こそいつも助けてくれるのだ。

手を引かれて連れて行かれたのは、駅前にある小さなクレープ屋台だ。薫の最近のお気に入りらしく、道すがら色々とおすすめを紹介された。

到着すると、そこには意外な人物の姿があった。店先では何故か、桃恵萌がスーパーの袋を片手にクレープを頬張っていた。

「お、姫川に梓屋。二人も買い食い？」

「あれ、アキちゃんも？」

「そ。ストロベリーチョコクリーム。やっぱ基本こそ最強だよね」

「私はね、アップルクリーム。あ、でもキャラメルソースも捨てがたいなぁ」

薫は偶然を喜び話しかけているが、みやかは思わず固まってしまった。甚夜は先程「放課後に誘われている」と言っていた。明言はしなかったが、誘いというのは萌からだと思っていた。しかし行動を共にしているはずの彼の姿は、どこにも見当たらない。

「あれ、甚夜は？」

「へ？　あたし一人だけど……なんで？」

その反応にみやかは遅れて状況を理解する。自分の考えが全くの勘違いだったと気付き、思わず頭を抱えてしまった。

「ちょ、姫川？　どしたの、頭痛い？」

「うん、頭痛い。いや、そうじゃなくて。ごめん、ちょっと勘違いしてたことに気付いただけ。

心配しないで」

「よく分かんないけど、本当に大丈夫？」

「うん、ありがと。それと、ごめん」

重ね重ねの謝罪に、萌が怪訝《けげん》そうな顔をしている。勘違いで憂鬱を気取っていた自分が恥ずかしくなり、この場から逃げ出したいほどだった。

「ねえ梓屋。どしたのこれ？」

「よく分かんないけど、元気になったみたいだからいいんじゃないかな？」

「あんたも大概よく分かんない思考回路してんね」

結局、話はうまくまとまらず、なし崩しで流れてしまった。

「実は姫川ってさ、そんなクールでもなかったりする？」

「そうだよ。みやかちゃんはね、照れ屋さんなだけなの」

「ごめん、さっきのは忘れて……」

みやか達はようやく落ち着き、各々クレープを購入する。みやかはチョコバナナ、薫はアップルクリーム。萌も二つ目のストロベリーチョコクリームを食べつつ、これ以上遅くなってはいけないと、三人並んで帰路に就くことにした。

「でも、元気になってよかった」

「元気になったというか、毒気を抜かれた、かな」

全部自分の勘違いだったと知り、胸にあったもやもやがすっかりなくなった。萌とも普通に喋れている。今では何が引っ掛かっていたのかも忘れて、会話しながらの帰路を楽しんでいた。

「そういえば、桃恵さん。それって」

「んあ？　ああ、これ？　お弁当の食材だよ。駅前のスーパー、けっこー品揃えいいんだわ。地場野菜なんかも扱ってるし」

やっぱ夏は野菜だと言いながら手にしたスーパーの袋を見せてくれる。ナスにトマト、オクラに枝豆。それだけ見ても、料理に慣れていないみやかでは、何を作ろうとしているのかは分からなかった。

「すごいなぁ。アキちゃんは葛野君に手作り弁当作ったりしないの？　少女漫画とかだと定番だけど」

「二人きりならともかくさ、みんなでいるのに一人だけ特別扱いとか周りはいい気しないでしょ。手作り弁当のプレゼントで女子力アピるより、ごはんはみんなで楽しくって方があたしはいいかな」

そういう言葉が自然に出るあたり、いい子なのだろう。外見とは裏腹に真面目で一途。周りへの気遣いも忘れない彼女には、みやかも好意を抱いていた。葛野甚夜という男に関しても、よく分からないところはあっても悪い人ではないと知っている。実際話しているところを見るに二人の相性も悪くない。これは本当に、もしかするのかもしれない。そんなことを考えていると。

……マ……マ……ママ……

どこからともなく赤ん坊の声が届いた。

「っ、姫川、梓屋」

最初に反応したのは萌だった。先程までとは表情が変わり、鋭い目つきで周囲を見回している。

「桃恵さん、も？」

「ってことは、あんたも聞こえたんだよね？」

顔をひきつらせた萌に、しっかりと頷いて答える。薫も反応はほとんど同じ。この場にいる全員が赤ん坊の声を聞いたようだ。

「みやかちゃん……」

怯えた様子の薫の手を取り、みやかはすぐに逃げることを選んだ。

「とりあえず、駅前から離れよう」

「だね。こんなうるさいのに赤ん坊の声だけはっきり聞こえるなんて、どう考えてもまともじゃないって」

萌も焦った様子で同意した。会話している最中にも赤ん坊の泣き声が聞こえてくる。それも、だんだんと近付いているような気がした。

みやか達は互いに顔を見合わせ、小走りに駅前の通りを進む。幸いにも今回の怪異は、声が聞こえた時点で逃げれば被害が出ないと分かっている。だから急いでこの場を離れれば問題はない。しかし人混みの中を急ぎ過ぎたせいだろう。すれ違いざまに肩をぶつけてしまった。

「っと」

「……っ、ごめんなさい」

「いや、こっちこそ。って、姫川さん？」

慌てて謝り相手を確認すると、ぶつかったのは同じクラスの富島柳だった。傍らには麻衣の姿もある。彼らは本屋に寄ると言っていた。それが終わって帰る途中だったか、調査がてらに駅前を訪れた、といったところだろうか。

「富島君、本当にごめん。でも」

「ああ、大丈夫。さっさと逃げよう」

みやかが促すより先に、柳がそう言った。

「や、やなぎくん？」

「麻衣も聞こえただろ？　それに、やばい。一つ、二つ。いや、四つ五つ。あきらかに姫川さん達を追って来てる」

柳は麻衣をそっと引き寄せると手をつないだまま早足で歩き出す。おそらく、彼にも聞こえたのだ。

「それって」

「俺は『ひきこさん』だからさ。いじめっこの居場所は大体分かる」

みやかは息を呑んだ。返ってきた言葉は想像通りであり、状況は最悪だった。彼の力はひきこさん、敵意には人一倍敏感だ。迫りくる怪異の存在を感知しているのだろう。努めて冷静であろうとはしているが、その表情には焦りが滲んでいた。

三人から五人になった。

みやか達は柳の先導で再度進む。蛇行するように、人混みから離れるように移動するのは、追手の位置を把握しているから。彼は逃げやすい道を選んでいるようだった。

駅前から離れ、建ち並ぶ商店を抜け、薄暗い裏道へ入り込む。

ふぅ、と柳が肩の力を抜いたのが分かった。多分、逃げ切れたのだろう。赤ん坊の声も聞こえなくなった。どうやら窮地は脱したらしい。

「これで、一安心、だな。麻衣、大丈夫か。足、痛くない？」

「う、うん。ありがと、やなぎくん」

柳は運動が得意でない麻衣をしきりに心配していた。空気の変化にみやかも安堵し、ゆっくりと深呼吸をして荒れた息を整える。

皆が人心地ついたかというところで、人通りのない裏道に声が響いた。

「あれ、柳？　お前、帰ったんじゃなかったのか？」

「どうしたの、みんな集まってさ」

驚きに全員が振り返るが、声の主を見て一気に脱力する。藤堂夏樹に根来音久美子だった。

警戒した分だけ安堵は強い。ほっと息を吐き、皆して微妙な表情を浮かべる。

「まったく、驚かせるなよ」

柳が不満そうに口をとがらせた。いきなり文句を言われた夏樹は戸惑った様子だった。

「声かけただけでそんなこと言われても」

「いやいや、今のはなっきが悪いよ」

「みこ、手のひら返すの早くない？　もうちょっと俺の味方してくれよ」

事情を知らない夏樹からすれば理不尽だろうが、逃げていたみやか達からすると驚かされたのは事実で、心情的には柳に同調していた。

先程までの緊張は消え去り緩い空気が漂っている。何も起こらなかったのだから当然といえば当然だろう。

しかし今、五人は七人になった。ここに条件は満たされた。

「あ、やばい。囲まれてるっ……！」

柳が声を上げたが、もう遅い。周囲にはみやか達以外に人影はない。赤ん坊の声どころか、駅前近くの裏道だというのに、不自然なほどに音もない。七人を取り囲むように、突然、黒い影がアスファルトから湧き上がる。

「そっか、だから赤ん坊の声……」

一変する状況の中、みやかはその怪異の正体に気付いた。甚夜が今回の都市伝説を見つけられなかったのも当然だ。みやか達を気遣い、独りで調査をした彼では見つけられるはずがなかったのだ。

『おお、おぉ』

おどろおどろしい呻きを零す、セーラー服姿の女子達。けれどそれが普通の高校生でないのは明白だ。異常なほど青白い肌。苦悶《くもん》に歪んだ顔。漏れる怨嗟《えんさ》の声。目には溢れんばかりの憎悪が宿っている。

「渋谷七人ミサキ……！」

女子高生の姿をした七体のあやかし達は、生きる者が憎いと言わんばかりに、濁った瞳でみやか達を睨《にら》みつけていた。

《渋谷七人ミサキ》

七人一対の強力な集団亡霊で知られる『七人ミサキ』は海で溺死した人間の霊の集合体で、名前の通り常に七人で行動し、主に海や川などの水辺に現れるとされる。

この死霊に出会った者はそれだけで呪詛《じゅそ》を受け、高熱に見舞われて命を落とす。そして一人を憑《と》り殺せば一人が成仏し、憑《と》り殺された者が新たな七人ミサキに加わる。だから七人ミサキはずっと七人。増えることも減ることもない。

自分が成仏できる番をじっと待ちながら、人を呪い殺し続ける。呪殺に秀でた、四国・中国地方に伝わる古い怪異だ。

渋谷七人ミサキは、この怪談『七人ミサキ』を下敷きにした怪異である。

援助交際という言葉が生まれた１９９０年代、渋谷で女子高生が次々に命を落とす謎の事件が発生した。

外傷は見られず、持病の類もない。健康状態はいたって普通。にもかかわらず、少女達の死体がいくつも発見される。いくら調べても死因は不明で彼女達の顔は恐怖に歪み、胸元がはだけていたという。着衣の乱れから性的暴行によるショック死なども考えられたが、やはり形跡は見られない。七人の女子高生が死亡したところでこの怪死事件は収まったものの、結局原因は分からずじまい。真相は謎に包まれたまま一旦の収束を迎えた。

この事件と並行して、当時女子高生達の間では「渋谷スペイン坂に行くと赤ちゃんの声が聞こえる」という噂が流れていた。火がついたように泣き叫ぶ赤ん坊の声から「マンマ…」と言うか細い声まで、少女達は赤ん坊の声を聞いたと次々に口にした。

この噂を耳にした者が、まさかと思いつつ怪死した女子高生達をもう一度調べ直した。すると、七人にある共通点が浮かび上がってきた。それは「援助交際を頻繁にしていて、堕胎手術を受けたことがある」というものであった。

援助交際が流行した1990年代、避妊の知識のない女子高生が、結果として行きずりの男の子を妊娠してしまうケースが多かった。産婦人科に堕胎手術を依頼する女子高生は、かなりの数に上ったそうだ。それは同時に、その数だけ小さな命が失われたことを示している。生まれることを許されなかった子供達は、自分を殺した無責任な母親を怨んで死霊となり、堕胎手術を受けた女子高生を呪い殺した。

これが怪死事件の真相。呪いは七人目の女子高生が死んだところでぴたりと止まり、誰もが事件は終わったと安堵していた。

しかしその翌年、またしても七人の女子高生が原因不明の死を遂げた。今度は呪い殺された少女達が七人一対の怨霊となり、同じ数の犠牲を求めたのである。以来、渋谷スペイン坂以外の場所でも、毎年のように七人の女子高生が命を落とす。

七人で殺し、七人が死に、七人の怨霊が生まれ、七人で殺す。

終わらない呪いの連鎖。

援助交際の流行と堕胎率の上昇。安易なブームの陰で育まれた亡霊の都市伝説。女子高生、しかも援助交際をしそうな夜遊びをしている派手な少女だけを狙う、ひどく限定的な怪異である。

「でも、渋谷七人ミサキは女子高生しか殺さないはずじゃ……」

麻衣の疑問はもっともだ。けれど、それに対する答えもみやかは持ち合わせている。

「元の都市伝説では、そう。でも多分、別のものが混じっているんだと思う」

一定の条件下でのみ現れる、という仮説は正しかった。渋谷七人ミサキは本来夜遊びするような、もっといえば援助交際をしていそうな女子高生のみを狙う。その原典にあたる『七人ミサキ』とは違い、女性のみを七人に達するまで殺し続ける怪異である。それが曲解され、この街では「七人の若い女性が揃うと現れる亡霊」として成立してしまったのだろう。

しかし今回に関しては、柳や夏樹が混じっていても出てきた。

多分それは、別の要因が混じっていたからだろう。古典妖怪『七人ミサキ』は、渋谷七人ミサキとは違い、出会ったものを無差別に呪い殺す怪異である。だから例えば、口裂け女に悪狐、赤マントに野衾《のぶすま》の特性が与えられたように。渋谷七人ミサキにも、古典妖怪『七人ミサキ』の特性が与えられていたとすれば説明がつく。

結果、「女子高生がいて七人揃う」という最低限の条件さえ満たせば、すべて呪い殺す節操のない怪異となった。

「捏造された都市伝説……誰かが悪意をもって造り上げた、人造の怪人」

絞り出すようなみやかの声に、空気がぴんと張りつめる。

集団亡霊がにじり寄る。柳は麻衣をかばうように一歩前へ出た。

甚夜がいない以上、この場で戦えるのは彼のみ。構えた左手には、既にカミソリが握られている。かなり緊張しているのが背中から伝わった。

「ごめんね、みんな。どう考えてもこれ、あたしのせいだよね」

何故か萌はいじけた調子だった。亡霊を前にしても一切怯えていない。彼女の態度はあまりにも普段通り過ぎた。

「あの、桃恵さん？」

「だってさぁ、姫川の説明通りなら、絶対あたしのせいじゃん。姫川に梓屋、吉岡に根来音、あたし。この中で〝援助交際してそうな派手な女子〟って、どう考えてもあたししかいないし。クラスの男子どころか都市伝説にもウリやってる認定って。ちくしょう」

気が抜けるような発言だが、亡霊はおかまいなしに動き出す。明確に、こちらを獲物だと認識したようだ。

「いや、あのさ。もうちょっと緊張感持って欲しいんだけど……っ！」

愚痴を言いながらも柳が応戦し、動き出した亡霊の一体に向けて雨あられとカミソリを放つ。

実体のない亡霊であっても何の問題もなく斬り裂けるらしく、怪異の表情が痛苦に歪んでいた。

渋谷七人ミサキが、憎悪の籠った眼で柳を睨み付ける。

「悪い、姫川さん。葛野に連絡してくれる？」

「もうメールしてある」

正体に気付いた時点で、状況も場所も既にメール済みだ。同時に電話もかけているが、甚夜はまだ出ない。

ありがとう、と軽く笑みを浮かべた柳は再び怪異と対峙する。一対七。六人を守りながら戦わなければならない。しかも彼は、つい最近能力に目覚めたばかりだ。絶体絶命の窮地に誰もが息を呑む。その中で、桃恵萌だけは気が抜けるくらい余裕のある振る舞いだった。

「あーもう、ホントむかつくなぁ！」

先程までいじけていた桃恵萌は怒りに肩を震わせながら、柳よりも早く渋谷七人ミサキの前へ躍り出た。

呼び止めようとするが間に合わない。呼応するように亡霊たちが襲い掛かる。だが、萌はいたって冷静に懐から携帯電話を取り出すと、沢山のストラップを揺らしながら優しく呟いた。

「おいで、犬神」

フェルト地の犬のストラップが一瞬光ったかと思えば、突如として現れたのは、影を切り取ったかのように深い黒色をした三匹の犬だ。彼らは萌の命じるままに亡霊へと突進、爪で裂き、噛み付き、いとも容易《たやす》く迎撃してしまう。

ただのクラスメイトだと思っていた萌が、怪異に堂々と立ち向かっている。

目を大きく見開いたみやかは、戸惑いながらも彼女の背中へ呼びかけた。

「も、桃恵、さん……？」

「アキだっての」

桃恵萌は本名。そしてアキという呼び名は、彼女にとって魂だ。

十五歳の誕生日に、家宝の短剣と共に父から継いだ大切な名前だった。

彼の親友だった一人の男から想いを託された。

「十代目秋津《あきつ》染《そめ》吾郎《ごろう》。だから、アキね。間違えないよーに」

桃恵萌——十代目秋津染吾郎は悪戯を成功させた子供のように、にっかりと無邪気に笑っていた。

# 4

秋津は、退魔ではあっても妖刀使いの南雲《なぐも》や勾玉《まがたま》の久賀見《くかみ》とは若干趣が異なる。彼等はそもそも退魔の家系ではなく職人の一派だった。

秋津染吾郎というのは、明和《めいわ》から寛政《かんせい》（1750〜1800年頃）にかけて活躍した金工《きんこう》の名である。彼は非常に腕の良い職人だった。あまりにも腕が良すぎて、作った細工に比喩ではなく本当に魂が宿ってしまうほどに。魂を持つ、生きた細工を作り出す稀代の金工。秋津染吾郎は退魔ではなく職人として技術を突き詰め、遂には細工に宿る魂を付喪神《つくもがみ》へと変えて操る術を生み出した。

それが秋津の開祖。以来、彼の弟子達は「秋津染吾郎」を襲名すると共に、付喪神を作り出す技術を継承してきた。

時代が下れば、比重は職人よりも付喪神使いとしての立場に傾く。それぞれの秋津染吾郎が、己の得意とする細工をもって付喪神を扱うようになった。例えば初代は金工だが、三代目は木彫りの根付《ねつけ》や張子《はりこ》。四代目は念珠《ねんじゅ》を得意とした。何を作っても構わない。そこに魂を込められるのなら、付喪神は生まれるのだから。

「おいで、犬神」

そして現代に至り、桃恵萌は手作りの携帯ストラップを付喪神へと変えて操る。犬、猫、天然石のドール。変わり種ではパンダやマリモ。これも時代の変化だろうか、彼女が生み出したのは今までの秋津染吾郎とは趣の違う付喪神達だ。

しかし、変わるものがあれば変わらないものもある。変わらずにあろうと努力してきたからこそ繋がる想いがあった。

「桃恵さん、それ……」

犬神を操る萌に対して、柳は驚きから目を丸くしている。

「だから何度も言うけどアキ、十代目秋津染吾郎だって。付喪神使い……なんて言われてる退魔なの、あたし。というか富島こそなんなの、その力？」

「俺は、都市伝説保有者。都市伝説の力を行使できる能力者だよ。ちなみに、保有都市伝説は〈ひきこさん〉」

「へぇ。世の中、いろんな人がいるもんだわ」

「それは俺も思うな」

会話しながらも、二人は迫りくる怨霊をいなしていく。

人一人を片手で引き摺《ず》り、肉塊に変えるまで動き続けるのがひきこさんという怪異。その力を宿す柳の動きは常人とは一線を画している。膂力《りょりょく》も速さも人の枠に収まるものではなく、数に飽かした思考のない攻撃では彼を捉えられない。

「次いくよ！　ねこがみさま！」

一方、萌の体術はあくまでも人のもの。同年代の女子よりは動けるだろうが、スポーツをやっている高校生程度でしかない。しかし彼女は付喪神使い。あみぐるみの猫の付喪神は、姿こそ愛らしいが挙動は俊敏だ。猫らしくしなやかに跳躍し、その爪で怨霊達を斬り裂いていく。

「なんか、ゆるキャラみたいな猫に負ける亡霊って微妙だなぁ」

「なんで？　かわいいっしょ？」

「いや、かわいいけど」

先程使った犬神も、デフォルメされた姿をしている。柳も萌が強いのは認めたようだが、彼女の気の抜けた掛け声や操っているファンシーな付喪神に緊張感を保てないらしく微妙な顔をしている。

「まあ、今はそんなことを言っている場合でもない、かっ！」

「そーそー、さっさと終わらせよ」

気を取り直して亡霊を見据えると、一足で距離を詰める。

渋谷七人ミサキは女子高生の集団亡霊。幸い直接的な戦闘力は低い。予想外の援軍を得られた今が好機とばかりに、柳が一気に攻め立てる。

カミソリが斬り裂き、力任せに地面へ叩き付け、一体目。

犬神が、ねこがみさまが飛び掛かり二体。

七体一対の集団亡霊は着実に数を減らしていく。

「……富島っ」

「ぐぅ…だい、じょうぶ……」

しかし状況は決して有利ではない。

都市伝説『渋谷七人ミサキ』、そして古典妖怪である『七人ミサキ』も本来戦う怪異ではない。この怨霊の特性は、遭遇をトリガーに引き起こされる死に至る呪いだ。つまり彼等の存在そのものが高位の呪詛である。時間が経つごとにこちらの動きは悪くなっていく。距離を取って戦う萌はまだマシだが、矢面に立つ柳はそれが顕著だった。

まるで熱に浮かされたような様子の彼に、狙いすましたかのように亡霊が襲い掛かった。しかし次の瞬間には柳は正気を取り戻し、カッターの刃で亡霊の首を掻っ切る。

三体目。危機を一蹴して後ろへ下がった柳が、驚きの目で萌を見ている。

「今の、桃恵さん？」

「まぁね。結構やるっしょ」

言いながら彼女は携帯ストラップの一つを揺らす。天然石のドールだ。素材は虎目石《タイガーアイ》。邪悪な力を払い除けることができると信じられ、魔除けにも使われるパワーストーンの一種である。

人形の元来の目的とは「人と同じ形を持つものに、災厄を移す」こと。ゆえにドールの付喪神の力は「呪詛に対する身代わり」。柳を苛《さいな》む呪詛を代わりに受けたことで、天然石のドールにはひびが入っている。

「呪いはこの子が代わりに受ける。でも、長いことはもたないよ」

「ああ、それは大丈夫。もっと怖いのが来たから」

「へ？」

「多分、一瞬で終わるよ」

柳の持つひきこさんの力なのか、おそらく何かを察したのだ。遅れて萌も近付く気配に気付いた。

「来い、〈犬神〉」

短い呟きを合図に三匹の黒い犬が疾走する。先程萌が使役した付喪神と同じ、しかし今度は獰《どう》猛《もう》な獣そのものだ。犬神は怨霊へと荒々しく襲い掛かり、四体目が倒れる。次いで姿を現したのは、葛野甚夜だった。

これで渋谷七人ミサキの勝ちの目は完全にゼロとなった。視認するのも難しい速度で刀が振るわれ、瞬きの間に亡霊が両断されている。わずか一息で五、六体目。萌の目の前で、話でしか知らなかった鬼人が夜来《やらい》を振るい、いとも容易く亡霊を斬って捨ててみせた。

「すまない、少し遅れたようだ」

ゆったりと、穏やかとさえ感じられる立ち振る舞いだった。

遅れながらも辿り着いた甚夜が、一切の油断なく最後の亡霊を見据えている。

詰みだ。彼が参戦した時点で怪異の末路は既に決定していた。

「やば、刀一本で鬼を葬る剣豪……マジで、すごい」

甚夜が冷静に切っ先を亡霊へ向けた。

萌はまるで憧れの芸能人に会えた時のような気分で眺めていた。

子供の頃から知っている。いずれ葛野の地に訪れる鬼神を討つために戦い続ける、刀一本で鬼を葬る剣豪のお話だ。常勝とはいかない。勝利も敗北も積み重ね、大切なものを失いながらも必死に足掻《あが》き、決して諦めることはしなかった。

桃恵萌はそんな彼の物語を、幼い頃は「赤ずきん」や「シンデレラ」、夜眠る前の童話の代わりに聞いて育った。彼女にとって今の状況は、おとぎ話の英雄が絵本を飛び出して目の前に現れたようなものだった。

「ちょ、ちょっと待って葛野！」

「どうした、桃恵」

「わ、悪いけどさ。あたしに、最後の見せ場は譲ってくんない？」

本当は彼の雄姿をもっと見ていたい。けれど、ここはちゃんと挨拶をしないといけないだろう。彼が葛野甚夜であるのなら、秋津染吾郎としての姿を見せるべきだ。萌は甚夜を呼び止め、ぐっと前へ踏み出す。

「……分かった。無理はしないでくれ」

「勿論、こんなやつらあたしの敵じゃないって！」

萌は懐から短剣を取り出した。

そうだ、あのような怪異など敵ではない。彼女の手には秋津染吾郎が代々受け継いできた短剣が、最強の付喪神がある。百を超える歳月、守り抜いてきた想いが。たかだか十年かそこらで育まれた都市伝説に負けるはずがないのだ。

桃恵萌が取り出したのは、五月人形の持っていた短剣。

その付喪神の名は――

「おいでやす、鍾馗様《しょうき》」

――鍾馗。厄病を払い、鬼を討つ鬼神である。

現れたのは力強い目をした髭面《ひげづら》の大鬼だ。金の刺繍《ししゅう》が施された進士の服をまとい、手には萌の持つ短剣と同じ意匠《いしょう》の剣がある。

夕暮れの中、顕現した大鬼。恐ろしいまでの威圧感に、渋谷七人ミサキも、みやか達も驚きを隠せない様子だ。しかし、誰よりも驚いているのは甚夜だろう。

「これは……染吾郎の」

なにせこれは彼の親友だった三代目が操り、代々受け継いできた付喪神の中でも最強の切り札だ。きっと懐かしいと思ってくれているに違いない。

「へへ、こんな雑魚にはもったいないけどね。ちょーっと、あたしの格好いいところも見てもらおうと思ってさ」

甚夜の呟きが嬉しかった。優しい響きに、彼が秋津染吾郎を大切に想っていてくれたのだと知る。

ああ、報われた。父や祖父、代々の染吾郎の重ねてきた途方もない努力がここに繋がった。萌は怨霊を前にして、喜びに声を弾ませる。

「ということで、悪いね。これで、終わりっ！」

鍾馗には、特別な力は何もない。射程距離も短くせいぜい二メートル程度。だが、この付喪神は秋津染吾郎の切り札である。

一瞬のことだった。大鬼が剣を振るったかと思えば、既に亡霊は掻き消えている。甚夜や柳はともかく、みやか達には何が起こったかさえ分かっていないだろう。鍾馗には特別な力はない。しかし強い。桁外れの純粋な強さ。それこそが鍾馗の本質だ。

「……見事だ。三代目秋津染吾郎を彷彿させる。いや、それをも超えると思わせる一撃だった」

甚夜の賞賛を受けて振り返った萌は、満面の笑顔で右腕を突き出し、勝ち誇るようにピースサインを見せつける。

「とーぜんっ、あたしらの想いがいっぱい詰まってんだから！」

強いのは当たり前だ。

だって、あなたに伝えたい言葉を秋津は守ってきた。失くさず運んできた。

だから秋津染吾郎は強い。

敵を貫く力より、時代を超える想いの方が強いに決まっているのだ。

◆

いつかの夜のことである。

『さ、平吉《へいきち》。行く前に、伝えとかなあかんことがあるんや』

鍾馗の短剣を手にした染吾郎は、愛弟子である平吉をまっすぐ見詰める。

『僕になんかあったら、君が四代目秋津染吾郎や』

『ま、僕かてそう簡単にやられるつもりはないけどな。せやけどマガツメは鬼の首魁《しゅかい》、いつか鬼神になるゆう規格外の相手や。何があってもおかしない』

年老いた三代目染吾郎は、親友のためにマガツメと対峙《たいじ》する道を選んだ。しかし全盛期を過ぎた今の己では、討ち果たせるかどうか。もしかしたら無様に命を散らすこととなるかもしれない。だからこそ平吉に後を託す。幼かった弟子は驚くほどに成長した。今や彼以上に秋津染吾郎の名が相応《ふさわ》しい男はいない。

『これが一つ目の話。二つ目は、ちょっと言伝《ことづて》をな』

そして、もう一つ。親友への言葉を大切な弟子に預けていく。普段は冷静ぶっているが、あれで案外情の深い男だ。自分に何かあれば甚夜は苦しむだろう。だからそうならないように〝秋津染吾郎〟はあいつに伝えよう。

『いつか、あいつにこう伝えたってくれ』

思わず笑みが零れる。

伝言を聞いた時、あの仏頂面がどんなふうに歪むのか。

それを想像して、染吾郎は――

◆

「ごめんね、送ってもらって」

「いや」

渋谷七人ミサキを討ち果たした後、甚夜はみやかを家まで送り届けた。

麻衣は柳が、薫は萌が送った。夏樹と久美子も迎えが来たので問題ない。今回の怪異は被害者を一人も出さず解決し、とりあえずは一件落着でいいだろう。

「でも、秋津染吾郎……か」

道すがら甚夜が秋津について教えると、みやかは小さく息を吐いた。

秋津染吾郎。かつて稀代の退魔と謳《うた》われた付喪神使いであり、桃恵萌はその当代だ。五代目以降とは縁がなかったが、こんな場所で会うとは思ってもみなかった。

「なんだろ、甚夜に会ってから私の常識がすごい勢いで崩れていってる……」

「君だっていつきひめだろうに」

「それも、今まで知らなかったしね」

みやかはあくまでもいつきひめの血筋というだけで、特別な力は何もない。今もああやって説話に語られるような能力を宿す人がおり、それがクラスメイトだというのは、彼女からすると奇妙に思えるのかもしれない。

「では、な。そろそろ帰らせてもらうよ」

「あ、うん。じゃあ、また」

「ああ。……と、メールか。夏樹も無事に着いたらしい。携帯電話とはなかなか便利なものだな」

渋谷七人ミサキが現れた際も、みやかのメールに記載された情報を頼りに甚夜はその場所に辿り着くことができた。機械は苦手だが、今さらながら携帯電話の有用性を理解する。真面目に言ったつもりだが、何故かみやかはくすりと笑った。

そのまま玄関で別れる。しばらくすると薫からも「無事に家に着きました」というメールが届いたので甚夜も帰路に就いた。

「やっほ、待ってたよー」

その途中、街路灯の下で桃恵萌は待っていた。一人になるタイミングを見計らっていたのだろう。明るい笑顔で手を振りながら、人懐っこい子犬のように甚夜の下へ駆け寄る。

「ああ、桃恵。今日はありがとう。みやか達を助けてくれて」

「いやぁ、あれはどっちかっていうとあたしが巻き込んだっていうか。まあ、ともかく！　ちょっと時間もらえない？　話したいことがあるんだ」

「構わないよ」

話したいことがあるのは、こちらも同じだ。入学前から甚夜のことを知っていた。その意味を知った今だからこそ、彼女の口から話を聞きたかった。

「それじゃ、近くの公園にでも」

「ああ」

軽やかに歩く桃恵萌、十代目秋津染吾郎の後をついていく。道すがら萌は、秋津の家に伝わる昔話をしてくれた。

そもそもは職人の一派であった秋津は、ある時を境にその在り方を変えた。

宇津木《うつぎ》平吉。四代目秋津染吾郎は、弟子を取らず自身の息子・仁哉《じんや》に技を継承し、五代目の名を与えたのである。以降、秋津染吾郎の名と付喪神使いの技は親から子へ、子から孫へ。彼の血脈に受け継がれていくこととなる。

三代目を心から敬愛していた彼が、どうして秋津の在り方を捻じ曲げてまで息子を秋津染吾郎としたか。

『いつか、お師匠の伝言をあいつに持っていくのは、俺と野茉莉の子孫であって欲しい』

あくまでも想像だが、妻と子供を何よりも愛した四代目の真意はそんなところではないかと伝えられている。

四代目より秋津は一派から家系へと移行し、しかし残念ながら彼の願いが叶うことはなかった。昭和。太平洋戦争の時期、七代目秋津染吾郎は妻子を戦争で失った。彼がその後誰かを娶《めと》ることはなく、しかし秋津の技を途切れさせるわけにもいかず、戦後に戦災孤児を引き取り弟子とした。それが桃恵萌の祖父にあたる人物である。

故に、平吉と野茉莉の血を継いだ染吾郎は七代目で絶え、以降の秋津は桃恵という男の血族となった。尊敬する師匠に背いてまで在り方を変え、だというのに彼の想いは途切れ。けれど繋がるものもある。八代目秋津染吾郎は、途切れた想いを紡いでいく道を選んだのだ。

『私達は遠い未来、〝彼〟に言葉を伝えるために在り続けたんだよ』

会ったこともない〝彼〟の話を、師匠は眠る前の童話代わりに繰り返し聞かせてくれたそうだ。

戦災孤児だった桃恵という少年にとっては、七代目は父のような存在だった。彼から受けた恩に報いるため、遠い未来まで「秋津染吾郎」を繋げていこうと誓った。

桃恵萌と三代目染吾郎に直接の繋がりはない。平吉や野茉莉の血は流れていない。けれど、想いはここに。大切な心は、伝えたい言葉だけは落とさずちゃんと運んできた。

「はい、とうちゃーく」

道すがら萌に事情を聞きつつ、彼らは住宅地にある「みさき公園」という名の小さな公園へ辿り着く。渋谷七人ミサキを相手取った後に、みさき公園。妙な符合ではある。

「で、もう分かってるだろうけど、あたしが葛野のこと知ってた理由。ちっちゃな頃から聞いてたんだよね、刀一本で鬼を葬る剣豪の話を」

公園の中央で彼らは向かい合う。夏の夜、多少は涼しくなったとはいえ、息苦しくなるような熱はまだ残っている。そして甚夜の胸にも、篝火《かがりび》のように、あの頃の熱情が揺れていた。

「それは、先代が？」

「そ。何度も聞かせてくれたの。三代目染吾郎の親友だった一匹の鬼。マガツメと対峙する時、葛野甚夜の隣に立つのは秋津染吾郎であろうと、お父さんもお爺ちゃんも。お爺ちゃんのお師匠さんも、めっちゃ頑張ってきたんだから」

野茉莉と平吉の血が途切れても、想いだけは絶やさぬよう紡いできた。遠い未来でも、葛野甚夜という男の親友であるために。秋津染吾郎は、気の遠くなるような歳月を乗り越えてきたのだ。

「親友だったんでしょ？　三代目と」

「ああ、そうだな。思えば、私が焦って足元を見失いそうになった時、いつも染吾郎が窘《たしな》めてくれた。それにあいつはなかなかの酒豪でな。何かあると、二人で杯《さかずき》を酌み交わしたものだよ」

京都で店を開く時、手伝ってくれたのは彼だった。毎日のようにきつね蕎麦を食べに来た。弟子や娘の成長が寂しくて、二人で酒を呑んだことがある。野茉莉、平吉、兼臣《かねおみ》、染吾郎。ああ、ちょうどその頃だったか。林檎飴《りんごあめ》の天女《てんにょ》がふらりと訪れ、ちとせと再会したのも。

懐かしい、今は間遠《まどお》の日々だ。失くしてしまっても忘れたことはない。幸せな情景は、今も彼を支えてくれている。

「へへ、そっか。ええっと、それでね。最初の三か月くらいは声かけられなかったのよね。葛野甚夜って人が入学するって聞いて追っかけてきたけど、本当に本人かは分からないし。じっと観察してたわけ」

「そして、確信が持てたから接触した？」

「そそ。あなたが葛野甚夜だって、染吾郎の親友だって分かった。だから今度は、話の通りの人物か見極めようと思った。話ではいい奴だったけど、実は勘違いで悪党でした、なんてイヤじゃん？　長い時間経ってるんだし、やさぐれたりとかさぁ。そんで姫川に頼んで、紹介してもらったの」

だから入学当初はみやかや夏樹から話を聞く程度にとどめ、三か月たった今は積極的に交流を持とうとした。それが彼女の隠し事。こうして甚夜に明かしたということは、見極めの期間は終わったのだろう。

「で、結果はどうだった？」

「勿論、合格だって！　不器用で、優しくて。ちょっとだけ弱くて、でも誰よりも強い。昔から知ってる通りのあなただけど、違うところもある。あたしの馬鹿な話にも乗ってくれるし、真摯に向き合ってくれた。秋津染吾郎のことは別にしても、葛野のことは気に入ってるよ」

予想以上に評価してくれていたようだ。彼女の目には伝えられた鬼人の姿ではなく、今ここにいる甚夜が映っていた。

「だからさ、あなたにならあたし達が運んできた大切な言葉を渡せる。……聞いてくれる？　三代目秋津染吾郎から預かった、いつかの伝言を」

「ああ、聞かせてくれないか」

しっかりと重々しく頷く甚夜に、少女は柔らかく微笑んだ。

一転表情を引き締め、桃恵萌――十代目秋津染吾郎は甚夜の前に跪《ひざまず》いた。

「お目にかかれて光栄です。葛野甚夜さま。先代より鍾馗の懐剣を受け継ぎ、十代目秋津染吾郎を襲名いたす運びと相成りました。三代目、そして四代目の意向により、遅ればせながら甚夜さまにご挨拶をさせていただきたく馳せ参じました」

制服を着崩した今風の少女が、跪いてしっかりと挨拶をする。なんとなく奇妙ではあるが茶化したりはしない。彼女の、彼女達の想いに報いたいからこそ甚夜は堂々と立ち、真っ向からそれを受け止める。

「そうか。稀代の退魔と謳われた秋津染吾郎、その名を継いだ君へまずは賛辞を贈ろう」

「は、ありがとうございます」

「もしも話しにくいようであれば、今までのように砕けてくれて構わないが」

「お気遣い感謝いたします。ですが、未熟なれど私は秋津染吾郎。その名跡に恥じぬ態度があると存じます」

言葉は丁寧だが頑とした否定だった。ゆるぎないその態度は、飄々《ひょうひょう》とした染吾郎とは全く違うのに懐かしいと感じる。

「甚夜さま、三代目より言伝を預かっております」

面を上げた萌は、悪戯っぽく口の端を吊り上げた。どこかの誰かとよく似た微笑みを浮かべて、彼女は言う。

「『どや。人って、しぶといやろ？』……と」

多分、茫然としてしまっていたのだと思う。あまりに簡素すぎる、けれど親友らしい言葉に、うまい反応もできず彼女へ聞き返す。

「それだけ……か？」

「はい、それだけ。私達は、たったそれだけの言葉を。そうやって呆気《あっけ》にとられるあなたの顔を見るためだけに、百年を超えてきたのです」

かつて年老いても戦おうとする染吾郎に、苦言を呈したことがあった。

人は老いる。齢《よわい》を重ねれば技は練れるだろう。それでも肉体の衰えは誤魔化せない。全盛期の幾分の一の力で戦いに臨む彼が心配で、「やめておけ」と甚夜は止めた。

『あはは、心配してくれるんはありがたいけどな。せやけど人はしぶといで。僕もそうそう死なへん』

『人は鬼ほど強くはないし、長く生きることはできひん。そやけど僕らは不滅や』

秋津染吾郎は、きっぱりとそう言いきって見せた。

当時の甚夜には、どうしてもそうは思えなかった。人は脆い生き物だ。体は些細なことで壊れ、小さなすれ違いで心は移ろう。変わらないものなんてない。人の在り方はとてもではないが不滅とは言い難い。簡単に、いなくなってしまう。

だから彼の言葉を信じられず、黙り込んでしまった。

『お、その顔、そうは思えんって感じやな。ほんならええよ。僕が人のしぶとさを証明したるわ』

染吾郎はそんな甚夜を笑い飛ばした。あれから百年以上が経って彼の言葉が届き、その意味をようやく思い知る。

「は、はは。まったく、あいつは……」

呆れなのか感心したのか、零した呟きの意味は彼自身分からない。

だが、今なら信じよう。

遥かな歳月の果て、お前は証明してみせた。人は鬼ほど強くはないし、長く生きることはできない。だが、お前達は不滅だと。いつかの親友の言葉は確かに真実だったと、こうやって再会した今なら心から信じられる。

「人は、しぶとい……か。そうだな。ああ、本当にそうだ」

甚夜は込み上げる笑いを止めることができなかった。

本当に歳月というやつは不思議だ。長くを生きる身、失くすものは多くとも、思いがけない再会に心躍らせる瞬間もある。人と共に年老いることのできない体を恨めしく思う時もあったが、だからこそ出会えた人達がいる。

「あいつの言葉は確かに受け取った。ありがとう、十代目秋津染吾郎。君という……君達という友を持てたことは、私の誇りだよ」

心をそのまま取り出すような、飾り気のない感謝だった。

「こちらこそ、受け取ってくれてありがとう。あたし達の今までにはちゃんと意味があったって、あなたは信じさせてくれた」

それは桃恵萌にとっても同じなのだろう。葛野甚夜という男の親友であったことを、秋津染吾郎もまた誇りと思ってくれていたに違いない。

時代を超えた親友との再会は、互いにありがとうと言い合う、どこか滑稽なものになってしまった。しかし、それが甚夜にはどうしようもなく嬉しかった。

星が瞬く夏の夜空の下、彼らは暫《しばら》くの間、意味もなくただ笑い合っていた。

◆

「と、まあ、そういうわけよ」

翌日、みやかが自分の席で一限目の授業の準備をしていると、登校してきた萌がいの一番に昨夜の出来事を説明してくれた。甚夜を観察するうちに、みやかが粗方の事情を把握していると知ったのだろう。萌はほとんど隠し事なく自身の思惑を伝えてくれた。

「だから、ありがとね。姫川のおかげで、けっこースムーズにいったし。やっぱ、事情くらいは説明しておくのがスジだと思ってさ」

それを聞いて、みやかは驚きと共に愕然《がくぜん》としてしまった。

よく少女漫画などでは like と love の違いがネタにされる。同じ好意でも「好き」と「愛している」には明確な違いがある。だから彼に対するこの気持ちは like か love か、という葛藤は恋愛系のストーリーの鉄板だ。それを踏まえて考えれば、桃恵萌の甚夜に対する好きはきっと〝My Dear〟特別な意味のない、親しみの表現としてのそれが彼女の心に一番近い。「好き」でも「愛している」でもない。そもそも彼女の好意は彼女だけのものではなかった。そこにあるのは時代に分かたれた親友の想い。遠く離れた友へ送る手紙、その冒頭に記す〝Dear My Friend〟(親愛なる友へ)という挨拶こそが彼女の好意の真実だったのだろう。

つまるところ、みやかはずっと見当違いのところで悶々《もんもん》としていたわけだ。多少恥ずかしい気持ちになってしまうのはどうしようもなかった。

「よかったね、彼に会えて」

ほっとしたからだろう。彼女の喜びが我がことのように感じられる。

「うん。ずっと好きで、逢いたいって思ってたから。ほんとに、会えて……あたし達の大好きを伝えられて、よかった」

「そっか……。でも、甚夜のこと追っかけてきたって、そういう事情だったんだ。ちょっと勘違いしてた」

「あはは、我ながら勘違いさせるようなことはしてたと思うけどねー。大好きなのは確かだし……だから、まあ。勘違いというか」

「えっ？」

聞き返そうとしたができなかった。「ごめんね、姫川」と軽く謝罪した萌は話を途中で打ち切って、教室の入口へと走って行ってしまう。見れば、そこには甚夜の姿があった。彼が登校してきた途端、彼女は飼い主に懐く子犬のように一直線に彼の下へ向かった。

「おっはよ」

「ああ、桃恵。おはよう」

「固いなぁ。萌、でいいよ？　代わりに甚《じん》って呼ぶから。甚夜だと他とかぶるしね」

「そうか。……なら、萌。改めてよろしく」

「うん、よろしくね、甚。今度は、アキじゃなくて萌として」

そういえば彼女は甚夜に対して「萌じゃなくてアキって呼んで」とは言わなかった。彼女がアキという呼称にこだわったのは「ももえもえ」という響きが気に入らないのと、「十代目秋津染吾郎」であることに誇りを持っていたからなのだろう。

なのに、なぜ三代目と親友だった彼にアキと呼ばせなかったのか。

「実はさ、朝一発目の挨拶は、染吾郎って呼ばれるかと思ってたんだ」

「それはさすがに失礼だろう。君はあいつの代わりではない。できれば染吾郎としてではなく、桃恵萌として接したいからな」

「嬉しいこと言ってくれちゃって。あたしもさ、そりゃ裏はあったけど、それだけってわけじゃないから。そこんとこ誤解しないよーに」

はにかむ彼女は自然と彼の傍へ寄る。昨日以上に距離が近いと感じられた。

「今はまだ染吾郎と甚夜は親友だった、だけど。これからは、あたしと甚は親友だって言えるようになりたいしさ」

面と向かって「友達でいましょう」。彼女の言葉は、普通の男子ならば傷付くかもしれないものだ。けれど甚夜は眩しそうに目を細め、萌の方は照れたように微笑んでいる。奇妙なやりとりにクラスメイト達がざわめいている。

「そんじゃ、またお昼にねー」

「ああ」

ひとしきり話して、小さく手を振った萌は再びみやかの下へ戻ってきた。鼻歌交じりで見るからにご機嫌だ。

「ごめんね。途中で行っちゃってさ」

「ううん、別に」

先程のやりとりなどなかったように、萌はみやかと雑談の続きを始める。しかし、どことなく声が弾んでいた。

「ええっと、あのさ」

みやかは一度声をかけたが、途中でなんと言えばいいのか分からなくなり口を噤《つぐ》んだ。

いったい何を聞くつもりだったのか。

〝あなたの気持ちはMy Dear?　それとも……〟

なんて質問としておかしいし、だからといって直接的なことを聞く勇気もない。黙り込んだみやかは、ただじっと萌を見詰める。

「ん、どしたの、姫川?」

返ってきた萌の微笑みは、昨日よりも大人びている。穏やかな湖面のような、透き通った笑み。素直にきれいだと思う。

しかし彼女の笑顔が昨日よりも魅力的になった理由は、やはりみやかには分からなかった。

# 過ぎ去りし日々に咲く花の

## 1

花には咲く季節がある。
春は桜、夏は向日葵《ひまわり》、秋は菊、冬は椿《つばき》。
四季折々、趣違えどいつもどこかで花は咲き、色鮮やかに季節を巡る。

２００９年7月。

『……これで、お昼の放送を終わります。ありがとうございました』

昼休み恒例の放送は可愛らしい声で締め括られて、一部の生徒が感嘆の息を漏らす。麻衣の放送は相変わらず妙な人気を誇っているが、いまだに謎の少女扱いのようだ。

昼休みも半ば以上が過ぎ、ほとんどの者が食事を終えて各々騒がしくお喋《しゃべ》りをしている。茹《う》だるような暑さの中で、教室の生徒達はどこか浮ついた雰囲気を醸し出していた。それもそのはず、一学期の授業も一段落がつき、夏休みまであと一週間となった。高校に入ってから初めての長期休暇だ。どこかへ遊びに行こう、バイトもしたい。夏休みへの期待が飛び交っていた。

「やっぱり海がいい！」

梓屋薫もまた、その一人だ。きたるべき夏休みに向けて皆でどこへ行くか、遊びの予定を立てるのに余念がない。もっとも、細かな計画はみやかの担当なのだが。

「でも、キャンプもいいなぁ。花火大会とか、あとお祭りも。そういえば、みやかちゃんのおうちって今年も？」

「うん、八月十五日に縁日があるよ。私は手伝う側だけどね」

甚太《じんた》神社では毎年八月十五日に縁日が開かれて、様々な屋台が立ち並ぶ。みやかも中学二年の頃から、縁日の当日になると社務所でお札やお守りの販売を手伝っていた。正確には「売る」のではなく「授ける」というのだが、基本的にはただの売り子と変わらないのでやることは多くない。むしろ、前日までの準備の方が大変だ。

「そっか、大変だねー」

「仕事はそんなでもないよ。ただ巫女装束でいると、写真を撮ろうとする人が結構……」

「それは、ホントに大変だね」

肩を落とすみやかに、薫が微妙な表情で返す。中学生の頃は物珍しさでそういう参拝客も多かったが、今年は少しでも減ってくれるのを祈るばかりである。

「でもそれじゃ、今年も一緒にお祭りは無理かぁ」

「ごめんね」

「いいよいいよ、代わりに他の日にいっぱい遊ぼう！」

「そうだね。あ……でも私、夏休みにバイト始めるつもりだから、都合の合わない日が多いかも」

みやかは既に、学校近くのコンビニバイトの面接を済ませていた。このまま順当にいけば七月後半から働く予定だ。

「えっ、そうなの？」

「バスケ辞めたから夏合宿もないし、空いた時間でちょっと。あと、一週間だけど夏期講習も入れてるし」

「ええ、せっかく受験終わったのに、またお勉強？」

「うん、大学のこと視野に入れておきたいから」

みやかが自分から夏期講習を申し込んだのを知ると、薫は信じられないといった面持ちに変わった。

彼女の気持ちも分かる。そもそもみやか自身も、入学当初は夏休みまで勉強をしようとは思っていなかった。心変わりの理由は間違いなく甚太神社の、いつきひめのことを詳しく知ったからだろう。

「もしかしてみやかちゃん、将来の夢っていうか、なりたい職業みたいなのがあるの？」

「そこまではっきりした考えじゃないけどね。ほら、うちは神社でしょ。一応管理費は自治会から出てるし寄進でまかなえてるけど、先のことは分からないし。今後のことを考えると、神社の仕事と兼業できるような資格が欲しいな、と思って」

「えーっと、つまり？」

「いつきひめとして甚太神社を守っていきたいって思えたから、今はそのためにできることを少しずつ頑張りたい……かな」

ご先祖様は途方もない歳月をかけて、かつての想いを現代にまで紡いできた。ならばそれを次代へと繋げるのは、今代のいつきひめである自身の役目だろう。古臭い考えかもしれないが、そのための努力を少しずつ重ねていこうと決めた。アルバイトや夏期講習、いい大学を目指すのもその一環だ。両親から甚太神社を任された時、できることを増やしておきたかった。

もっとも神社を守る一番の手段は、神職資格取得課程を有する大学に入り、神主希望の男性を捕まえて婿養子にという流れだろう。しかしそれを受け入れたくはないので、その辺りは見ないふりをすることにした。

「色々考えてるんだね」

「一応、いつきひめとして、それなりに。でも、時間ある時は一緒に遊びに行こう。みんなとの遠出もちゃんと計画立ててるから」

「うん、そうだね！　あ、葛野君、お帰り！」

昼休みの開始と共にどこかへ姿を消していた甚夜が戻ってくると、薫はにっこりと無邪気な笑顔で彼を迎える。先程はほんの少しぎこちなかったが、すぐに調子を取り戻したようだ。

その様子に安堵し、みやかも甚夜に「お疲れ」と声をかける。向こうも同じように短く「ああ」とだけ答えた。そういう気軽なやりとりが少しくすぐったかった。

「電話終わった？」

「一応な。これで里香《りか》の頼みもようやく片が付いたよ」

「藤堂君の妹……だった？」

「そうだな、妹だ」

やけに妹というところを強調して、甚夜がしっかりと頷く。

「とりあえず、大事にならなくてよかったね」

「まったくだ。夏樹も心配していたからな」

なんでも今回は藤堂夏樹の妹、里香からの頼みで動いていたらしい。詳しい内容は聞いていないが、妹の通う中学校に都市伝説が出たという話だ。件《くだん》の怪人は既に昨日討ち果たしており、今は里香の様子を電話で確認していたところらしい。

結果は、特に問題なし。ここ数日かかりきりになっていたが、ようやくひと段落ついて甚夜も肩の荷が下りた様子だった。

「葛野君は夏休みどうするの？　アルバイト？　夏期講習とか？」

「ん？　アルバイト……というわけでもないが、〝おしごと〟関係はいつでも受けている。講習は、拘束時間が長いのはな」

「あっ、そっか。葛野君のメインはそっちだもんね」

元々甚夜は捏造《ねつぞう》された都市伝説の元凶を追って葛野へ訪れた。勉強に時間を取られては困る、というのはもっともな話である。とはいえ彼はそもそも見た目通りの年齢ではない。拘束されるのが嫌なら、高校に入学する必要もなかったはずだ。

その辺りがよく分からず、「でも、それを言うなら学校自体相当じゃない？」とみやかは疑問を投げかけた。

「確かに。だが、元々この高校への入学を決めたのは、ちと厄介な怪異が現れると聞いたからだ。そいつが現れるまでは、ここの生徒として行動するのが無難だと思ってな」

「でも、それくらいなら入学までする必要はないし。あっ、えっと。勿論《もちろん》、こうやって同じクラスになれたことは、その。不満は、ないけど」

まるで「入学しなければよかったのに」とでも言いたげな表現だと後から気付き、みやかは慌てて弁明する。

「そう気を遣わなくても構わない。他意がないことは、ちゃんと分かっているよ」

甚夜の方は勘違いせず素直に受け止めてくれたようで、ほっと安堵の息を吐く。質問にも「まあ君の言う通りではあるんだが」と前置きしてから、至極真面目に答えてくれた。

「生徒でもないのに敷地内に入れば、下手すると警察の厄介になってしまうじゃないか」

「えっ、そんな理由？」

「ああ。都市伝説や怪異の類は怖いが、警察も案外怖いぞ。ついでに言えば、世間様の目はもっと怖い」

「世知辛いね……」

棒読みになってしまったのは仕方がないと思って欲しい。今の世の中、怪異を討つ剣士も結構現実的な問題を抱えているようで、人目を気にして動かないといけないらしかった。

「ただ、一番の理由は藤堂の家の者達が勧めてくれたからだよ。私は学校に通ったことがないからな。せっかくだから楽しめばいいと手はずを整えてくれたんだ」

その言葉には自慢するような響きがあった。色々と理由を並べていたが、結局は周りの人達の優しさが嬉しかったということなのだろう。

「まあ、それはそれとして、休みにまで勉強をしたくないのは私も同じだな」

「だよね！」

お仲間を見つけた薫は非常に嬉しそうだ。甚夜は授業こそ真面目に受けているが、成績は平均を維持する程度で決して優秀な生徒ではない。古典やら理数系は強いが、現国や歴史はそこそこ、英語は壊滅的である。英語に関しては期末テストで赤点を取ってしまうほど。都市伝説と対峙《たいじ》している時には見せない苦悶《くもん》の表情で呻《うめ》いていたのは記憶に新しい。追試は麻衣と柳の特別授業で何とか乗り切ったが、やはり英語の勉強は苦手なようだ。

「味方ならこっちにもいるよ、梓屋」

「アキちゃん！」

そう言いながらひょっこり顔を出したのは、最近行動を共にする機会が増えた桃恵萌だ。彼女のお目当ては分かり切っているので少しだけ引っ掛かるところもあったが、今ではいい友人だった。

「もーさー、夏休みだよ？　やることいっぱいだよ？　勉強ってか、宿題やってる暇もないってのー」

「だよね、学生の本分は遊ぶことなのに」

「微妙に同意しかねるが、英語の宿題はやはり辛いな」

似た者同士三人が徒党を組んで愚痴っている姿に、みやかは少し呆《あき》れてしまった。

いつものメンバーの学力を比べると柳が一番上で、その下に麻衣とみやか、久美子が来る。夏樹もそれほど勉強はできず、さらに下が甚夜と薫と萌である。

「っていうかさ、何気に甚はあたしらと比べれば無難な成績じゃん。学校通うの、これが初めてじゃなかったっけ？」

「東京にいた頃は、夏樹や彼の父親の宿題をよく手伝っていたからな」

「あぁ、子供にいいとこ見せたい的な？」

「そんなところだ」

詳しく聞くと、子供達に「宿題を見て」とせがまれた時、答えに窮するようなことがないよう小学生レベルの勉強はしていたらしい。

みやかからすると、料理をそつなくこなし趣味は生け花という、ことごとく外見からの印象を裏切り続けてきた萌の学力の低さが不思議に感じられる。

「でも、ちょっと意外かな。桃恵さん要領よさそうだし、成績いいと思ってたから」

「あたしの場合、秋津の修行に料理に生け花、当然遊びたいしで、そもそも勉強なんてしてないかんね。ってか、頑《かたく》なにアキって呼ばないね、姫川は」

「あっ、つい」

別に他意があるわけではない。アキという呼び名は馴染《なじ》みがないというか、なんとなく呼びにくかった。

「しゃーない。なら、萌でいいよ。代わりにあたしもみやかって呼ぶから」

「いいの？」

「うん。あたし、けっこーみやかのこと好きだしね」

「えっ、と。ありがと……でいいのかな？　萌」

まっすぐに好きと言われるのはちょっと照れるが、萌の方は呼び捨てに満足がいったらしくにこやかに頷いていた。そしてみやかの傍まで寄ってくると、周囲には聞こえないようにそっと耳打ちをする。

「まっ、お互い古い名前を背負う者同士、なかよくやろーよ」

「それって」

「今代のいつきひめなんでしょ？　みやかって」

彼女は十代目秋津染吾郎、今代の付喪神使《つくもがみ》いだという。その関係なのか、そこいらの事情には詳しいようだ。薫達にも、秋津やいつきひめのことはある程度知られている。今さら声を潜《ひそ》める必要もないが、一応相手に合わせてみやかもこっそり「こちらこそよろしく」と返す。やはり萌は愛嬌《あいきょう》のある付き合いやすい女の子だ。これからも仲良くやっていけると思う。

甚夜の方をちらりと見れば、微笑ましそうに三人のやりとりを見守っている。完全に保護者目線だった。

「お、なんか楽しそうだな」

「た、ただいま、です」

お昼の放送を終えた富島柳と吉岡麻衣が並んで教室へ戻ってくる。今ではからかいの声も上がらないほどに二人はいつも一緒だ。けれど麻衣も柳に頼りきりではなく、過去の悲しい出来事を乗り越えて随分クラスに馴染んできた。きっと今年の夏休みは、彼にとっても彼女にとっても楽しいものになるだろう。

「あ、お帰り。麻衣ちゃん、富島君も」

「うっす梓屋さん」

「そうだ、二人とも、海と山どっちがいい？」

「ああ、夏休みの話？　そうだなぁ、麻衣はどこ行きたい？」

「えっ？　あ、あの。私は……」

数を増やして騒ぎはさらに大きくなる。

夏休みは目前。騒がない方がどうかしていると、薫はにこにこと笑っていた。

みやかも楽しそうな親友を眺めながら、くすりと小さな笑みを漏らした。

◆

放課後、梓屋薫は珍しく一人だった。

無邪気に見えたとしても、いつまでも子供ではない。彼女なりに悩みを抱えているし、たまには一人で帰りたい日もある。落ち込んでいる理由は、日中のみやかの言葉だ。中学時代からの親友で、女子バスケ部で活躍していた彼女は薫の自慢だった。

高校に入学して間もないというのに、みやかは先のことを考えている。相変わらず凄いと思う反面、中学の頃ほど素直に賞賛できなかった。まるで置いてけぼりにされてしまったような不安があるせいだ。休み時間は夏休みの計画で盛り上がったが、あの時の明るさはどこにも見当たらなかった。

「どうした、今日は随分暗いな」

帰り際、一人で昇降口にいると、甚夜がそう声をかけてきた。

様子がおかしいのを察したのだろう。もしかしたら、悩みもある程度把握しているのかもしれない。だから「ありがとう」と小さく返し、おずおずと彼に質問をしてみた。

「葛野君って、将来の夢とか、やりたいこととかってある？」

「特にはないな。飯が食えて酒が呑めて、大切な人が無事に過ごせればそれで十分だ」

よく考えてみれば彼は既に生活基盤を得ているのだから、将来就きたい職業というのも妙な話だ。

「今は為さねばならないことがある。将来だのなんだのは、それが終わってからだな」

「そっかぁ……」

憂いが晴れることはない。将来の夢がないのは薫と同じでも、本質的には全く違う。普通の学生とは違うが、彼も先を見ている。

「まあ、無理しない程度にしっかり悩むといい」

「わっ……!?」

落ち込み俯《うつむ》いていると、頭をぽんぽんと優しく叩かれる。驚いて目を見開けば、彼は普段とは違う優しい表情をしていた。

「なんか子供扱いされてる」

「はは、どちらかといえば孫かな」

「なんか他人事だなぁ。こういう時って相談に乗ってくれたりするものじゃないの？」

「そうは言うが、生活を背負わず悩める時期というのは存外短いぞ？　大人になればなかなかできない経験だ」

そんなことを言う彼の横顔は、とてもではないが同年代には見えなかった。

悩んでいるのを察しているのに、相談には乗ってくれず慰めの言葉もくれない。薫は不満に頬を膨らませて甚夜のことを睨《にら》むが、彼は怯《ひる》むどころか小さく笑っていた。

「人は、いつまでも立ち止まってはいられない。悩もうと答えが出ないままであろうとも、前に進まなければいけない時がいつかは来てしまう」

「……葛野君も？」

「そうだな。何一つ分からないまま、追い立てられるように歩いてきた。そういうこともあるんだ。だから、気兼ねなく悩めるうちに悩んでおいた方がいい。きっとそれは、君のこれからのためになる」

甚夜が百年以上を生きる鬼だというのは知っている。だからといって、薫の悩みをとるに足らないと切り捨てたりはしなかった。

「では、な。遅くならないうちに帰りなさい」

「ほんと、子供扱い……。でも、うん。ありがとね、バイバイ」

何かが解決したわけではない。劣等感はまだ胸の内でくすぶっている。それでも憂いは多少薄まり、別れ際には笑顔が自然と零《こぼ》れた。

独りで歩く夕暮れの帰り道、家には暗くなる前に辿《たど》り着くことができた。


翌日の目覚めは、思っていたよりもすっきりしていた。

着替えて顔を洗えば気持ちがよく、母親が準備してくれた朝ごはんも美味《おい》しい。少し声をかけてもらって、お風呂に入ってぐっすり眠ればこうなのだから、我ながら簡単だと薫は笑う。

彼女の家は普通の一軒家、父親は会社員で母親は専業主婦だ。兄が一人いるけれど、他県の大学へ行ったため今は一人暮らしをしている。つまり古くから伝わる巫女の家系ではなく、特別な力を宿した職人の一派でもなく、平々凡々な普通の家の生まれだった。

本人も別段特技はなく、趣味は漫画やらを嗜《たしな》む程度、成績だってよろしくない。だからといって自分を卑下はしない。大抵の人はそんなものだろうとちゃんと分かっている。運動も勉強もできるみやかのことを素直にすごいと思うし、やはり大事な親友だ。毎日は楽しいし、学校も大好きだ。高校生になって少し顔を出した劣等感も、一晩でなくなる程度のもの。行ってきますも元気よく言えて、薫はいつものように家を出た。

「あっ、薫。おはよう」

「みやかちゃん、おはよ！」

通学路でみやかと合流し、そのまま一緒に登校する。ぎこちなさはなく、交わす言葉も心地良かった。

「ところで、それなに？」

「えっ、と。忘れるとこだった。はいこれ、プレゼントね」

指摘すると、思い出したようにみやかが手を差し出す。彼女の手にあったのは白い花。四弁の小花が集まり玉のように可愛らしい。慎ましく清楚《せいそ》ながら、甘酸っぱい芳香を漂わせている。

「きれいな花。どうしたの、これ？」

「行きしなに、その、もらったの。で、昨日なんだか変な感じだったし、薫にあげようと思って」

「えっ？」

「……気分転換になるかなぁ、と」

「……うん、ありがとうね、みやかちゃん」

通学路であっても気にせず薫は親友へ抱き付く。みやかは驚いていたが拒否はしなかった。

憂いはもう欠片《かけら》も残っていない。雲一つない晴天。夏の日差し、セミの声は降り注ぐ。一日の始まりは透き通る青のような涼やかさだった。

「おはよう！」

元気よく教室に入れば、甚夜と夏樹は既に登校していてクラスメイトと雑談を交わしていた。

「おはよう、梓屋。昨日はよく眠れたか？」

「うん、ぐっすり！　心配かけちゃってごめんね」

「なに、君が元気なら私はそれだけで嬉しいよ」

言葉面だけを捉えれば完全に口説き文句だが、勿論甚夜にその手の下心はない。というか、夏樹に対しても似たような態度をとる。彼にとって薫と夏樹は別枠のようだ。

◆

教室にやって来た薫の様子は、昨日とは違いいつもの元気なものだった。その様子を見て甚夜は安堵したが、同時に薫の手の中のものが気になった。

「それは……」

「きれいでしょ。みやかちゃんがくれたんだ。ええっと、なんていう花だったっけ？」

「……沈丁花《ジンチョウゲ》だ」

みやかが反応するより早く、平坦な声で甚夜が答えた。

「みやか、この花はどこで？」

「えっ、と。昨日、花屋さんで」

「あれ？　これ、もらったって言ってなかった？」

「……花屋さんで、もらったの。それは本当」

不明瞭な言いわけをするみやかに、薫が小首をかしげている。その辺りの事情はそこまで深く聞くつもりはない。気になったのは花の方だ。

「沈丁花は室町の頃に渡来した中国原産の花。庭木や生け垣などに植えられることが多いな。可《か》憐《れん》な佇《たたず》まいとは裏腹に、金木犀《きんもくせい》のように香りが強いことでも有名だ」

「ずいぶん、詳しいね」

「昔、少しな。もう一つ言えば、春先に咲くため、沈丁花の芳香は春の訪れを告げる香りとして古くから愛されてきた……つまり、今の季節には咲くはずのない花、ということだ」

ありえないはずの花がここにある。それは昔ならともかく、今の時代はそこまで不思議なことでもない。温度を管理して開花時期をずらす程度は普通にできる。

ただ、甚夜にとって沈丁花は大きな意味がある花だからこそ余計に気になってしまい、その反応を見たみやかは一段声を低くした。

「それって、やっぱり、そういう話？」

「さて、詳しくはまだ分からないが。その花屋というのは」

「萌の行きつけのお店なんだって。住宅街にある、三浦花店ってところなんだけど」

もしかしたら、また恐ろしい都市伝説が潜んでいるのかもしれない。その想像にみやかは表情を曇らせているが、店名を聞いた甚夜は呆けたように口を開けてしまった。

「み、うら？　花屋？」

「う、うん」

「季節外れの沈丁花……店主は、もしかして女か？」

「よく分かったね。歳は四十超えているって言ってたけど、正直中学生くらいに見える女の人だったよ」

三浦、花、季節外れの沈丁花に、十五歳前後に見える女店主。ヒントではなくほとんど答えだ。

確かに怪異の一環ではあるが危険なことは何もない。季節外れの花と縁がある女性。甚夜には心当たりがあった。

「いや、すまない。今回の件に危険は何もない。安心してくれ」

「そう、なの？」

「間違いなく。警戒したのが馬鹿らしくなるくらいだ」

花屋の店主の年齢は四十どころか百歳を軽く超えている。気が抜けた甚夜は小さく息を吐き、穏やかに微笑んだ。

「悪いが、今日は早退させてもらうよ」

鞄を置いたまま甚夜は教室を出ていく。季節外れの花について調べるためだと思ったらしく、みやかが少しでも情報を伝えようとそれを呼び止めた。

「花屋の場所教えようか？」

「いや、いい。それは無粋だろう」

必要ないと軽く受け流す。意味が分からない返しに、彼女は怪訝そうな顔をしていた。

「今から、花屋を調べに行くんでしょう?」

「いいや、違うよ」

首だけで振り返り、戸惑ったままのみやかに言う。

「少し、花を巡りに」

自分でも驚くくらい、朗らかな気分だった。


梓屋薫の憂いは、林檎飴《りんごあめ》の天女《てんにょ》に続く話。これ以上、ここで語ることではない。

この先はいつかを共に過ごした、彼と彼女の物語。

巡る季節の中で咲いては散り。いずれ散り往《ゆ》く運命《さだめ》と知りながら、生きた証を咲き誇る。

そういう路上の片隅に咲いた、花巡りの想いの話だ。

## 2

昔々のお話です。

大切な人を殺された男は、失意のうちに故郷を離れます。

旅の供は、腰に携えた刀と曖昧な憎悪。何も守れなかったから、仇《かたき》を仇として憎むことができなかったから、男の願いはただ一つ。

〝強くなりたい〟

もし強ければきっと守れた。強くなれたなら、振るう刀にも疑いを抱かないで済む。だから強くなりたくて、それだけですべてだった。何を目指せばいいのか、手にした刀の意味も分からないまま彼は旅へ出ました。

『人よ、何故刀を振るう』

耳にこびりついた問いの答えは、今も出ていません。

それでも強くなりたかった。

なにも疑わないでいい、迷いのない、そういう強い自分で在りたかった——

◆

夏は紫陽花《あじさい》、いつかの庭。

何一つ守れず、すべてを失った。けれど残るものはあると、必死になって歯を食いしばって歩いた。その果てに、鬼は大切なものを見つけた。


みやか達は、いきなり早退した甚夜の姿を茫然と見送ることになった。

彼の行動に今一つ理解できず頭を悩ませていると、居合わせた夏樹が昔話をしてくれた。

「爺ちゃん、元々俺のひい婆ちゃんの家で庭師やってたんだ」

やけに花の知識に詳しいのは、そういった理由かららしい。その後の突飛な行動も付き合いの長さからか、「まあ、爺ちゃんのことだからなんかあるんだろ」と軽い調子で受け入れていた。

「庭師?」

「おう。うちのひい婆ちゃんは大正華族で昔は結構な豪邸に住んでたんだけど、そこが『紫陽花《あじさい》屋敷』って呼ばれてたんだ。んで、庭の紫陽花を育ててたのが爺ちゃん。仕事だったから、花に詳しいのは当然って言ったら当然だと思うぞ」

百歳を超えているというのは聞き及んでいたが、大正時代に華族の下で働いていたとか、そんなとてつもない話が普通に出てくるのは奇妙だった。だが、夏樹に嘘を吐いている様子はない。つまり今語った内容は、紛れもない事実だということ。高校生になってから、色々と常識が崩壊しつつある。

「案外、三浦花店ってのも、昔付き合いがあった花屋だったりして」

ああ、そういうことも考えられるのか。いつきひめや秋津染吾郎という前例もある。実は、あの店の何代か前の店主と知り合いだったという可能性はありそうだ。夏樹の言は、意外に的を射ているのかもしれない。けれど、それならば季節外れの花はいったい何なのか。

「というか葛野君って、すごいところで働いてたんだね」

呑気な薫の発言にみやかも考えるのを止め、頷いて同意を示した。クラスメイトで外見は同年代なのに就業経験があるというのは、やはり不思議だ。

「昔は色々やってたみたいだ。聞いただけでも巫女の護衛役、浪人、蕎麦屋《そばや》の経営、庭師に映画館勤務に刀とか」

「待って、職業が刀ってどういうこと?」

「いや、俺も『昔は刀やってた』って聞いただけで詳しいことは……」

さすがに夏樹も詳細までは知らない。

三人揃って頭を悩ませるが、全く想像できなかった。

結局、朝のホームルームが始まるまで考え込んでも、刀をやっていたという状況は謎のままだった。

◆

夏から秋にかけてはオシロイバナ。

夕暮れから花開き、異称を野茉莉という。オシロイバナは一株ごとに色違いの花を咲かせる珍しい品種だ。

夕凪《ゆうなぎ》の景色を、家族であった日々を、忘れることはきっとない。

「うあああ、遅刻だぁ！　……って、あれ？　甚、どしたの？」

早退を担任に伝えて学校を出る途中、甚夜は校門で桃恵萌と出くわした。

彼女は十代目秋津染吾郎。ああ、そう言えば明治の頃、蕎麦屋の開店を手伝ってくれたのは染吾郎だった。野茉莉と二人静かに暮らすなか、染吾郎と平吉が毎日のように訪れ、兼臣が居候するようになった。満ち足りた日々を彼女の姿の向こうに想い、しかしそれは失礼だとすぐに振り払う。

「おはよう、萌。悪いが今日は早退だ」

「もしかして、なんかあった？　手伝うよ」

「いや、そうじゃない。少し花を巡りにな」

「へ？」

呆気にとられた彼女に軽く別れを告げ、散歩をするような気楽さで甚夜は校門をくぐる。萌は呆気にとられた様子で、何も言わず甚夜を見送った。校舎の方からチャイムが聞こえて、慌ててそのまま教室へ向かったようだ。

染吾郎とすれ違って街へ繰り出す。その状況がおかしくて、甚夜は笑ってしまった。

秋は鬼灯《ほおずき》、木犀の花。

浅草のほおずき市は、江戸から続くお祭りだ。今さらながらあの時行っておくべきだったと少しだけ後悔する。花について教えてもらっていたのもこの季節だった。ゆっくりと歩くことを覚えたのも、彼女のおかげだった。

「いらっしゃいませー。む、夜叉《やしゃ》か」

学校近くの「アイアイマート」に寄れば、人斬りの笑顔が迎える。

まだ慣れないが、最近のコンビニは便利だ。一人暮らしの甚夜は案外利用率が高かった。

缶コーヒーを買いつつ、カウンターで道を聞く。交番で聞くと横柄な警察官にあたることも多いが、買い物をした後ならコンビニ店員は意外とちゃんと教えてくれる。繰り返すが、笑顔の人斬りにはやはり慣れなかった。

「すまない、道を聞きたいのだが」

「はい、構いませんよ」

「……敬語はなしで頼む」

「ふむ、ならばそうしよう」

途端にカウンターにいるコンビニ店長、岡田貴一《おかだきいち》はつまらなそうに鼻を鳴らす。良い態度とは言えないが正直助かる。こちらの方がよほど接しやすかった。

「三浦花店という場所を聞きたい」

「ああ、住宅街の方の花屋か。ちと待て、いま地図を描こう」

「……手慣れているな」

「レジ業務をしていると、聞く客も多い。まごつかぬよう地図は頭に入れておるのだ」

血生臭い人斬りが随分真面目なことだ。この男も変わったな、と妙に感心してしまう。

ほれ、と無造作に渡されたメモ書きを受け取り、コーヒー代をちょうどで払って店から出る。

変わったのは自分も同じかと甚夜は独りごちた。こうやって穏やかな気持ちでいられるのだから、きっと変われた。強くなることだけがすべてだと信じた自分は、もうどこにもいない。

それを思えば足早になる。

彼女は色々なことを教えてくれた。だから伝えたいことも沢山あった。


冬は水仙、寒葵《カンアオイ》。

見渡せば小さな池、水仙の咲き乱れる艶やかな庭。かつて彼女が過ごした『幸福の庭』の景色だ。

明治の頃には懐かしい女と再会した。直次《なおつぐ》の妻となり、「夜鷹《よたか》」ではなく「きぬ」と名乗るようになった彼女は寒葵を思わせた。木の根元に咲くため落ち葉をかき分けなければ見えないが、静かに冬を彩る優しい色。寒さに耐えてひっそりと咲く、慎ましやかな強さがあった。

ただ、少しだけ文句も言いたい。高校に入学してすぐ、五月の芸術鑑賞会では『雨夜鷹』という演劇を見た。登場する浪人の無能さに悪態をつきながらも、零れる笑みは止められなかった。

「この、先か」

貴一からもらった地図を頼りに住宅街を歩く。

みやかに道を聞かなかったのは、ルール違反だと思ったからだ。懐かしい女性を訪ねるのに、他の親しい女性に道を聞くのはどちらに対しても無粋だろう。そろそろ件の花屋が近い。実際の距離よりも長い間歩いている気がする。閑静な住宅街だ。あまりに静かなせいか、様々な考えが浮かんでは消える。大半を占めるのは、彼女のことだった。

君は今何を考えているのだろう。君に会えたら何を話そう。別に艶っぽい関係でもなかったというのに、まるで恋人との待ち合わせを楽しんでいるように心浮かれてしまう。

通りを抜けて、見えてきた店舗に目を細める。

ああ、随分と長くかかってしまった。

もう百年以上、歩いてきたような。そんな不思議な気分だった。

春は沈丁花、雪柳。

沈丁花の香りは春の訪れを告げる、そう教えてくれたのは彼女だった。

『ほら、〝それしかない〟なんて嘘ですよ』

強さに固執するしかなかった無様な男を、彼女は否定した。

『たまにはこうして足を止めてみてください。貴方が気付かないだけで、花はそこかしこで咲いています。見回せば、きっと今まで見えなかった景色が見えるはずですから』

いつきひめ、秋津染吾郎。長い歳月の果てに出会えた花々を美しいと思った。

花を美しいと思える心は、きっと彼女がくれたものだ。たとえ間違えた道行きでも、その途中拾って来たものに間違いはないと、彼女が教えてくれた。

——そうして、また夏が訪れる。

抜けるような晴天、住宅街には遠くセミの声が降り注ぐ。強すぎる日差しを手で避けても、夏の眩しさに目が眩《くら》む。辿り着いたのは洒落《しゃれ》た今風の外観ではなく、こぢんまりとした昔ながらの花屋といった印象の建物だ。店先では若々しい女店主が小忙しく働いている。懐かしい。甚夜は小さく笑みを落とした。花に誘われた虫のように、足は自然と彼女の方へ向かう。

近づく甚夜に気付いたのか、女店主が顔を上げた。凛《りん》とした立ち姿が印象的な女。記憶の中にいる彼女が、ここにいる。

「いらっしゃいませ。何か、お探しですか？」

「雪柳は、さすがに置いていないか」

「ええ、申しわけありませんが、うちでは取り扱っていませんねぇ」

「春も過ぎてしまった。残念だな。本当は君と再び会えたなら、一緒に雪柳を眺めようと思っていたんだ」

ふと過《よぎ》るのは、いつかの別れ。彼女は、また逢えるかと問うた。そして彼は、また逢いたいと思った。ならばいくつもの歳月を越え、いつかどこかの街角でまた巡り合うこともあるだろう。その時には、一緒に雪柳でも眺めようか。彼はそんな日が来るのを、心のどこかでずっと願っていた。

「ふふ、大丈夫。雪柳は、また来年も咲きますよ。花は季節を巡るものですから」

「そうだな。咲いては散り、散れど咲いて。ならば今年の花を見逃しても、悔やむことはないか」

　春の花の季節には間に合わなかった。けれどこうして出会えたなら悔やむことはない。花は季節を巡る。また、共に花を眺める機会だってあるはずだ。

「久しぶりだな、おふう」

「はい、お久しぶりです。甚夜君」

　百年を超える再会、交わす言葉はさり気ない。だからこそ横たわる歳月を一息で飛び越えて、心の距離はそっと近付く。

「ここは、萌の行きつけだと聞いたが」

「萌ちゃんですか？　はい、うちのお得意様ですよ。だからあの子のお目当ての男の子の話も、ちゃんと聞いてます」

「ひどいな。近くにいたのなら、顔を出してくれてもよかったろうに」

「あら、だって甚夜君が言ったんじゃないですか。『生きていればどこかですれ違うこともあるだろう』って。自分から会いにいっては綾がないでしょう？」

　おふうは悪戯《いたずら》っぽく、人差し指で自分の唇をそっと触る。かつては見られなかった、からかうような仕草だった。仕事の手際もいい。彼女もいつまでも不器用な看板娘ではなかった。

「店の場所は、萌ちゃんに？」

「いや、道すがら適当に聞いた。君に会うために他の女性を頼るのは、それこそ綾がない」

「ふふ」

「どうした？」

「あの甚夜君が、そんな気の利いたことを言うなんて。変われば変わるものですねぇ」

歳月の流れは時折、激流のように厳しくなる。散々しがみ付いても耐え切れず、多くのものを手放し失った。それでもこの手には、小さな何かが残った。間違えた道行きの途中、拾ってきた大切なもの。その分くらいは変わることができた。

「ああ。いつまでも、あの頃のままではいられないな。君だってそうだろう」

「そう、ですねぇ。今は一人で花屋をしています。幸福の庭に逃げ込んだ私のままでいたくはありませんでしたから」

おそらく彼女にも彼の知らない出会いと別れがあり、大切な日々がある。再び出会えたが、本当は再会というには互いに変わりすぎたのかもしれない。

「変わってしまったことを、悔やんでいますか？」

「まさか」

それを寂しいとは感じなかった。まず初めに、彼女が変えてくれたのだ。だから、あの頃より少しは前に進めた今、伝えたいことが沢山ある。

「守りたいものが増えたから、失くすのが怖くて。濁った剣では切れ味は鈍り、斬れなかったものもある。多分、私はあの頃よりも弱くなった。……けれど今の自分が、そんなに嫌いじゃないんだ。おかしいと思うか？」

「……いいえ、素敵だと思います」

強くなりたいと気を張って生きてきたのに、今は己の弱さが愛おしい。変わらないものなんてない。遠い昔、義父はそう言っていた。長い時間を越えてきたからこそ、その言葉が身に染み入る。

「でも、変わったけど変わらない。私の前にいるのは、ちゃんとあの頃の甚夜君ですよ」

彼女の浮かべた嫋《たお》やかな微笑みは、いつか蕎麦屋で見送ってくれた時と同じように見える。逢いたいと思って、こうして会えた。ならば変わるものはあっても、同じように変わらないものもあったのだろう。

「そう、だろうか」

「はい。だってあの頃と変わらず、なんてことのない約束を守ってくれたじゃないですか」

別れ際に交わした「いつか、また」という約束は、ここに咲いた。

花は季節を巡るもの。咲いては散って、散っては咲いて。季節を巡りながら、四季折々、懐かしい花を咲かせる。あの頃とは違う同じ花には、いつだって逢えるのだ。

「君に逢えたら、色々なことを話そうと思っていた。けれどまず、伝えたかった言葉があるんだ」

鬼を討ちに出る時、おふうはいつも「行ってらっしゃい」と送り出してくれた。

あの頃は、逃げるように背を向けて店の外へ出た。純粋に心配してくれる彼女の視線がむず痒《がゆ》かった。けれど再会できた今なら、もっと素直に向き合える。

「奇遇ですね。実は、私もなんです」

お互いの心なんて分かり切っているが、相手の言葉を奪うような無粋はしない。

いつかどこかの街角でこうして巡り合えたのは、多くが移ろうなかで「逢いたい」という想いだけは変わらなかったからだ。散った花が季節を巡り遠いどこかで咲くように、そっと離れた想いもまた歳月を経て寄り添う。

だから花が季節を巡るように。

「ただいま、おふう」

「はい、お帰りなさい」

君想うこの心は、きっと花を巡る。

# In Summer Days

## 1

時間は、半月ほど前に遡《さかのぼ》る。

都市伝説『渋谷七人ミサキ』の事件に際して、甚夜は「誘いがある」という理由で調査を一日遅らせた。姫川みやかはそれを桃恵萠からの誘いだと勘違いしたが、実際に彼を呼び出したのは、ひどく複雑な間柄の女性だった。

「おじさま、お久しぶりです」

駅前にあるハンバーグレストラン「Aster」。そこそこの味と学生でも気軽に使える値段設定が受けて、チェーン展開しているファミレスの中でも鉄板の一つに数えられる有名店である。テーブルで甚夜と相席しているのは、幼く見える女だ。学生服を着た甚夜といれば、兄妹に見えるかもしれない。

「本当に、久しいな……向日葵《ひまわり》」

見た目八歳くらいの向日葵は、ストロベリーパフェを頬張っている。肩まで伸びた栗色の髪や容姿は昔のままだが、以前とは違い洋装をしている。白レースがあしらわれた黒を基調としたブラウス、それに合わせたスカート。戦いを意識した装いではなく、彼女は無防備を晒《さら》していた。

「二人でお茶。逢瀬《おうせ》の定番ですね」

「姪《めい》っ子とでは色気がないな」

この娘は好意を隠そうとしないが、慕われても嬉しいとは思えない。親類であると同時に仇敵の娘でもある。かつては同盟を組んだ時期はあったものの、基本的には敵対関係だ。彼女がマガツメの娘である以上、互いの立ち位置を違えることはできない。

ただ、いずれ対峙《たいじ》する未来は避けられないというのに、お互い嫌悪や敵意の類はない。向日葵に対する心情はおさまりが悪く、甚夜はこの娘のまっすぐさが苦手だった。

「呼び出してしまってすみません。それに、ごちそうになってしまって」

「敵とはいえ、子供に払わせはしないさ」

「むぅ、敵を強調しなくてもいいと思います」

「事実だろうに」

向日葵はパフェを一口食べると、すっと表情を消した。甚夜も目付きを鋭くする。幼く見えてもマガツメの眷属《けんぞく》、決して油断していい相手ではない。

「まずは、母に関して。おそらく年内に動くことはないでしょう。母が完全に目覚めるのは、早ければ来年の一月。遅くとも四月頃になるかと」

「目覚める、か」

「今は、故あって動けません。おじさまやその周りに対しても、干渉はないものと考えてもらってよいでしょう。ですが、その力が増したことによって影響は出ています」

最近の葛野市では、都市伝説の目撃例が多い。甚夜の追っている捏造《ねつぞう》された存在ではなく、純粋な怪異の方だ。マガツメが能動的に動いているわけではないが、漏れ出る気配だけで周囲に影響を及ぼすほど強大になっているらしい。

始まりから遠く離れた。当初の形を失くし、想いもすべて切り捨てた。既に彼女は、鈴音《すずね》と呼ばれたものとは別の存在、マガツメとなってしまった。それでも、いつかの妄執だけがくすぶっている。鬼も都市伝説も変わらない。鬼神の眠るこの土地は負の念が満ち、あやかしを育む土壌となった。それを利用したのが吉隠《よなばり》だ。

「この街を騒がせる無粋な輩《やから》は、それまでに片付けていただきたいものです」

向日葵が、にっこりと無邪気な笑顔でそう告げる。彼女は隠し事をしても嘘は言わない。それは彼女が、マガツメがまだ鈴音であった頃の「大好き」という想いの具現であるからだ。マガツメを母と慕い従っていても、甚夜が特別な存在であることに変わらない。だからこそ敵対するはずの彼に、当然のように情報を漏らす。

彼女が語った内容は紛れもない真実、最後の時が近付いてきているのだ。

「気を付けてくださいね。吉隠は好んで邪道を選ぶ、とても厄介な相手です」

「そう、だな」

コーヒーを啜《すす》りながら甚夜は低い声で返した。

見立ては正しい。あれは合理ではなく趣味で手段を選ぶ。自分が楽しむためならば下種《げす》な行いも平然とやれてしまう、放置しておいてはいけない類の害悪だ。そのうえ抜け目もない。おそらく吉隠が姿を現すのは、確実にこちらを討てると確信した時だけだろう。

「……と、すまない。メールだ」

時間を確認しようと携帯を開けば、いくつかの着信とメールが届いていた。すべてみやかから。内容を確認し、甚夜はすぐさま席を立った。

「悪いな、用ができた。今日はこれで失礼させてもらおう」

「残念ですけど、仕方ありませんね。あ、残ったコーヒーもらっていいですか？」

「好きにしろ。会計は済ませておくぞ」

「はい、ごちそうさまです」

心から嬉しそうに微笑み、向日葵はコーヒーカップを手にする。こういうところだけを見れば、とてもではないが鬼女とは思えない。

夏の花の笑顔にふと思い出す。昭和の頃、七緒《ななお》は「向日葵には最後の役割がある」と言っていた。同時に、彼女だけは姉妹の中でも例外だとも。その言葉が何を意味するかは、分からないままだ。そのことを本人に問い詰めてもよかったが、今は時間がないし向日葵がまともに答えるとも思えない。

結局、甚夜は何も聞かず店を後にした。コーヒーを啜りながら、去っていく彼の姿を向日葵が見送る。

「……ふふ、美味しいです」

意味ありげに向けられた視線を甚夜は見なかった。

◆

みやかは朝食をとりながら、テレビの内容に顔を顰めた。朝のニュースが気分の悪くなる事件を報道している。

『葛野市にある託児所で火災が発生。職員三人、預けられていた子供七人が死亡しました』

同じように食卓についていた母のやよいが悲しそうにしている。子供の死亡事故や事件の類は、それだけでひどく痛ましい。

「最近物騒ねぇ。みやかちゃんも気を付けてね」

「ん、分かってる」

「最近物騒」というフレーズは身に染みている。NNN臨時放送、口裂け女、赤マント、トイレの花子さん、渋谷七人ミサキ。その他もろもろの凶悪な都市伝説の怪人。最近の葛野市は、危険な化け物が多すぎる。気を付けるに越したことはない。

もしかしたら、この火災も都市伝説関係かも知れない。『都市伝説大事典』を読み直して、火に関係する話を探しておこう。

朝食を平らげたみやかは「行ってきます」と学校へ向かう。

今日は一学期の終業式だった。

抜けるような青空、じりじりと肌を焼く日差し。むせ返るほど濃い緑が香りを漂わせ、夏が横たわっている。

一学期の終業式が終わると、解放感からかクラスには緩い空気が流れていた。

「やぁっと、終わったぁ」

「おつかれ。アキちゃん、今日はどうするの？」

「んー、いつもの奴らと出かける。ってことでごめんね、先行くわ。甚、連絡するから、また今度遊びに行こうね」

今日は午前中で終わり。早々に下校して駅前へ繰り出す生徒も多い。桃恵萌の属する派手な女子グループもその一つで、早速とばかりに遊びに行くらしい。

慣れない高校生活最初の長期休暇にほっとしたのは、みやかも同じだ。薫も楽しそうだし、甚夜でさえ普段より表情がくつろいでいる。

「みやかちゃん、今日は大丈夫？」

「うん、バイトは明日からだから」

「あっ、そっか。夏休みに始めるって言ってたっけ。どこのお店？」

「学校近くのアイアイマート。やっぱりコンビニが定番かなって」

何度も利用して店長の顔も知っているし、学校から近ければ夏休みが終わっても続けられるかもしれない。面接で話してみたところ、店長も話し方は独特だけど悪い人ではないようだ。初めてのアルバイトとしては、なかなか悪くない選択だったと思う。

「アイアイマート……」

そう考えていたのだが、話を聞いた甚夜が、何故か凶悪な都市伝説と相対した時でさえ見せない真剣な表情をしていた。そして、みやかと向かい合ったかと思うと、がっしりと肩を掴《つか》んだ。真面目な顔で迫られると顔が熱くなってしまう。あまり表情には出ない方だと自覚しているが、この時ばかりは焦ってしまった。

「みやか、何かあったら言うんだぞ。ああ、いや、やはり送り迎えはするべきか」

「そこまでしてもらわなくても大丈夫、だと思うけど。萌に色々ともらったし」

呪詛《じゅそ》の身代わりになるドール、防御力を高める福良雀《ふくらすずめ》、災い（悪鬼）を遠ざけるフクロウ、幸運を与えるウサギなどなど。「最近危ないし、お守りがてらに持ってて」と渡された、萌お手製の所持しているだけで効果のある付喪神《つくもがみ》のストラップだ。都市伝説が跋扈《ばっこ》する今、バイトで遅くなるのは危ない。みやかを心配した萌が、せめてもの護身にといくつかの付喪神を預けてくれたのである。

これなら怪人に遭遇しても逃げるくらいはできると思う。「ローズクォーツのストラップはあげないけどね」なんて笑顔で言われた意味は分からなかった。

「秋津の付喪神ならば、多少は安心できるか。しかし、アイアイマート。大丈夫だと思いたいが、やはり不安はあるな」

甚夜の憂いは晴れないようだ。百歳を超えると聞いているし過保護なのも分かっていたが、まさかここまでとは思わなかった。

「初めてのアルバイトだ。慣れないことも多いだろうが、あまり隙を見せてはいけない。特に、店長には気を付けろ」

「そんなに変な人には見えなかったけど」

「だとしてもだ。あとは、警戒は必要だが、あまりに失礼な態度もいただけない。あれで理性的な男だ。滅多なことはないと思うが、それでも下手をすれば首を斬られることになるかもしれないからな」

「そっか、いきなりクビ切られるのは困るね」

「もしも何かあれば、すぐに連絡してくれ。必ず駆けつける」

「う、うん。ありがと。何かあったら、頼るから」

たかだかバイトでどれだけ心配しているのか。嬉しくはあるが行き過ぎている。

「おーい、爺ちゃん。二年の先輩が呼んでるぞ。前の〝お弁当先輩〟」

「ああ、夏樹、今行く。話は途中になったが、みやか。私の言ったことを忘れないで欲しい」

最後に念押しをされたので、しっかりと頷いて返す。

「うん、分かった。心配しすぎだとは思うけど」

「しすぎて損をすることもないさ」

そう言って甚夜は去っていく。お弁当先輩というのは、以前手作り弁当を差し入れた女生徒だったか。いまだに繋がりがあるらしい。

あまりの勢いに押されていたが、ようやく落ち着いた。みやかは先程までの彼の様子を思い、ふう、と小さく溜息を吐く。

「アルバイトくらいで心配性すぎる」

「そうだね。うん、本当に」

「薫、なんかすごい棒読みだけど、どうしたの？」

「気付いてないかもしれないけど。表情、すごく嬉しそうだよ」

「……えっ？」

ともかく、夏休みの始まりである。


【麻衣と図書館】


吉岡麻衣は中学の頃、いじめを受けていた。

リーダー格はクラスの女子だったが、面白がって男子も参加していた。だから派手な格好の女子や怖そうな男子は、今でも苦手だ。実を言うと、見た目遊んでいる風の桃恵萌や目付きが鋭く強面《こわもて》な葛野甚夜は、ちょっとだけ怖かったりする。

勿論《もちろん》、それはちゃんと接する前の話だ。外見とは裏腹に萌は愛嬌《あいきょう》があって接しやすいし、甚夜は穏やかで優しく、同学年なのに保護者のような印象がある。一番甘いのは薫に対してだが、柳がいない時は麻衣のこともよく気遣ってくれる。

「……すまない。ここ、いいか？」

今では全然怖くない。二人きりでいても緊張しないくらいに慣れた。

柳は男友達と遊びに出かけているし、今日は朝から甚夜と図書館で勉強をしている。英語の宿題で教えて欲しいところがあるとのことだった。甚夜が追試を乗り切れたのは、柳と麻衣の二人で面倒を見たからだ。以来、勉強関係では時折お願いされる。なんでもできそうな彼に頼られるのは、恥ずかしくも嬉しかった。

「こ、ここはね……」

甚夜は決して頭が悪いわけではない。ただ、高校一年生の英語は中学で習った基礎をさらに掘り下げていくため、以前の積み重ねのほとんどない彼はよく躓《つまず》いてしまう。英語ができない理由は、頭の出来不出来以前に、単語や文法などの知識量が絶対的に足りないのだ。

「葛野君は、まず句と節の違いを意識しながらやるのがいいと思う。あとは単語の量が少ないから、ちょっとしたことでも辞書を引く癖をつけるとぐっと成績もよくなるんじゃない、かな？細かなところは後回し。あんまり一気に詰め込むと、混乱しちゃうし」

「なるほど」

真面目にノートを取りながら、どうにかこうにか甚夜は宿題を進めていく。まずは基礎固めをしつつ、応用の必要なところでは麻衣が手助けをする。それを繰り返して、単語や文法の量を増やす。追試の時は手っ取り早く点を取れるよう試験範囲だけを重点的に教えたが、時間のある今は基礎力を高めた方が後々のためになる。

「しかし、吉岡は本当に教えるのがうまいな」

「そ、そう、かな？」

「ああ。教師なんて向いているんじゃないか？　といっても、今まで学校に通ったことのない私の意見ではあてにならないな」

聞いた話では、彼は百歳を超える鬼なのだという。けれど麻衣は怖いとは思わなかった。それを言うなら柳もひきこさんだし、何よりいじめられていた彼女にとっては、鬼よりも同じ人間の方が怖い。いじめをしながら笑う女子。表情はあまり変わらないけれどいつも気遣ってくれる鬼。どちらがいいかなんて考えるまでもなかった。

「教師、かぁ」

「すまない、気に障ったか？」

「あ、ううん。そうじゃないんだけど。先生には、あんまりいい思い出ないから」

「そうか……。なら、吉岡はどういった職業に憧れる？」

憧れの仕事と聞かれたら、思い当たるものは二つある。ただ、どちらも口にするのが恥ずかしくて麻衣は俯《うつむ》いた。

顔を隠しながらちらりと甚夜の方を見れば、相変わらず表情の変化は小さいけれど、目はとても穏やかだった。答えられない麻衣を、呆《あき》れもからかいもせず待ってくれている。柳以外の同年代の男の子はまだ怖い。耳には中学の教室で聞いた、馬鹿にしたような笑い声が残っているからだ。しかし彼なら、夢みたいなことを話しても馬鹿にはしないだろうと思う。

「笑わないで、聞いてくれる？」

「ああ、勿論」

「あの、こ、声のお仕事……」

「アナウンサー。それとも、声優というやつか？」

「そ、そういうのだけど、そうじゃなくて。出版社とかの、名作小説の朗読ＣＤみたいなの、あるでしょ？　……やってみたいなぁって」

それが一つ目。ああいった朗読ＣＤの読み手は、大抵が彼の言う通りアナウンサーや声優が務める。自分にはなれるとは思えないし、まあ、本当に憧れだ。

「そっちは、そんなに強くじゃなくて。でも、やっぱり本を読むのは好きで。だから、いつか自分の子供に絵本を読んであげたり、そういうのができたらいいなって思うかな」

二つ目は、ある意味ありきたり。つまるところ、「将来の夢はお嫁さん」というやつだ。自分で言っておいてなんだが、顔から火が出そうになるくらい恥ずかしかった。

「いい夢じゃないか。吉岡の声なら、きっと子供も喜ぶ」

甚夜が眩しそうに麻衣を見る。「結婚なんてお前には無理」。昔のクラスメイトなら言っただろうけど、やっぱり彼は馬鹿にしない。

褒め言葉もお世辞ではないと分かるから余計に照れてしまう。その後、「富島との結婚式には呼んでくれ」と言われて頭が沸騰してしまったのは内緒である。

その後は真面目に宿題と向き合い、午前中だけでかなり進んだ。時刻はちょうどお昼の12時。麻衣はともかく、甚夜がかなり憔悴《しょうすい》している。今日はこの辺りで切り上げた方がいいだろう。

「今日は、このくらいにしておく？」

「そうだな。さすがに疲れた……。これなら都市伝説の怪人達を相手取る方がよほど楽だよ」

「もう……」

本当に英語が苦手らしい。甚夜の口からほっと安堵の息が漏れる。暴走するひきこさんや渋谷七人ミサキの時は、涼しい顔をしていたのに。それを考えると、妙に面白かった。

手早く教科書類を片付けながら、軽く雑談を交わす。そういう風に気安い会話ができるくらいには、甚夜と麻衣は仲良くなった。

「吉岡。今度、何かお礼をしよう」

「それなら。また昔の話、聞かせて欲しいな」

「そんなものでいいのか？」

麻衣はこくこくと何度も頷く。実は、この手の頼みは初めてではない。読書が趣味の彼女にとって、自分の知らない時代をたくさん知っている甚夜の話は非常に興味深かった。

初めてコーラが入ってきた時の驚きや、白黒テレビが家に来た時の子供達のはしゃぎようといった些細《ささい》な話や、甚夜が経験した単なる謳《うた》い文句ではなく「本当にあった」怖い話。それに、ちょっと切ない不思議な話。百年を生きる鬼の見聞きしてきた物語は、とても興味深い。

下手にお茶やお菓子をご馳走してもらうより、彼の話の方が麻衣にとってはご褒美だった。

「そうだな。前は『夜桜の怪』について話したか」

「う、うん。すっごく悲しかったけど、結構好き」

「なら、今度はとっておきを話してあげよう。『鳩《はと》の街』を知っているか？」

「昔あった、東京の赤線地帯……だよね？」

「ああ。山の手の男も通うアプレ派娘の街。社会現象にまでなった花街だが、売春防止法によりその灯を消した。だが、昭和三十四年。私は鳩の街で、とある娼婦に出会った」

彼の言っていることはおかしい。昭和時代にもてはやされた赤線地帯は、売春防止法の完全施行により営業を停止した。それが昭和三十三年、三月三十一日のこと。つまり三十四年には、鳩の街は存在していないはずだ。

「君も知っているようだが、昭和三十三年にはすべての赤線が営業を停止した。しかし私は確かにこの目で見た。……これは私が、〝存在しないはずの鳩の街〟に立ち寄った時の話なんだ」

今度はどんな話を聞かせてくれるのかと、麻衣は子供のように目を輝かせていた。

さて、片付けも済んだ。適当なところで食事をとりながら、古い話に耳を傾けよう。

ちなみに、みやかは甚夜に遠慮をして深く踏み込まないし、薫は古い話に興味がない。そのため幼い頃に共に暮らしていた藤堂夏樹を別枠とすれば、いつものメンバーで最も甚夜の過去について詳しいのが吉岡麻衣だという事実は、誰も気付いていなかった。


【柳と訓練】


「こ、のっ！」

夜半、葛野市を流れる戻川《もどりがわ》の土手で、二人の高校生がぶつかり合っていた。喧嘩ではない。

いまだ戦いに慣れない柳の訓練である。

甚夜は武骨な太刀を振るい、柳は〈ひきこさん〉の能力を余すことなく発揮する。共に人を超えた力の持ち主。殺す気のない手合わせでさえ圧倒的だ。

「ふむ、随分とよくなった」

「くっそ、余裕じゃないかっ……！」

柳には特殊な力がある。それでも、こと戦闘に関してはまだまだ甚夜には届かない。相手は百の歳月を戦い続けた歴戦の鬼。当然といえば当然だろう。

殺す気はないとはいえ柳の方はほとんど全力で戦っているのに、息も乱さずいなされるというのはさすがに悔しい。勝てないなら勝てないなりに、ちょっとくらい〝ヒヤリ〟としてもらわないと。

意を決した柳は、迫りくる甚夜に向けて掌から生み出したカミソリの刃を投擲《とうてき》する。雨あられと降り注ぐ刃物は振るう刀にすべて叩き落とされた。

構わない。距離を取り、位置を変えて何度も何度も刃物を投げつける。数が増えたところで通じない。投げては叩き落とされての繰り返しだ。

それでいい。重要なのは単調な動きに慣れさせること。同時に、意味のない行動に呆れさせること。この程度か、そろそろ終わりにしよう。そう思ってくれれば大成功だ。油断しろ、侮れ。大事なのは緩急。動きの速度を抑え、敢《あ》えて隙を作る。そして相手が攻めに転じた瞬間、最高の挙動で出鼻をくじく。

何度目かの投擲の後、襲い来る刃を一振りで防ぎ切った甚夜が小さく息を吐く。もう一度吸って、彼の呼吸がぴたりと止まった。

タイミングは、ここだ。予想通り、甚夜が一気に踏み込んでくる。その一歩目、蹴り足に体重を傾けた瞬間、狙いすましてカミソリを投げつける。

振るわれた夜来の前に、刃物は砕け散った。

一手目は防がれた、甚夜が一足で間合いを侵す。大丈夫だ、カミソリは目くらましに過ぎない。近付いてくる、投擲、防がれる。しかし砕けた刃が一瞬、視界を遮った。その瞬間を狙っての最大速度。野球でいえば変化球の後のストレート。視界を遮り生まれた死角を突いて、こちらから距離を詰めての接近戦だ。

これにも甚夜はごく小さな動きで体勢を立て直し、容易《たやす》く迎撃してくる。

「……そいつも、予想済み！」

甚夜が薙《な》ぎ払ったのは、柳ではなく布。ひきこさんがまとう、刃を編んだぼろきれだった。

ひきこさんの刃物は脆《もろ》い。いとも簡単に砕けるが、それが本当の狙い。砕けた刃の布に甚夜の刀は搦めとられ、それをそのまま無理矢理に引っ張って遠ざける。手を放しはしなかったが、甚夜の体は大きく開いて無防備を晒した。

駄目押しとばかりに至近距離からの投擲。ぼろきれに搦めとられた分、対応が一手遅れた。刀は使えない。甚夜は左手の鞘《さや》をもって防ごうとする。

しかし、柳が投げたのは刃物だけではない。刃と共に放ったものの正体は、散々掌からカミソりを生み出したことで破れた皮膚から滴る血液だ。単調な投擲を繰り返したのは、この瞬間を出し抜くため。視界を遮る血、これで仕込みは済んだ。

後は一発、拳骨を入れる。

「悪くない。が、ちと詰めが甘いな」

そのはずが、柳が殴るよりも早く、甚夜の一撃が腹に突き刺さった。

刀を遠ざけたうえで鞘で防御させ、さらに視界を遮った。そこまでやったのに、甚夜は刀も鞘も手放して、柳の体に強烈な蹴りを叩きこんでいた。

「刀を搦めとるまではいい。同じ動きを続け、真正面から不意を打つのもよかった。だが、後が続かないのはいただけない。あそこまでやったなら、追撃はほぼ同時に叩き込め。瞬きをする暇も与えてはならない。他には、刀を使うからといってそれだけで攻めてくると思うな、といったところか」

「……はい、まいりました」

「まあ、二か月でここまで動けるようになったんだ。十分すぎるとは思うがな」

「ありがとう、ございます」

結局、手合わせは柳の敗北で終わった。

この訓練を始めたのは六月の初め。既に二か月近く経ってはいるが、いまだに足下にも及んでいない。いや、力に目覚めたばかりの高校生がついていけているだけでも上等なのだが、柳も男だ。負けっ放しは悔しかった。

「ああ、やっぱり葛野は強いなぁ」

「はは、これでも相応の経験は積んでいる。二か月かそこらの訓練では負けてやれんよ」

柳が有する力は「カミソリに代表される脆く鋭い刃物の生成」と「敵意に対する感知」の二種の特殊能力。〈ひきこさん〉は決して戦闘向きの都市伝説ではない。おそらく最も適しているのは、敵意に対する鋭敏な察知と刃物の投擲を使った中距離での援護だろう。それが曲がりなりにも一対一の戦闘を行えているのは、柳本人のセンスもあるが、やはり一番は甚夜に戦闘のイロハを叩きこんでもらったおかげだった。

「ま、でもこの訓練のおかげで怪異を撃退できたしな。感謝してる、実際」

「それは君の努力の結果だ」

謙遜《けんそん》しているが、やはり彼のおかげだと柳は思う。

訓練で荒れた息を整えつつ、数々の教えを思い出す。

『立ち合いの最中に目を瞑《つぶ》るな。私の知る人斬りならば、瞬きほどの隙があればその間に首を落とすぞ』

『直接戦闘に向かないと思うなら考えろ。百回やって一回しか勝てない相手なら、初《しょ》っ端《ぱな》にその一回を持ってこれるよう罠に嵌《は》めればいい』

『正々堂々なんぞ糞喰《くそく》らえだ。無様でもなんでも、生き残った方が勝ちだ』

『私は〝毒を仕込む〟のが最上の戦術だと考える。次点、〝寝込みを襲う〟だな』

改めて考えてみると卑怯な発言が多い。甚夜にとって、戦いとはそういうものなのだろう。

「しかし、厄介ごとはもう終わったんじゃなかったのか？」

「そうなんだけどさ。やっぱり少しは強くなりたいし。時々こうやって相手してくれないか？」

「それは構わないが。……あまり無理はするなよ。何かあれば頼ってくれ」

「おう、ありがと」

訓練を申し出たのは柳の方からだ。力に目覚めた影響か、彼は怪異や厄介ごとに巻き込まれることが多くなってしまった。甚夜のいない状況で都市伝説と戦うこともしばしばだ。

どうも最近の葛野市はおかしい。怪異が発生しやすい場になっているらしい。自分一人ならともかく友人達を巻き込みたくはない。だからいざという時に動けるよう、定期的な訓練は必要だった。

「よし、もう一回いっとくか？」

「いや、ここまでにしておこう。明日に響いても困る」

「あっ、そうだな。駅前に午前十時でいいんだっけ？」

「ああ」

「おっけー、じゃあ、今日は帰って休むか」

明日は明日で別の予定がある。そのため訓練はここで終了となった。

都市伝説がらみの事件ではない。夏休み前からの計画が、遂に明日決行となる。

なんのことはない。皆で海に行くという話である。

## 2

### 【皆で海に】

白峰八千枝《しらみねやちえ》はその日、愛息子をベビーカーに乗せて近所に散歩に出かけた。

暑いので少し歩いたら帰るつもりだったが、近所の「みさき公園」を通りかかった時、中性的な容姿の若者に呼び止められる。

「わあ、可愛い赤ちゃんだなぁ。お母さん、この子名前なんて言うの？　何歳？」

「翔《しょう》。一歳になるよ」

「いいなぁ、ボクも欲しいなぁ。モノは相談、この子くれない？」

「あはは、さすがにそれはないわ」

若者は愛息子の可愛らしさに心奪われているようだ。可愛いと言ってくれるのはありがたいが、くれと言われてもあげるわけにはいかない。

「ちぇ、残念だなぁ。それじゃあ、お散歩の邪魔しちゃってごめんね。またね、翔くん、翔くんママさん」

相手も勿論《もちろん》冗談で気にした様子はない。それでも名残《なごり》惜しかったのか、何度も息子に手を振って去っていく。

不思議な雰囲気を持っていたが、子供が好きなのだろう。なら悪い人物ではないように思う。

八千枝は息子を褒められたのが嬉しくて、自然と鼻歌交じりになった。

「赤ちゃん、もう一人欲しいなぁ」

その一方で去っていった中性的な若者……吉隠は、そうぼやいた。


この春から教職に復帰した八千枝は、教師という仕事の関係上、昼間はほとんど家におらず、愛息子の翔との触れ合いの少なさを気にしていた。

家計のために仕事を辞めるわけにはいかない。パートタイムではあまり稼げないし、夫に関しては収入が同年代の平均よりわずかに低い。子供が生まれた今、八千枝の稼ぎがないというのは致命的だ。まだ物心つかない息子を可哀そうとは思うが、彼女は再び教職に復帰した。

幸いにも昼間は八千枝の母が翔の面倒をみてくれているが、息子と共にいられないのはやはり寂しい。夏休みに入り多少仕事が減った今、普段の分を取り返そうとしていた。

高校だと夏季休業時の方が忙しかったりするが、八千枝は中学教師。復帰したばかりで部活の顧問などもしていない。申しわけなくはあるが、同僚達よりは余裕があり、その大半を息子との時間に充てていた。

今日は一歳になる息子と駅前のデパートへ向かう。

ベビーカーには日除けを完備。子供が日差しで辛い思いをしないようにしている。目的地は、駅前にある全国展開している有名デパート『須賀屋《すがや》』だ。

なんでも本店は東京で、江戸時代から続く老舗《しにせ》だとか。特に思い入れがあるわけではないが、デパ地下は結構な頻度で利用する。決して料理が下手なわけではない。ただ、ああいったところの惣菜には手作りでは出せない味があった。

気分が乗って三階の婦人服売り場も覗《のぞ》いてみる。夏ということもあって、一角が水着売り場になっていた。海に行ったのはいつが最後だったかと考えつつ商品を眺めていると、見覚えのある顔がちらほらと見えた。

姫川みやかに梓屋薫。あと二人の女子は、高校の友人だろうか。以前受け持ったことのある生徒達が楽しそうに水着を選んでいる。向こうも気付いたようで視線が合うと、みやかが恥ずかしそうにお辞儀をしてくれた。

「こんにちは、白峰先生」

「こんにちは。姫川は、友達と買い物？」

「はい。同じクラスの子達と、海に行くことになって。水着を見に来ました」

みやかが梓屋薫と一緒にいるのはいつものことだ。しかし今日は、見た目遊んでいる風のギャルと、物静かな女の子とも仲がよさそうに喋《しゃべ》っていた。一年とはいえ受け持った大切な生徒だ、高校でもうまくやっていると知れて少し安心した。

「あっ、先生も買い物？」

「おお、梓屋。あんたは元気だねぇ」

八千枝のことを見つけると、薫がぱたぱたと小走りで駆け寄ってくる。よく言えば無邪気、悪く言えば落ち着きのない。ともかく、高校生になっても相変わらずのようだ。多少騒ぎすぎるきらいもあるが、「翔くんもこんにちは」なんてベビーカーにいる息子にもしっかり挨拶をするあたり、いい子であることは間違いなく、やはり八千枝にとっては大切な生徒の一人だった。

「あんたも新しい水着？」

「はいっ、今度みんなで海に行くんです。あっ、先生も一緒にどう？」

「あはは。遠慮しとくよ。お誘いは嬉しいけど、息子もいることだしね」

「そっか、残念」

唇を尖らせて肩を落とす姿に、社交辞令ではなく本当に誘ってくれていたのだと分かる。こういうところは、本人は意識していないようだが彼女の得難い才能だ。できればこのまま変にひねくれず、まっすぐ成長して欲しいと八千枝は思う。

「あっ、そうだ。みやかちゃん！　アキちゃんがね、あっちで似合うの選んでくれるって！」

「……その、大丈夫なやつ？」

「うん、多分。麻衣ちゃんのもフリルのワンピースだったし」

「それなら、お願いしようかな。それじゃ先生、失礼します」

「先生、またね！」

薫に案内されて、更衣室の方へ二人で歩いていく。

高校生になっても二人は仲がいいようで、何となく微笑ましい気分になる。友達のところに戻ったみやかは、ギャル風の少女に提示された商品を見比べて真剣に悩んでいるようだ。その隣では大人しそうな女の子と薫がどれにしようか、なんてのんびり商品を眺めていた。

女の子四人、ああでもないこうでもないと、はしゃぎながら水着を選ぶ。

「若いっていいねぇ」

その景色がとても嬉しく感じられて、八千枝は息子の頭を撫でながら軽やかに呟いた。

◆

旅行の当日、夏樹は荷物を抱えて待ち合わせ場所の駅前へと急いでいた。

見上げれば雲一つない重厚な青空。午後はかなり暑くなるそうで、正しく絶好の日和というやつだ。

今日はクラスメイトで集まって海へ遊びに出かける。リーダーは姫川みやか。発案は梓屋薫なのだが、細かい計画を立てるのは苦手らしく、親友に丸投げしたらしい。メンバーはその二人に、甚夜と桃恵萌。富島柳と吉岡麻衣。夏樹も誘われ、それならと幼馴染の根来音久美子にも声をかけて計八名だ。

ああ、いや。最初は電車で行く予定だったのだが、萌の知り合いが車を出してくれるらしく、最終的には九名になった。結構な大人数だが、わざわざ大人数が乗れるワゴン車を借りてくれたそうだ。件《くだん》の知り合いは四十を超えているらしく、今回の保護者ということになるのだろうか。

年齢的には甚夜の方が上でも、歳をとらない彼では保護者役は不向きである。そういう意味では、年相応の外見をした大人の付き添いはありがたかった。

そう考えていたが、本人に会って考え直した。

「初めまして。三浦ふうと申します。今日はよろしくお願いしますね」

大型のワゴン車を準備してくれた萌の知り合いは、どう頑張っても中学生くらいにしか見えない、すらりとした立ち姿がきれいな女性だった。

名前は三浦ふう。萌の行きつけの花屋の店長らしく、みやかとも面識があって今回運転手役を買って出てくれたとのこと。正直助かるのだが、「三浦ふう」という名前には夏樹も聞き覚えがあった。

「なっき、おはよ」

「……おはよう、みこ」

「どしたの？　なんか店長さん、じっと見ちゃって」

「ああ、いや」

久美子に声をかけられるも、夏樹の視線は三浦ふうなる女性に注いだままだ。

小柄で梓屋薫よりもさらに小さい。立ち振る舞いは落ち着いていて、容姿はあまりに若々しいが、年上と言われればそんな気もする。しかし四十を超えているとは思えない彼女の若さ以上に、気になる点があった。

「ごめんね、店長。使っちゃってさ」

「いえ。せっかくの夏ですから、私も海に行きたいと思っていたんですよ。むしろ部外者が混じってしまって、こちらこそ申しわけありません」

「部外者なんて、あたしの馴染みだから問題ないでしょ」

女性陣が話しているうちに、夏樹は甚夜の傍まで寄ってそっと耳打ちする。

そう、彼には聞き覚えがあった。「三浦」に「ふう」という名前の、花に関わりのある女性。

どちらも子供の頃、甚夜に聞かせてもらった昔話の登場人物なのだ。

「なあ、爺ちゃん。確かさ、三浦って蕎麦《そば》打ち教えてくれた人だったよな？　んで、その人の娘さんが鬼女で、名前が」

「ああ、おふうだな」

「あ、やっぱり」

どうやら正解だったらしい。おふうというのは随分と昔に甚夜が語ってくれた、行きつけの蕎麦屋の娘のはずだ。

すべてを失い鬼女となりながら、三浦という武士に救われて親娘となった。そして花について教えてくれた、大切な女性の名前だと聞いている。夏樹が覚えていたのも、彼女のことを口にする甚夜の目がひどく優しかったからだった。

「今日はよろしくお願いしますね、葛野君」

「ああ、こちらこそ。三浦さん」

まるで初対面のような挨拶だ。返す甚夜もわざわざ「三浦さん」と呼んでいる。おふうのそれは、鬼女であると悟られないためではない。悪戯《いたずら》っぽい微笑みから、ちょっとしたからかいであると夏樹は判断した。

事実、甚夜も小さく笑みを落とした。彼らの間には不思議な雰囲気がある。それをみやか達も感じ取ったようで、なにやら怪訝《けげん》な顔をしていた。

そうこうしているうちに柳と麻衣が到着して全員揃った。

みやかは今一つ納得しきれていない様子だったが、問い詰めても仕方ないと思ったのだろう。頷き一つ、気を取り直して音頭をとる。

「それじゃ、みんな揃ったことだし。三浦さん、お願いします」

「はい。皆さん、車に乗ってもらえますか」

いきなり面食らうこともあったが、せっかくの海だ。楽しまなければ損だろう。

「なっき、楽しみだね」

久美子の言葉に同意して強く頷く。

荷物を抱え車に乗り込むと、皆で海へ出発した。


【海と都市伝説】

これは、藤堂夏樹にとっての夏の話だ。

日帰りの予定のため、夏樹達は県内の海水浴場、兵庫県明石市にある林崎海水浴場を選んだ。東西に延びた海岸には、夏休みということもあって家族連れや若いカップルも多い。近場ではあるが、砂浜から明石海峡大橋や淡路島が一望できて景観は良好だ。水質も綺麗な海水浴場だった。

夏樹にとって一年の夏休みで最も大きなイベントだ。この日をずっと楽しみにしていた。

「あたしら更衣室行ってくるから、男子は荷物お願いね」

萌に言いつけられた男子達は、車内で手早く着替えを済ませて荷物を運ぶ。こういう場合女子が優先されるのは仕方ないだろう。

夏樹はちらと甚夜を見る。自分が子供の頃から彼の姿は変わっていない。昔は保護者として面倒を見てもらっていた。それが、今は肩を並べているのだから妙なくすぐったさがある。

「柳、みやか達が来る前に準備を整えてしまおう」

「ああ」

手荷物の中から取り出したレジャーシートを敷き、風で飛んでいかないよう持ってきたクーラーボックスを重しにする。その間に甚夜がパラソルをレンタルしてきて、砂浜に突き刺してしっかりと固定した。今度はミネラルウォーターが冷えているのを確認し、タオルも用意している。

柳の手には麦わら帽子もあった。

「こんなものか」

「ああ、とりあえずは。なんか、悪いな葛野」

「いや、気にしているのは私も同じだからな」

彼らは流れるように準備を終えてしまい、結局、夏樹は見ているだけだった。

休息場所が整った。ちょうどそのタイミングで、女性陣が着替えを終えて砂浜にやってきた。

「お待たせ。おっ、ちゃんと色々してくれてんじゃん」

萌が感心してうんうんと何度も頷いている。海だから当然なのだが、同級生の水着姿に夏樹は少し照れてしまう。反面慣れているせいか、柳や甚夜は普通に女子たちを褒めている。こういうところに差を感じる。夏樹にできたのは、幼馴染の久美子が「何かない？」とわざわざ聞きに来るものだから、「似合っています」と返すのが精一杯だった。

「お前は、着替えなかったのか？」

「ええ、若い子に混じるのはどうにも」

「そう言われると、私が空気を読めていないみたいじゃないか」

「あら、甚夜君は高校生だからいいでしょう？」

甚夜がおふうと仲睦《なかむつ》まじそうに話している。どうやら彼女は水着を持ってこずに、最初から荷物番をするつもりだったようだ。

夏樹は二人のやりとりを何気なく眺めていた。おふうといる時、いつもの「爺ちゃん」とは違い、ふっと息を抜く瞬間がある。恋人のような距離の近さ、友人のような気安さとも違う、表現しにくい何かが彼らの間にはある。自分の家族の知らない一面を寂しく思ってしまうのは、自分が子供だからだろうか。夏樹は少しだけ居心地の悪さを感じていた。

気付くと、同じようにみやかも甚夜を見ていた。そう言えば彼女には、甚夜とおふうの関係について軽くだが教えたこともあった。けれど特に何かするでもなく、すぐに視線を切る。彼女もいつきひめ。因縁ある家柄の出として、何か思うところがあるのかもしれない。

その他で気になることといえば、柳と麻衣の関係だろうか。

「麻衣、大丈夫か？　疲れてないか？」

「ありがとう、やなぎくん。実は車で長かったから、ちょっとだけ」

「だよな。葛野がパラソル準備してくれたから、そこでまず休んでから行こう」

そう言って麻衣の手を引いた柳は、レジャーシートに座らせる。自然に手を繋げるあたり、彼らの親密さはいつものメンバーの中でも頭抜けていた。

麻衣は幼い頃から体が弱くて気管支が悪く、喘息《ぜんそく》があるらしい。薬を手放せず、運動をするのは勿論、外で遊び回るのも難しい。だから、こうやって友達と海に来るのは初めてのこと。今ではだいぶ良くなったらしいが、それでもやはり心配はしてしまうのだろう。

「吉岡、首に直接日を当てるのはよくない。これを使ってくれ」

「タオル……？　あ、ありがと、葛野君も」

「飲み物も用意してある。脱水にならないよう、しっかりと水分補給しないとな」

甚夜がクーラーボックスからスポーツドリンクを取り出して手渡す。今日もかなり気温が高く、日差しの照り付ける砂浜は焼けるように熱い。熱射病にならないように気遣う姿は懐かしい。子供の頃は、夏樹がああやって面倒を見てもらっていた。

「ほら、夏樹も」

昔を思い出していると、こちらにも飲み物が差し出された。どうやら甚夜にとってはまだ夏樹も子供のままらしい。不満であり恥ずかしくも嬉しくもある。複雑な心境だった。

「なに？　甚、過保護すぎない？」

「そう、かな？」

からかうように萌が言うと、みやかが曖昧な笑みで返す。

なんだかんだ馴染んでいる甚夜が夏樹には嬉しい。

海での時間が、戦いばかりだった爺ちゃんの息抜きになればと思った。


「見事に声かけてくるヤツいないね。私らがいるのに」

海で遊び始めてしばらく経つが、今のところ夏の海恒例のナンパの類は一切ない。萌は「お洒《しゃ》落《れ》は心意気」と語るように、こと容姿に関してはいつものメンバーの中でも飛び抜けている。他の面々も十分に魅力的だと感じる。にもかかわらず、声をかけてくる輩はいっさい現れない。

「萌はともかく、私は別に……。あと、正直来られても困る」

「それはあたしもだって。前も言ったっしょ、純情一途なの、これでも。しかし、いるだけでナンパ避《よ》け。頼りになるわ」

「そこは、私も同意見かな」

そのせいか、萌もみやかもすっかり気を抜いている。

夏樹はいるだけでナンパ避けになる男、甚夜の方を見た。一緒に男子が来ていたところで、女子に声をかける不良なんていくらでもいる。だが、そういった男でも、さすがに彼には喧嘩を売りたくないらしい。

「ん、どうした？」

どうやら甚夜も案外海を楽しんでいるらしく、今は柳と一緒にひとしきり泳いだ後だった。水に濡れたその体は、高校生の枠からはみ出すぎている。筋トレでパンプアップしたものではなく実戦で使い続け、限界まで絞り込まれたしなやかな筋肉だ。もともと目付きの鋭い強面だし、はっきり言ってそこにいるだけで威圧感がある。極めつけは刀傷、銃創、鋭利な爪でえぐり取られたような傷痕。全身に刻み込まれた死闘の名残は、彼が普通の生き方をしてこなかったことを語っていた。

そういった男の連れであるため、夏樹達はやばい男の同類だと見られているのだろう。

「萌は……あんまり驚いてないね。怖いとかは思わない？」

「ん、十分驚いてんけどね。怖くはないかなぁ。あたしの場合、ちっちゃい頃から話を聞かされてるから」

みやか達は、傷痕を見ても怯《おび》えた様子はない。特に、萌は敬意に近い視線を送っていた。

人をあやかしへと変える酒、「ゆきのなごり」にまつわる事件。三代目秋津染吾郎と共に挑んだ百鬼夜行。大正の世を揺るがす退魔、南雲の当主。人造の鬼神「コドクノカゴ」を巡る死闘。

彼女が秋津の当代だというのなら、幼い頃から甚夜の逸話を聞かされて育ったのだろう。四代目に関しては夏樹の実家、『暦座《こよみざ》キネマ館』も関わりが深かった。

「ああやって傷を負って、それでも諦めずに戦い抜いたからさ、甚はここにいるわけで。どっちかっていうと、尊敬とか……感謝？　ここまで来てくれて、あたしと会ってくれてありがとうって感じかな」

十代目秋津染吾郎といつきひめ。そして、彼が深く関わった映画館で育った自分。思えば奇妙な縁だ。

「みやかは、怖い？」

「いつもお世話になってるから、あんまり」

「ならいいじゃん、それで」

「そう、だね」

すべてがいまだに途切れずに続き、今は遊び友達になった。変わらないものはないけれど、これは良い変わり方なのではないかと夏樹には思えた。

皆でビーチバレーをしたり泳いだり、しっかり遊んで汗もかいた。昼時も近いし、休憩がてら海の家で少し何かお腹に入れておこうとなった。

近くにあった海の家は屋根と古びたテーブルとイスがいかにも安っぽいが、それも風情だ。各々適当に注文する。正直大して美味しくはないのだが、こういうのも思い出の一つだろう。

さすがに九人全員は一緒に座れなかったため、いくつかのテーブルに分かれる。みやかと萌とおふうは三人で集まった。面識のある三人の方が、おふうも気を遣わなくていいだろうという萌の判断だ。

「店長、何にした？」

「お蕎麦にしてみました」

事情を知っている夏樹は笑ってしまった。おふうの父親は蕎麦屋を営んでいたらしい。思い出がある分、つい選んでしまうのだろう。なにせ甚夜も事あるごとに蕎麦を食べる。案外二人は似ているのかもしれない。

「みやか、そっちのカレーはどう？」

「ちょっと粉っぽい。こういうところだと、どうしてもね」

海の家のカレーライスは、缶の業務用カレー粉をあまり炒めず使っているからあまり美味しくはない。その割に値段だけが高い、観光地のメニューである。

「っていうか意外とがっつりいくね」

「お米食べないと、ご飯食べたって感じしないし」

「細っこいのに発言男子じゃん」

味付けの必要がないフランクフルトはさすがに外れがないらしく、萌がおいしそうに頬張っている。ただし一本四百円、コンビニよりもはるかに高い。それでも売れるから、海では色々な店で出されている。祭りの屋台と同じ。味がどうこうではなく、値段が高くても気分で買ってしまうのだ。

うどんは粉を溶かすタイプの即席ダシで、焼きそばはウスターソースだけで味付けをされたもの。不味《まず》くはないがさして美味《うま》くもない。しかし他のメンバーも雰囲気を調味料に、微妙な味をそれぞれ楽しんでいるようだ。

夏樹はチャーシューの代わりにハムの入ったラーメンを頼んだ。同じ席になったのは、甚夜と久美子だ。

「爺ちゃんと一緒にいると、俺の貧相さが際立つなぁ」

夏樹は中肉中背、容姿も目立たない。貧弱という表現が相応《ふさわ》しい体をしている。嫉妬というほど強烈な感情ではないが、コンプレックスは刺激されてしまう。

「藤堂君は、あんまり鍛えてないって感じだもんね」

「薫ちゃん、そういうのは……」

隣のテーブルにいた薫の無遠慮な物言いを、麻衣が遠慮がちに窘《たしな》める。自覚があるため反論もできない。それを同席していた久美子が笑い飛ばした。

「二人とも、まだまだ甘いね。なっきはあれで、今のままでいいの」

悪意はないとはいえ幼馴染を侮るような発言に、久美子は腹も立てず勝ち誇ったように口元を緩ませている。そして、やけに楽しそうに食べていたかき氷のスプーンを突き付けると、不敵に笑いながら甚夜へ問いかけた。

「じんじんはどう思う？」

「君の言う通りだ。夏樹の良さに気付かないとは、男を見る目はまだまだだな」

「さすが、だよね」

満足そうに久美子は何度も頷く。

「でも弱そう、ってのはあんまり否定できないかも」

「力の有無や、効率よく誰かを傷付ける手段を強さとは呼びたくないな」

「へえ、それはどういう意味？」

「夏樹は自分が悲しい時、誰かのために意地を張って笑える。誰かが悲しい時、そいつのために泣いてやれる。……私は、あの子を強いと思うよ」

優しい子だから、恐れられ遠ざけられる、報われない誰かに手を差し伸べてあげられる。芳彦《よしひこ》、希美子《きみこ》夫妻のひ孫だからではない。なんの力もないけれど誰よりも強い。そういう夏樹だから、大切にしてやりたいと思う。以前、甚夜はそう語っていた。

きっと久美子も同じように感じてくれているのだろう。

「じんじん、分かってるなー」

「……だから君や里香が何者か、聞くつもりはない。君はクラスメイトで、夏樹の幼馴染で、私の友人だ。何かあれば頼ってくれると嬉しい」

その物言いに思い知らされる。やはり甚夜はすべてを知って、見逃してくれているのだろう。

夏樹は根来音久美子という少女の正体を知っている。その上でずっと隠してきたのだ。

それは夏樹がまだ小学生だった頃、この市に引っ越してきた翌日のことだ。

探検がてらに外で遊んでいたが、その途中で倒れてしまった。発見した家族は慌てて病院に担ぎ込んだが、意識の異常はあるのに原因は分からないという結果が返ってきた。

『なニガ変なもノを見だ』

倒れた夏樹は、うわ言のようにそう呟いていたという。

それから一週間後、何の前触れもなく異常は元に戻った。両親は喜んだが、本人はその間何があったのか何も覚えていない。体調も問題なく、意識を取り戻してからの入院生活は幼い彼にとって退屈なものだった。

そんな時にお見舞いに来てくれたのが根来音久美子だ。夏樹は驚いた。というのも、その少女は全く面識のない相手だったからだ。

『起きた……?』

『えっと、君、誰?』

『ねくね、くみこ。隣に住んでるの』

嘘だとすぐに分かった。隣の家には誰も住んでいないはずだった。

しばらくすると母が部屋にやってきて、倒れた夏樹を見つけたのは久美子で意識のない間もずっと傍にいてくれたのだと教えてくれた。まだ小学生だった夏樹は、それを疑うことなく自然に受け入れた。

それから彼女との交友が始まった。毎日二人で登校して、放課後には陽が落ちるまで遊び回る。勉強も一緒にすることが多かった。異性だったが、夏樹にとっては誰よりも親しい特別な相手だった。

けれど成長するにつれて、少しずつ昔の出来事を考えるようになった。夏樹はある日、何気なく久美子に質問した。

『なあ、みこ』

『ん、なに?』

『みこはさ、なんで俺と一緒にいてくれるんだ?』

往来で倒れているところを助けたというだけでお見舞いにまで来てくれて、退院後もずっと傍にいてくれた。クラスにはもっと人気のある男子がいくらでもいるのに、彼女は当たり前のように平凡な夏樹を優先する。その理由はいくら考えても分からなかった。

『あんたが、そういうことを聞けちゃうような馬鹿だからじゃない?』

久美子は心底楽しそうに笑う。

『私は多分、あんたが馬鹿だから、一緒にいたいって思ったの』

その言葉は、入院していた頃にも聞いた覚えがあった。精神異常から立ち直ったすぐ後に、彼女は夏樹が馬鹿だから傍にいたのだと笑っていた。それで夏樹は馬鹿もそんなに悪くないかな、なんて思いながら眠ったのだ。

『もっと言うならどんなに格好良くても、頭が良くても、運動ができても、そいつはなっきじゃないからね』

『そっか』

『うん、そうそう。気にしないの。私は幼馴染だから一緒にいたんじゃなくて、なっきだから一緒にいたの』

その言葉が嬉しかったから、色々なものに見ないふりをする。

本当は、根来音久美子と出会ったのは病院ではない。夏樹は彼女と遭遇した時のことをおぼろげながら覚えていた。

『くねくね』という都市伝説がある。

夏、田んぼや川の近くに出現し、およそ生物とは思えない動きをする白い、または黒いモヤのような姿をした謎の存在である。視界に入る程度なら問題ないが、それが何であるのかを理解すると途端に精神に異常をきたし、最悪の場合は死に至るのだという。元はネットから発生した、新しい都市伝説だ。

あの日、夏樹が出会ったのはくねくねだった。けれど発狂死する前に、くねくねは根来音久美子となり彼を助けてくれた。

これらの話は夏樹が小学生の頃、甚夜が葛野に来るずっと以前の出来事だ。つまり葛野市では、吉隠の暗躍に関係なく都市伝説が形を持ち、日常に溶け込んで暮らしている。夏樹はそれを甚夜に黙っていた。久美子を退治されたくなくて、ずっと誤魔化し続けていたのだ。

「爺ちゃん、俺は……」

「お前が話さなくていいと判断したのなら、それでいい」

甚夜は何も聞かなかった。

夏樹の幼馴染、根来音久美子。妹の藤堂里香。どちらも都市伝説に関わる存在だ。けれど何者であれ夏樹が受け入れて彼女達の傍にいたいと願ったのなら、それで構わないと認めてくれた。

「うん、ありがとう」

夏樹より早く久美子が礼を言う。それを受けて、甚夜はからかうように口の端を吊り上げた。

「なんなら、お爺ちゃんと呼んでくれても構わないぞ？　夏樹は孫のようなものだからな」

「あはは、それはさすがに気が早いかな。まずは、ご両親の挨拶からで」

真面目な雰囲気は一気に吹き飛び、続くのはなんてことのない雑談だ。それが夏樹にとっては嬉しい。これからも久美子といていいのだと信じられた。

ただ、ほんの少しだけ、胸にしこりが残る。

葛野市で都市伝説が実体化するようになったのは、ここ十年ほどの話だ。そして、その理由が吉隠にないのなら、実体化の原因はもっと格の高い悪鬼が、鬼神が目覚めようとしているからではないだろうか。

過《よぎ》る不安を拭うように、夏樹は久美子と一緒になって午後も遊ぶことにした。

他のメンバーも各々趣くままに海を楽しんでいる。薫は「砂のお城を作る」と言い出し、先程からせっせと作業を続けていた。子供っぽいと思ったが、誰かが指摘するより先に薫に甘い甚夜が賛同して手伝い始めた。その結果、目の前には幼い印象の女子と全身傷だらけの強面が共に砂のお城を作るという、奇妙な絵面《えづら》ができ上がっていた。

「みやかも、一緒にやらないか」

「あっ、うん。というか、なんで砂のお城？」

「これくらいなら吉岡や彼女も参加できるしな」

ちらりと甚夜が見た先を追えば、柳が砂を運んで麻衣が形を整え、砂のお城作りに加わっていた。運動量の多いビーチバレーには参加できなかった麻衣も、薫のお手伝いができてどことなく嬉しそうだ。水着に着替えていないおふうも、少しならと手を貸してくれていた。

ああ、薫の意見だから付き合っているだけかと思えば、どうやら麻衣達のためでもあったようだ。この変な気の回し方が、やはり爺ちゃんだ。

「……そっか。なら、私もちょっと手伝おうかな」

「ああ、頼めるか？」

皆で何かを、という薫の意図なのか。何も考えずに言ったのか。それは分からないが、意外と彼女の提案は悪いものでもなかったのかもしれない。みやかに続いて夏樹と久美子と萌も参加することにして、結局全員で砂の城を作る。やってみると案外楽しい。

「やった、完成！」

そう言ってでき上がったのは、残念ながら城と呼ぶには少し拙《つたな》いガタガタの砂の山だ。それでも満足はいったのか、薫は一仕事終えたとばかりにぐいと額の汗を拭って麻衣と喜びを分かち合っている。そんな二人を眺める甚夜も表情は変わらないが、安堵するようにかすかな息を漏らす。みやかがそれを見て、くすりと笑っていた。

「甚夜ってさ。絶対子供ができたら親馬鹿になるよね」

「よく言われる」

「ふふ、そうなんだ」

実際、京都に住んでいた頃は親馬鹿な蕎麦屋の店主として有名で、暦座でも芳彦や希美子に甘かったと聞いている。何を言われても否定できないだろう。

「どうだ、夏樹。なかなかいい出来だとは思わないか」

完成した砂の山を示して、甚夜が笑みを落とす。

「おう、いい感じのができたな」

それに楽しかった。

鬼や都市伝説なんて関係なく、またこうやって海を楽しめる日が来ればいいと夏樹は心から思った。

## 【日が暮れて】

海水浴なら以前、暦座の面々と一緒に行く機会はあった。ただ学校に通い、クラスメイトと遊びに来るという状況は甚夜にとって初めてだ。同年代というわけではないが、保護者役ではなく自身の楽しみのために海に入るというのも悪くはなかった。

散々遊んで日が暮れる。観光客も少なくなり、そろそろ帰る時間になった。

久美子の件で少しすっきりしたのか、夏樹の表情は明るい。元気よくはしゃいでいた薫はさすがにへとへとといった様子だ。ぐっと両手を組んで背を伸ばし、疲れ切った体をほぐしている。

「静かだね」

薫が海を見ながら呟く。聞こえていた波の音は消え、海が静かになった。昼間と比べれば暑さも和らぎ、熱の抜けた砂浜の感触が心地よかった。

「夕凪だな」

「ゆうなぎ?」

「海辺では天気のいい昼には海風が、夜には陸風が吹く。だから海風が陸風へ切り替わる、ほんの少しの時間だけ風が止んで海は波のない穏やかな顔になる。それが夕凪。……夕凪の海は鏡のように澄み渡って、本当に綺麗なんだ」

甚夜は昔誰かが言っていた言葉をそのまま付け加えて、眩しさに目を細める。薫がつられるように海を見詰めた。

夕日を映してオレンジに染まる水面は、昼の青とはまた違う趣きがある。綺麗だと思うのに、どこか物悲しく感じられる。きっと鏡のようだから、昔をかすかに映してしまうのだろう。

「さて、そろそろ帰る準備をしよう。梓屋も着替えてくるといい」

「あっ、うん、そうだね」

促されると元気よく更衣室の方へ駆けていく。いつか出会った天女《てんにょ》。まだ半年に満たない付き合いだが、本当にいい子だ。歳をとったからか、ああいったまっすぐな気性は夕凪の海よりもよほど眩しく見える。

入れ替わるように、後片付けを終えたみやかが甚夜の下へ訪れた。

「お疲れ、甚夜。今日はありがとね、参加してくれて」

「なにを。私も楽しませてもらった。みやかこそ疲れたろうに」

「それほどでもないから大丈夫」

今回の計画はすべて任せてしまったが、彼女にとっても苦労より得られたものの多い旅行となったようで、普段よりも明るい表情をしていた。

ああ、来てよかった。穏やかな海はとても綺麗で、まるで心に染み渡るようだ。

「また、みんなでこうやって集まれるといいね」

「そこはリーダーの手腕に期待している」

「なら、ちょっと頑張ろうかな。いつも助けられている側だから、頼られるとちょっとくすぐったい」

悪い気はしないというように、小さく彼女は微笑んだ。

そっと風が流れ、ざざ、と海が鳴く。

夕凪の瞬間が終わり、涼やかな陸風が夜を連れてくる。

「行くか」

「ん」

それがほんの少し名残惜しく、ふと合った視線に知らず笑みが零《こぼ》れる。

時にはこんな日もいいかもしれない。終わる夏の一日に、そんなことを思った。

【帰り道】

「すまなかったな、おふう」

「いいえ、これくらい。皆さん楽しんでくれたようですし」

遊び疲れた帰りの車では、子供達は全員眠りこけている。起きているのは、運転手のおふうと助手席の甚夜だけ。後部座席の安らかな寝息を聞きながら、二人はゆったりと時間を過ごしていた。

「甚夜君も、楽しめましたか?」

「それなりには」

「ならよかった」

会話が盛り上がることはない。だからこそよかった。黙っていても空気は重くならず、時折ぽつりと呟けばほんの少し表情は和らぐ。二人の距離はそういうものだ。お互いに長くを生きた。色恋や友愛は別に、お互いに気を許し合える。弱い自分を見せてもいいと知っているから、緩やかに呼吸ができた。

「変われば変わるものだ」

「だから言ったでしょう?」

「ああ。『それしかない』なんて、嘘だったな」

おふうには何度も醜態を知られ、その度に諭してもらった。そして今になって、彼女の言った通りだったと気付く。守りたいものが増えたから失くすのが怖くて、濁った剣では切れ味は鈍り、斬れなかったものもある。力だけを求めていたのに、積み重ねた歳月の前に甚夜は弱くなった。けれど今はその弱さが嬉しい。こうやって過ごす無意味な日々を、愛おしいと感じられた。

「まったく、敵わない」

「ふふ」

穏やかに笑みが落ちる。多分傍で聞いていたら噛み合わない会話。それがぴったりと嵌《はま》る感覚が心地よい。
そこで終わり、二人の間に言葉はなくなった。
穏やかな何かが残り、こうして夏の日は過ぎていった。

「……ん」
途中、姫川みやかはふと目を覚ました。
二人の穏やかな空気に少しだけ触れる。
なんとなく起きるのが憚《はばか》られて、目を閉じて寝たふりをした。
起きて声をかけなかったのは何故だろう。
考えたが分からなくて、疑問を放棄した。
そのうちにすとんと意識は落ちて、彼女はもう一度眠りについた。

# 3

## 【天女と縁日】

夏休みに入る前、梓屋薫は甚夜に聞いたことがある。

「葛野君の刀って、やっぱり特別製なの？」

ひきこさんの時は、赤い刀を使っていた。しかし口裂け女や赤マントなど最初から都市伝説と戦うのが分かっている時は、いつも鉄鞘に収められた武骨な太刀を持っていた。

赤い刀は自分の血液を固めて作る特殊な異能らしいが、武骨な太刀の方はそういったものではない。ちゃんとしたという表現は微妙だが、ともかく真っ当に造られた刀だ。その愛刀で容易く都市伝説の怪人を斬り裂く。すごいとは思うが、同時に不思議だった。

「ああ。こいつはかつて住んでいた集落で崇められていた、千年を経ても朽ち果てぬ宝刀。銘を夜来という」

「宝刀……やっぱり振ったらビームとか、衝撃波とか出たりする？」

「いや、生憎《あいにく》そういう力はないな。だが、長に託されてから今まで私を支え続けてくれた愛刀だ。他人に預けたのは、後にも先にも一度しかない」

昭和の頃、最後まで一夜の夢であろうとした女に夜来を託したことがあると、彼は懐かしそうに語った。彼女の決意に見合うものはこの刀しかなかったとも。

分かりにくい表現だったが、そこまでの相手でなければ預けられないほど、彼は夜来を大切にしているのだろう。

「葛野君はすごいなぁ」

素直に感心する反面、薫は劣等感を覚えてしまう。そこまで強い思い入れのあるものを彼女は持っていなかった。

「愛刀って言えるくらい長い間、怖いのとずっと戦って来たんだもんね」

「私の戦う理由は、義心ではなく私怨《しえん》。都市伝説を討つのも目的があってのこと、褒められたものではないさ」

「ううん。それが、すごいんだよ」

親友のみやかは、将来のために夏休みなのにバイトや夏期講習を頑張っている。甚夜も目指すもののために傷付いても戦い続けた。そういうものが薫にはない。学校は好きだ。勉強は苦手だが、友達は沢山いる。皆でおしゃべりして、帰りには買い食いしたり遊びに行く。毎日は楽しく忙しい。

ただ時々、息苦しくもなる。努力する親友や彼を知ると、何もしないでただ楽しいだけの自分は、いったい何をやっているのだろうと思ってしまうのだ。

鬱屈としたものを解消できないまま、彼女の夏休みは続く。

そして八月十五日。甚太神社の縁日の当日。朝顔の浴衣に袖を通した薫は、ふと甚夜との会話を思い出した。

せっかくの縁日だが、一番の親友とは一緒に遊べない。みやかは神社の娘で、縁日の当日は何かと忙しい。柳と麻衣も二人で出かけるらしく、今回は辞退。甚夜は先約があると、やけに優しい表情で言っていた。

結局、いつものメンバーで参加するのは、藤堂夏樹と根来音久美子のみ。夏樹の妹の里香も来るらしいので、薫も含め四人。人数としては少なくないが寂しい。そう思ってしまった理由は、多分みやかと甚夜だ。三人で一緒に行動することが多いから、彼らの姿を見ると、時々置いて行かれてしまうような感覚に襲われる。薫には〝これだ〟と自信をもって言える何かがないのだ。

朝顔の浴衣を着て歩く神社への道すがらも、その表情は沈んでいた。

——だから彼女は、迷い込んでしまったのだろう。

約束の時間よりも早く甚太神社に着いた梓屋薫は、忽然《こつぜん》と姿を消した。

《モーバリー&ジュールダン事件》
ふとしたきっかけで過去へタイムスリップしてしまった二人の都市伝説。
1901年にフランスのヴェルサイユ宮殿を訪れたイギリス人、シャーロット・アン・モーバリーとエレノア・ジュールダンは、宮殿内の庭園に向かって歩いていた。
しかし途中で天気が急変し、二人とも奇妙な感覚に襲われた。立ち眩《くら》みを起こして少し立ち止まっていると、前方から女性が歩いてきた。その姿に二人は驚く。彼女はどう見ても現代のものとは違う服装をしていた。貴族が着るようなドレスだ。何かのイベントなのかとも考えていたのだが、後に出会った男性もどこか古めかしいデザインの衣装を着ている。言葉も現代のものとは多少異なり、二人は不安を感じていた。

早く庭園へ向かおう。男に教わった道を歩いていると、スケッチをしている女性に二人は遭遇する。その女性は巨大な帽子とスカートを身につけ、不思議な表情をしていた。

不思議に思うが、二言三言交わして先に進む。庭園に着くと見慣れた観光客で賑わっており、先程まで感じていた奇妙な感覚も消えた。

その後、二人はヴェルサイユ宮殿について調べ、そして驚愕する。

庭園へ向かう途中で出会った巨大な帽子の女性。彼女の姿は、マリー・アントワネットの肖像画とそっくりだったという。

未来からやってきた『ジョン・タイター』。未来の知識を利用して株で大儲けした『アンドリュー・カールシン』。ステルス実験中に十秒間過去へ戻った『フィラデルフィア計画』に、かつて使われていた飛行場にタイムスリップした『時間を超えた空軍中佐』。タイムスリップは、都市伝説の中でもポピュラーな現象である。

ふとした瞬間に過去へ戻ってしまう、あるいは未来に行ってしまう。並行世界や異世界への訪問なども含め、この手の異世界来訪系都市伝説は、現実に不満を持っている者が巻き込まれやすい。

ちなみに戻ってくる方法はいくつかある。

時間が経てば勝手に戻ることもあれば、過去を変えようとすると戻されるパターン。また、本人がなにもしなくても『時空のおっさん』が助けてくれる場合もあり、タイムスリップは都市伝説の中では比較的安全な部類に入る。

◆

梓屋薫にとっては、それは切り取られた一週間の物語だったが、甚夜にとっては非常に懐かしい思い出だ。八月十五日、甚夜は縁日に向かう。薫からの誘いを断ったのは、優先すべき約束があったからだった。

道の途中、偶然みやかと出くわした。今日は神社の手伝いで遊んでいる暇はなく、今も仕事の合間の水分補給用に飲み物を買いに行くところらしい。

「あれ、その格好……」

「見ての通りだが。今日は神社で縁日があるだろう？」

普段は学生服か雑な私服だが、今日は着流しだ。お相手も浴衣を着てくるのだからそれに合わせた。

「でも、なんか意外かな。こういうの、自分から参加するタイプとは思ってなかったし」

「そうでもない。祭囃子《まつりばやし》を聞きながら呑む酒は格別だ」

「ええ。高校生の発言じゃないよ、それ」

冗談というわけでもない。風情は一番の肴《さかな》だ。いずれはクラスの子供達とも酒を呑めればいいと思う。

「なんだかなぁ。じゃあ、その浴衣って縁日のため？」

「浴衣ではなく着流しだ。浴衣は湯上がりや夏場の着物で、着流しは羽織や袴《はかま》を省いた略装だな」

「へぇ。それにしても、気合入ってるね」

「そうか？」

「うん、だってその格好。普段着で行く人だって多いのに、わざわざ、着流し？　なんて」

その質問に小さないたずら心が湧き、甚夜は静かに笑ってみせた。

「気合も入るさ。古い馴染《なじ》みとの、随分前からの約束だ」

明治の頃に、あの子と約束した。それがようやく叶うのだ、気合が入らないわけがなかった。

「…………もしかして、女の子？」

「ああ。よく分かったな」

「ふぅん。随分と嬉しそうだけど、可愛いんだ？」

「無論だ。何せ相手は天女だからな」

邪推するみやかと軽く会話してから別れ、神社へと向かう。遠くで烏《からす》が鳴く、それすらも心地よく感じられた。

あれからずっと甚夜は天女と、朝顔と縁日をまわる時のことを楽しみにしていたのだ。

思ったより早く甚太神社に到着してしまった。日が暮れるまでもう少し待つ。百年を待ったのだ、今さら少し時間が増えたところで苦にもならない。梓屋薫は、あの時とほとんど変わらない容姿をしていた。だからおそらく今年の縁日のはずだ。後はただ彼女が、天女が来るのを待てばいい。遠い約束はここにある。

『別に、つまらない訳じゃないんだ。友達もいるし。でもね、時々なんか疲れる』

『学校に行って、勉強して、友達と一緒に帰って。帰りにはいろんなところに遊びに行くの。毎日すっごく楽しいよ』

『でも時々ね、同じくらい、すごく息苦しくなるの』

いつか出会った天女、朝顔。明るく無邪気だった彼女は、天での暮らしが少しだけ息苦しいのだと語った。甚夜はそれにちゃんと返してやれなかった。まっすぐに幸せだと言えなかった当時の彼では、伝えられることなんていくつもなかった。

わずか一週間程度の休息を経て、天女は笑顔で空へと帰っていった。

――もし、機会があったら、今度は一緒にお祭りへ行こうねっ！

鮮やかな約束だけを残して、颯爽《さっそう》と。

あれから気が遠くなるくらいの歳月が流れ、満ち足りた懐かしい日々の記憶を取り出すことも少なくなった。それを嘆きはしない。変わるものと変わらないものを積み重ね、失って手に入れてを繰り返して今の自分がある。かつての記憶が薄れていくのは前に進めている証拠だ。ならば悔やむ必要はない。

けれどほんの少し、寂しいと思わないでもなかった。だから、ふとした偶然から再び出会えた時。懐かしいあの頃を思い起こさせる笑顔に触れた時、どれだけ嬉しかったかなんて、きっと薫には分からないだろう。本当に〝再会〟できる日を、ずっと心待ちにしていたのだ。

祭囃子を聞きながら揺れる行燈《あんどん》を眺める。暗がりに浮かぶ灯はどこか幻想的で、それだけで心浮かれてしまう。溢れかえる雑踏の中、ふと見つけた少女の姿に甚夜は目を細めた。

朝顔の浴衣を着た薫が、石段を勢いよく降りてくる。あんなに走っては危ない。転んでしまわないか心配しながらも、迎えには行かずその場で待つ。走ってきてくれた彼女の心を無駄にはしたくなかった。

「遅かったな、梓屋」

必死に走って来た薫は、息を切らしているせいでうまく喋れないようだ。その表情には見覚えがある。周囲と自分を比較して落ち込んでいたクラスメイトではない。ほんの少し休んで、鮮やかな笑顔で空に帰っていった、懐かしい天女がそこにはいた。

「あの、えっと、あの」

「とりあえず落ち着け」

「う、うん、ごめんね？　えっと、あの。ひ、久し……ぶり？」

ようやく、本当に再会できた。

甚夜は万感の意を込めて、今度こそ正しく彼女の名前を呼ぶ。

「本当に久しぶりだ。これで気兼ねなく呼べるな……朝顔」

薫は、天女は約束を守ってくれた。だから今度はこちらが約束を守ろうと思う。

さて、林檎飴《りんごあめ》の屋台にでも行こうかと、甚夜は小さく笑みを落とした。

◆

「まるで、いつか見た天女のようだ」

朝顔の浴衣を褒める甚夜に照れて、薫は顔を真っ赤にした。本当は夏樹や久美子達と合流する予定だったが、その前に少しだけ二人でお祭りを見てまわろうと思った。

「ほら」

「わー、ありがとう！」

いの一番に向かったのは、林檎飴の屋台だ。林檎飴をご馳走する。明治の頃に交わした小さな約束だった。たった一週間しか一緒にいなかった女の子の言葉を、彼はずっと忘れずに抱えていてくれた。嬉しいような恥ずかしいような不思議な気分だ。それこそ林檎飴みたいに甘酸っぱかった。

「ところで今さらだが、朝顔と呼んでもいいかな？」

「うん、いいよ！　あ、でも私はどうしよう。いつまでも葛野君、じゃ味気ないよね」

明治時代にタイムスリップをして、昔の彼と出会った。つまり言ってみれば百年来の友人みたいなものだ。少なくとも薫はそう思っている。前よりも仲良くなれたことだし、こちらも呼び名を変えてみたい。

「じゃあ、私は甚くん……って呼んでいい？」

「ああ、勿論」

「よかったぁ。これからもよろしくね、甚くん」

百歳を超える彼に君付けは変かもしれないが、薫としては譲れない。さん付けではよそよそしいし、呼び捨ては偉そう。それに比べて名前を君付けするのはいかにも仲が良さそうで、何よりクラスメイトという感じがする。年齢なんて関係なく、「同じクラスの仲良しだ」と伝えられるような気がして、我ながらいい呼び名だと薫は満足だった。

「では、朝顔。少しは休めたか？」

その意味を間違えない。みやかや甚夜と自分を比べて落ち込んでいた。頑張っている彼女達とは違い、何もしていないことが恥ずかしかった。今でも劣等感は拭えないが、明治の頃の、素直に幸せだと言えなかった彼と出会い、日常から抜け出してのんびりと休憩できた。だからほんの少し、呼吸は楽になった。

「やっぱり、今でもみやかちゃんや甚くんはすごいなぁって思うよ。でも、なんだか楽になったや」

「それならよかった。なに、足踏みばかりの情けない男だって、どうにかこうにかやってきた。そう焦ることもないさ」

「うん、ありがとうね」

――大丈夫。迷い立ち止まりながらでも、君も同じように変わっていける。

それを証明してくれた彼の言葉だから、すとんと胸に落ちた。朝に感じていた憂鬱はもう欠片《かけら》もない。気持ちを誤魔化すためではなく、心からお祭りが楽しいと感じられた。

「なんかほっとしたらお腹減った！　甚くん、他の屋台もまわろうよ」

「そうだな。せっかくだ、いろいろと試してみるか」

「うん。まずはたこ焼き」

「これ、走ると危ないぞ」

人の流れに沿って、二人は屋台を巡る。たこ焼き、焼きそば。腹ごしらえをしたら射的に金魚すくい。ちょっとしたことが面白くて、簡単に笑顔は零れる。

「そうだ、私も今度バイトしてみよっかな。ウェイトレスも経験したことだし。ねえねえ、甚くん、もうお蕎麦屋さんはやらないの？」

「今はな。だが為すべきを為したなら、それも悪くはないかもしれない」

「なら、その時は声かけてね。またお店手伝うよ」

明治の頃のように、彼の経営する蕎麦屋でアルバイトできたら素敵だと思う。

薫は少し先の未来を想像する。高校を卒業して大学生になり、その頃には彼もすべてを終わらせる。彼はのんびり蕎麦屋を始めて、自分はいつかのように手伝いをするのだ。今はもう野茉莉や染吾郎、平吉や兼臣はいないが、きっとあの頃と同じくらい騒がしい毎日が待っているはずだ。

夢というには些細かもしれないが、そんな日々が訪れるといい。そんなことを言ったら、馬鹿にされてしまうだろうか？

「どうした、朝顔?」

「ううん、なんでもないっ!」

聞くまでもない。なんだかんだと甘い彼のことだ。〝ああ、悪くない〟と優しく言ってくれるに違いない。

「ねぇ甚くん、お祭り楽しいね!」

「ああ、そうだな」

無邪気な薫の姿を眺めながら、甚夜は小さな笑みを落とした。

これで林檎飴の天女の話は本当におしまい。

ほんの少し羽を休め、遠い約束は結実し、今度は梓屋薫の話が続いていく。その先は、今の彼女には見えない。何もかもがうまくいくわけではないし、将来のことはやっぱり分からないままだ。それでも少し休憩をしたからちゃんと笑える。これからも悩みは尽きないだろうが、きっと大丈夫だと信じることができた。

二人の手に宝石のように綺麗な林檎飴があることは、今さら付け加えるまでもないだろう。


縁日が終わって幾日か過ぎ、薫がみやかの家に遊びに行った時のことである。

久しぶりに二人だけで気兼ねなく会話を楽しんでいたが、その途中で薫は気になっていたことをみやかに聞いた。

明治時代にタイムスリップするというとんでもない事態に巻き込まれてから、それほど日は経っていない。色々と気になることがあったし、神社の娘である親友ならば何か知っているかもしれないと思ったのだ。

「そういえばさ、ここの神社に鏡ってあるよね？」

「鏡……ああ、ご神体のこと？」

「ご神体？」

「うん。『狐の鏡』っていって、戦時中に焼けた荒妓《あらぎ》稲荷神社のご神体をうちに移したんだって」

狐の鏡の力によって薫は過去から現在に戻ってきた。荒妓稲荷神社で使用したはずなのに甚太神社に出てきた理由は、単に鏡の場所が移されたせいだったらしい。

「説話では天と地を繋ぐ鏡ってされてるけど、本当かどうかは分からない。全部お母さんに聞いた話だけどね」

「へぇー、でも口裂け女とか考えたら、そういうのもありじゃない？」

「それは、確かに」

実際に過去へ行き、狐の鏡の力で帰ってきた。与太話にしか聞こえない内容も、今はすんなり受け止められた。世の中には不思議なお話が多い。多分過去と未来を行き来する鏡くらい、大騒ぎするようなものではないのだろう。

「ねえねえ、みやかちゃん。じゃあさ、過去にタイムスリップしちゃう都市伝説ってあるの？」

「どうしたの薫、急に？」

「なんか気になっちゃって。そういうのって、ある？」

「まあ、結構。『ジョン・タイター』とか、『フィラデルフィア計画』とか。タイムスリップは都市伝説の中でもメジャーな部類だから」

「へぇ。それじゃあね、戻る方法ってあったりするの？」

「うん、あるよ。勝手に戻れたり、『時空のおっさん』に助けられたり」

「時空のおっさん？」

なんというか、変な名前だ。響きからは内容が想像できず首を傾げると、みやかが説明をしてくれた。

《時空のおっさん》
過去、未来、並行世界、異世界。ここは異なる場所に迷い込んでしまった時に出会える、謎のおっさんの都市伝説。
作業着を着ていたり普通の服だったりもするが、外見は普通のおっさん。存在自体が謎であり、何者なのかはまったくの不明なおっさんである。時空の迷子を元の世界に帰す力を持っていて、おっさんのおかげで帰還できた人は数知れず。おっさんは一人ではなく、他にもおばさんやお姉さんなどと遭遇した例もある。
基本的なパターンは、以下の通り。
1．不思議なところに迷い込んでしまい、帰り方が分からない。
↓

2．そんな時、謎のおっさんに出会う。
↓
3．おっさんは上着に手を突っ込み、何らかのアイテムを取り出そうとする。
↓
4．気付くと元の世界に戻っている。

おっさんの正体はいまだ分からず、様々な議論がなされている。

タイムパトロールだ、時空管理局の人間だ。あるいは時の番人、並行世界の管理者など。なんにせよ、話の特性上、彼もまた異界からの来訪者である点は基本的に変わらない。時空間を超える能力を持ちながら、それをただ人助けのために使い続けるおっさんは、その活躍をネット上でまとめられるほど愛されている。

ちなみに多くの話で共通しているのが「奇妙な場所」「おっさん」「ポケットに手を伸ばす」「夢から醒めたように元の世界へ戻っている」といったキーワードである。つまりおっさんのポケットには不思議なアイテムが入っていて、何かしらの操作をして元の世界へ戻されたということが考えられる。

おっさんと不思議なアイテムが組み合わさって生まれる、時空間を超える都市伝説だった。


「……っていうお話」

「へ、へー？」

みやかの説明を聞き、薫は思わず微妙な顔になった。

過去で出会う謎のおっさん。不思議なアイテム。なんとなく引っ掛かるフレーズだ。実際彼女は明治時代にタイムスリップし、奇妙な鏡を所有する神主に出会い、こうやって戻ってきた。だからもしかしたら、あの神主も明治ではない時代に生まれて何かの偶然でタイムスリップした。そして自分と同じ境遇の人間を元の世界に帰すため、そのまま明治の世に残り続けたのでは。

「……まさか、ね」

いや、それはさすがに話が出来過ぎている。とうに過去のことだし、確かめる術はない。多分気のせいだと、薫はすぐさま考えるのを止めた。

そうして、また何気ない雑談に興じる。

まだまだ暑い夏の日の午後。少女達は時間を忘れて会話を続けた。

## 【続・神社の娘と封じられた鬼の話、あるいはお母さんと刀さんの話】

「じゃあ、ごめんね。みやかちゃん」

「うん、大丈夫。クラスの男の子が手伝ってくれるって言ってるし」

甚太神社では、八月十五日には毎年縁日が開かれる。その日は屋台が立ち並び大層な賑わいを見せるが、反面祭りの後のゴミで境内《けいだい》は大変なことになってしまう。テキ屋の人達が粗方は掃除してくれるものの、どうしても残ってしまい、最後の最後は神社の方で片付けるのが恒例となっていた。

今年は十六日の午前中に父親が用事で出かけるので、母のやよいとみやかの二人で掃除をしなければいけなくなってしまった。縁日が終わったあとは母も疲れているだろう。そこで少しでも休んでもらおうと、みやかは一人で掃除を受け持つと決めた。

境内はそこそこ広いし、大変は大変だが仕方ない。覚悟を決めた矢先、名乗りを上げてくれたのが、クラスメイトの葛野甚夜である。夜中にメールのやりとりをしている途中、話をぽろりと零せば彼は自分から手伝うと言ってくれた。

ありがたくはあるのだが、日頃から色々と助けてもらっている手前申しわけない。それで最初は断っていたが、甚夜は考えを変えなかった。迷いつつ母に相談すると、「そう言ってくれているのだからいいじゃない？　代わりに、私達からもお礼をしましょう」と促された。

遠慮がちに手伝いを頼むと、甚夜は喜んだ。というのも、彼はみやかの両親と知り合いだったらしく、「久々に顔を見たかった。掃除はそのついでだ」と言う。それが本当なのか、みやかに気を遣わせないためだったのかは分からない。ともかく彼の申し出をありがたく受け、八月十六日は甚夜と二人で境内の掃除をすることになった。

手伝ってくれるのが同級生の男子だと知った父・啓人《けいと》は、露骨に顔を顰《しか》めた。最初に話した時は賛成したが、それは薫だと思っていたかららしく「男って変な奴じゃないだろうな。下心ありきで近付いてくるような」とまで言ってきた。

その言葉に、みやかはかちんときた。

父が心配してくれるのは分かる。しかし甚夜は今まで体を張ってみやか達のことを助けてくれたし、こちらのわがままにも付き合ってくれた。下心など全くなく、みやかや薫のことを純粋に案じて貧乏くじを引き続けてくれた相手だ。そんな彼を貶《おとし》めるような父の言い分に苛立《いらだ》ってしまい、話の途中で部屋に戻った。

大人びていると言われても、みやかはまだ子供で、親の心配を素直に受け取るのは難しかった。

「こっちは済んだぞ」
「あっ、ゴミ袋いっぱいになったね。新しいの持ってこなきゃ」

八月十六日、みやかは予定通り甚夜と共に境内の掃除に勤《いそ》しんでいた。

縁日の翌日はゴミが多くて毎年掃除も一苦労だが、甚夜の協力のおかげで昨年に比べれば負担は少ない。彼には正直かなり感謝していた。

途中でソーダのアイスを食べ、休憩してから掃除を再開。粗方片付けばちょうど昼時。お母さんに何か作ってもらってもいいけれど、せっかくだし二人でどこかへ食べに行くのも悪くない。

そう提案すれば、「いいな」と彼も同意してくれた。

「じゃあ決まりね。今度はそっちに合わせるよ」
「そうか？　なら……今日の気分は、コロッケだな」

彼のリクエストでお昼ご飯はコロッケに決定し、母に一声かけてから近くの定食屋へ行くことにした。

「そうなの？　なら、挨拶だけでも」

「別にいいよ。どうせ後で戻ってくるし」

それは甚夜からの提案でもあった。両親と知り合いだという彼は「どうせなら啓人くんが帰ってきてから会いたい」と言う。二時頃には父も帰ってくるという話だし、食後に駅前を散策してから帰ればいいだろう。

まずは定食屋。コロッケにだぼだぼソースをかける彼と「ご飯に合うおかず談義」をしつつ、美味しく定食を平らげる。暑いから外を歩き回る気にもなれないし、駅前のデパート『須賀屋』で時間を潰すと、時刻は三時ちょうどだった。

「じゃあ、そろそろ戻る?」

「ああ、そうだな」

甚夜の手には土産の瓶ラムネと菓子折りがある。酒を買うつもりだったらしいが、未成年では買えなかったそうだ。

「そう言えば、お母さん達と知り合いだって言ってたけど、どこで?」

「以前、東京に住んでいたからな。彼女らが浅草に訪れた時に少し。やよいが小学生の頃だったかな」

クラスメイトが母親の子供の頃を語る。彼の年齢は知っているが、奇妙さは拭えない。

自宅に戻れば玄関には父の靴があった。ちょうどいいタイミングで戻って来られたようだ。

「お父さん、お母さん。ただいま」

「おお、お帰り、みやか」

リビングに入ると、父の啓人がソファーでくつろいでいた。

反抗期に差し掛かったとはいえ、普段から父に冷たい態度をとっているわけではない。時々父の言葉に苛々してしまうだけで、ちゃんと声をかけるし啓人の方も普通に接している。

「掃除終わったよ。あと、手伝ってくれた人も来たから」

「おお、そうか。ご苦労さん。んで、そっちが例の……おと……こ？」

リビングへ入ってきた甚夜を見た途端、父は何故か言葉の途中で固まってしまった。まるでお化けでも見たかのように唖然《あぜん》としている。彼は鬼だという話だからその意味ではお化けと似たようなものかもしれないが、明らかに父の態度はおかしい。

啓人は甚夜を指さし、口をパクパクとさせながら体を震わせていた。そんな珍妙な父に対して、甚夜が気安い調子で片手をあげて挨拶する。

「やあ、啓人くん。久しぶりだな」

「……すいません。おたく、どこかで会ったこと、ありません？」

「なんだ、忘れてしまったのか。冷たいな」

「いや、覚えてるけど、確証がないというか信じたくないというか。ええっと、昔、刀に封印されたとか、そういう経験があったりは」

「ああ。確かに鬼喰らいの鬼と呼ばれ、封じられていた時期があったな。君と出会ったのもその頃だったか。昔は、〝刀さん〟と呼ばれていた」

鬼喰らいの鬼。刀さん。

色々と話を聞いている麻衣や夏樹ならともかく、みやかには意味が分からない。それでも父にはちゃんと伝わったようで、唖然として大口を開けてしばらく停止したかと思えば、大慌てで叫びだす。

「や、やよいっ！　刀さんだ、刀さんが来たっ！　えっ、クラスメイト⁉　本当にクラスメイトなのか刀さん⁉」

「ああ、みやかにはよくしてもらっているよ」

「どういう状況だ⁉　悪い虫かと思ったら悪鬼だったとか想像できるか！」

混乱する父とそれをどこか微笑ましく眺めるクラスメイト。台所から出てきた母も彼を見て驚き、喜んでいるのか泣いているのか、うまく判別できない得も言われぬ表情をしていた。

その中でみやかだけが状況を理解できず、置いてけぼりにされている。

「なんだかなぁ……」

なんともやるせない気分で呟く。

リビングの騒ぎが落ち着くまでは、しばらくの時間を要するのだった。


父母と甚夜が旧知だとは、みやかも知っていた。

詳しく聞くと、かつて甚夜が夜刀守兼臣《やとのもりかねおみ》に封じられていた頃、安置されていた社《やしろ》を何度も訪れたのが母のやよい。母とは短い期間だったが交流があって、そのつながりで啓人とも知り合ったようだ。甚夜の封印が解かれた後も何度か顔を合わせたりもしたそうだが、結婚して葛野に移り住んでからはそういう機会もなくなり、今日は本当に久しぶりの再会だった。

「刀さん、お久しぶりです」

「ああ。久しぶり、やよい。随分と大きくなった」

「もう、すっかりおばさんですよ」

母を呼び捨てにするクラスメイトに、それを懐かしそうに受け入れる母。改めて彼が普通ではないのだと思い知らされる。

「最後に会ったのは、啓人くんとやよいが結婚する前だったか？」

「ああ、そんなもんだったかな。親父らが兄貴の家で同居するようになったから、滅多に東京には帰らないしなぁ。あっ、どうだ刀さん？　久しぶりだし酒でも」

「ありがたい誘いだが、さすがに昼間からはな」

「それは残念。んじゃ、夜にでも。せっかくだし、夕飯食っていってくれよ。やよいの手料理、美味《うま》いんだぜ？」

「ほう、やよいの。それは興味があるな」

昔話に花が咲く。反面、みやかは話にうまく入れない。親戚のおじさんやおばさんが集まって両親と話をしている時と似た感覚だ。

「あまり期待されても、大したものは出せませんが」

「なに、君の手ずからというだけで私には嬉しい。なにより、久しぶりに顔を見られた。それだけで十分酒の肴になるというものだ」

「なんだか恥ずかしいですね、そう言われると。刀さんとこうやってお話しするのも久しぶり、本当に懐かしいです」

「それは私もだよ。あの小さかったやよいが、立派な母になるのだから。歳月というのは不思議だな」

「ふふ……みやかちゃんは学校でどうですか？」

「いい子だよ。思慮深く真面目、慎みのある今時珍しい娘だ。友人も多く、楽しそうにしている。もう少しわがままになってもいいとは思うが」

みやかはわずかに頬を染めて俯く。母がそれを微笑ましそうに見つめ、先程までは楽しそうだった父は少しだけ難しい顔をしている。

「よかった。刀さんが面倒を見てくれているなら安心ですね」

「それどころか、こちらが世話になってるくらいだよ……さて、みやか。部屋を案内してくれるのだったかな」

みやかの様子を察したのか、甚夜がちらりとみやかの方を見る。居心地悪かったし、正直助かった。「なら、そろそろ」と促し、逃げるようにリビングを離れる。その背中に、眉間に皺《しわ》を寄せた父から、ほんの少し不満げな声が投げかけられた。

「おいおい、刀さん。男親の前で年頃の娘の部屋にって、なかなか挑戦的だなぁ」

「やはり気になるものか？」

「そりゃな。一応言っとくけど、世話になったのは事実だが、まだまだうちの娘をどこかにやる気はないからな。特に、あんたには」

父親が娘の連れてきた男の子に向ける言葉としては珍しいものでもない。啓人なら言いそうなことではあり、別段気にしても仕方がない。そう思っているのに、何故かこの時は父の言い方が癪《しゃく》に障った。

「なにその言い方」

〝特に、あんたには〟というのは、大切な娘を鬼の嫁にするつもりはないということだろう。裏にある意味を察したからみやかは怒った。しかし文句を言い切る前に、他ならぬ甚夜にそれを止められてしまった。

「こちらも、そのつもりはないよ」

「あ、ああ。……すまん。俺、嫌なことを言ったよな？」

「なに、君がちゃんと父親をやっていると知れてむしろ安心した。本当に、大きくなったな」

酷《ひど》い言葉をぶつけたのに褒められた啓人は、バツが悪そうに視線を逸らす。

「娘のために言わなくてはいけない言葉をしっかりと言える。そういう父であってくれることが、私は嬉しい」

たぶん嫌味ではなく、本気でそう思ったのだろう。しかし結果としてそれが追い打ちとなり、啓人は完全に沈黙する。みやか達はそのままリビングを後にした。

父親に噛み付こうとしたのに、なんとなく締まらない退室になってしまった。

邪魔されたみやかには、当然不満がある。とはいえ廊下で喧嘩するのもよくないだろうと、ひとまず甚夜を自室まで案内する。

「……なんで邪魔したの？」

部屋に腰を落ち着けてから、みやかは甚夜に尋ねた。

「いや、君が不穏当なことを言おうとしていたからな」

「それは、そうかもしれないけど」

それは父が甚夜を馬鹿にしたからだ。先程までは打ち解けていたのに、娘をやる気はないと語る父は、まるで「お前みたいな化け物に」とでも言いたげだった。友達とは胸を張って言えないが、クラスで一番仲のいい男子を軽んじる口ぶりが許せなかった。

「可愛い娘に悪い虫がついたんだ。父親としては当然の心配だろう」

「でも、お父さん。あの言い方、甚夜が鬼だからって」

「それも含めて、当然のことだと私は思っているよ」

甚夜はまったく気にしていない様子である。本人がその調子なのに怒っていても仕方がない。妙に脱力してしまい、みやかは小さく溜息を吐いた。甚夜には余裕さえあり、みやかは胸がもやもやとしてすっきりしない。

「……私って、子供？」

「どうした、急に」

「甚夜は怒ってないから。今日だけじゃなくて、最近よくお父さんに突っかかっちゃうし。怒る私の方が変なのかなって」

「父親と、うまくいっていないのか？」

「そうじゃないけど。さっきのだって、私を心配してくれるって分かってるのに、なんかすごく嫌な気分になるの」

甚夜が百歳を超えているという話は、今さら疑ってはいない。彼に比べれば自分が子供であるのは間違いない。ただ、それを差し引いても、自分は幼いのではないかと思えてしまう。

いわゆる反抗期というやつなのだろう。母親はともかく、父の言動に何故か苛々して、きつい物言いをしてしまう。言った後に後悔するが、やはりちょっとしたことで冷たく接し、また自己嫌悪する。

甚夜の余裕のある態度を見ていると、ことさら自分の未熟が目立って感じられ、みやかはいじけるように俯いて問いかけた。

「成長？　でも……」

「いいや、寧《むし》ろ君が成長した証拠ではないかな」

「親はどこまでいっても親だが、子供はいつまでも子供のままではいられない。背が高くなれば視野は広がり、遠くへ手が届くようになれば自然と背負うものも増えてくるだろう。荷物が多くなれば重くもなる。今まで当たり前のように受け取っていた親の愛情を、煩わしく思う日だって来るさ」

だから父親の愛情を重くて邪魔くさいと感じるのは、君が成長した証だと彼は語る。

だが、とてもではないが甚夜の言葉に頷きで返すことはできなかった。

「そう、なのかな。よく分からないや」

「今はそれでいい。けれどいつか、抱えた荷物の重さに慣れて周りを見渡す余裕が出てきたなら、少しだけ父親のことも考えてあげて欲しい。その時にはきっと、今よりも少し優しくなれる」

そんな先の話など、みやかには分からない。でも彼の言う通り、いつか余裕が出て素直に父の心を受け取れる日も来るのだろうか。

「……うん」

「ああ。できるなら、その時には酌の一つもしてやってくれ。父親というやつは、案外打たれ弱いんだ」

「ふふ、なにそれ」

やけに実感の籠った言い方に、いじけていたことも忘れ、思わず笑ってしまう。もしかしたら彼にも似たような経験があるのかもしれない。真面目な顔をして頷く甚夜の姿がおかしくて、父に怒っていた自分が馬鹿らしくなるとともに肩の力が抜けた。

「……ありがと、ね」

小さく舌の上で転がした言葉。多分聞こえなかっただろうが、彼の目が細められた。感謝の気持ちは伝わったのだろう。

「あっ、そういえば夕飯食べていくんだったっけ」

「ああ、ご相伴《しょうばん》にあずかるよ。しかし、手料理。あの小さかったやよいがなぁ」

「……甚夜の中でお母さんがどう見えてるのか、よく分からないんだけど」

「啓人くん達と離れるのが嫌で家出して神社に隠れていた女の子、だな。ちなみに啓人くんは、いつも年下の女の子に振り回されていた男子高校生だ」

「えっ、なにそれ。詳しく」

父母の面白そうな過去に、思わず食いつく。

時刻は五時。窓からは夕日が無遠慮なまでに差し込んで、部屋は夕暮れの空と地続きのように染まっている。夕飯までは、まだまだ時間がある。せっかくだし、両親の昔の話を聞かせてもらおう。

みやかは先程とは打って変わった柔らかな表情で、甚夜の語る遠い昔の物語に耳を傾けた。


「……お父さん、昔小学生のお母さんに惚れて結婚申し出たんだって？」

「おい待て。刀さん、お前なにを話した」

甚夜の知る話は、柚原青葉《ゆのはらあおば》と七緒の母娘の手で恣意的《しいてき》に歪《ゆが》められている。

だから夕飯は楽しくて、いつもよりさらに美味しかった。

# 4

## 【夏の終わりに】

楽しい時間はあっという間に過ぎる。

今年の夏休みは、みやかにとって非常に満足のいくものとなった。その分毎日は短く感じられて、気が付けばもう8月31日。明日から新学期が始まる。翌日の準備を整えてベッドに腰を下ろすと、窓の外に広がる夜空を眺めながら夏の思い出を指折り数える。

皆で海に行ったり、買い物を楽しんだりもした。甚夜の普段着を萌と一緒に見立てて、女の子だけでケーキバイキングにも行った。縁日では巫女装束でお守り販売。その日を境に薫の元気が戻ったような気もする。バイトもうまくいっていて、岡田店長にも褒められた。不思議な事件もいくらかあって、少しだけ切ない都市伝説も見た。夏期講習を終えて宿題もばっちり。今年の夏は本当に楽しくて、終わるのが勿体なくなるくらいだった。

明日からは、気持ちを切り替えないといけない。名残惜しさを感じながらもベッドにもぐり込む。夜ふかしが続いていたし、なかなか寝付けないかもしれないと心配していたが、驚くほどの早さでみやかは眠りに落ちた。

——もう少しくらい、夏休みがあるといいのにな。この夏は本当に楽しかったから。

意識が消える間際、みやかは多分、そんなことを思った。

……朝が訪れると、自然に目が覚めた。

むくりと体を起こし、着替えようと思ってふと気付く。

みやかは何故か、私服を着たままベッドの中にいた。昨日は確かにパジャマで寝たはずだ。それに、用意しておいたはずの制服が見当たらない。

「あれ……服」

何かがおかしい。まだ眠気が取れていないのか、ぼんやりとした頭で部屋を見回す。おかしいと感じたのは、音があまりにもないからだ。蝉の声が聞こえない。夏の騒がしさに耳が慣れていたせいだろう、静寂がひどく奇妙に感じられる。

しばらく視線をさ迷わせていたみやかは、壁に掛けられたカレンダーを見て固まった。

背中に冷たいものが走る。カレンダーは、まだめくっていないので8月31日のままのはずだった。なのに、それが示す日付は違った。

「……〝8月32日〟？」

みやかはありえない日付に迷い込んでしまった。

《8月32日》
終わらない夏休みの都市伝説。
小学生の〝ぼく〟は、母親が臨月を迎えたため、夏休みの間中、おじさんの家に預けられることとなった。

好奇心旺盛《おうせい》で心優しい〝ぼく〟は、初めての田舎で夏を過ごす。虫捕り、魚釣り。地元の子供たちと遊び回った。おじさんとおばさんも優しく、一か月という期間が短く感じられるくらい、毎日はあっと言う間に過ぎていく。しかし夏休みはいつか終わる。友達もたくさんできて、いろんな約束を交わした。けれど8月31日、自宅へ帰る当日になった。

〝ぼく〟は絵日記を眺めながら、楽しかった夏休みの思い出に浸る。ここに来てからは初めての経験ばかりで、移る景色は鮮やかすぎて、だから多分〝ぼく〟はこう思った。

――帰りたくないなぁ……。

その願いは叶えられる。絵日記を見ながらうたた寝した〝ぼく〟は、奇妙な違和感に目を覚ます。

あれだけ騒がしかった蝉の声が聞こえない。不思議に思いながらおじさんの家をうろつくも、おじさんやおばさんの姿はない。不気味なほどの静けさ。家を出ると、ようやくおじさんを見つける。しかし、おじさんの下半身はなかった。

カレンダーを確認すれば、8月32日の日付。楽しかった夏休みは終わりを告げ、様々な怪奇現象が〝ぼく〟を襲う。静かすぎる町では住民も異常だった。青白い肌をしており、頭部がちぎれた人もいる。出会う人は皆、容貌が醜く崩れていた。足音だけが聞こえるのに誰の姿もない。おじさんの家から何故か出られなくなることもあった。自分が描いたはずの絵日記は、絵も文章も支離滅裂になっていた。

終わったはずの夏休みは続く。

8月32日、8月33日、8月34日、8月35日。

どれだけ時間が経っても、9月は訪れない。次第に〝ぼく〟の体はぐちゃぐちゃになり、動作も思考も、なにもかもが壊れていく。そして、最後には動かなくなった。

……という、某夏休み体験シミュレーションゲームの初代に存在するバグだ。

ある行動をとるとエンディングへ行かずに8月32日になり、ゲームは続けられるが内容はめちゃくちゃ、最後にはフリーズする。本来は単なるバグなのだが、8月32日というインパクトのある日付とあまりの薄気味悪さに都市伝説として定着してしまった。

謎のセーブデータ「身」や「ハヤクケセ」など、数多いゲーム系都市伝説の一つだが、その不気味さからプレイしたユーザーの間では「まるで死後の世界」「8月と9月の狭間に迷い込んで出られなくなってしまったみたい」と口々に語られることになった。

ただ、これはゲームの話だが、夏休みが終わらなくなるという怪奇現象の体験談は少なからず存在する。また8月32日や9月0日など、夏休みを続けるための架空の日付は様々な創作作品で使用されている。

郷愁と願望が作り上げた、ここではないどこかの都市伝説である。

あり得ない日付。手は意識せず携帯電話に伸びて、コールするのは彼の番号。

『おかけになった電話番号は、現在使われておりません。もう一度……』

けれど何度かけても繋がらない。付喪神を操る彼女や、ひきこさん。力を貸してくれそうな友達。片っ端からかけるが、いくらやっても電話は繋がらない。

ここにきてようやくみやかは、自分が何らかの怪異に巻き込まれたのだと理解する。頭がまだぼんやりしている。普段なら考えられないくらい無警戒に、彼女は部屋を出た。

リビングに行っても両親の姿はない。代わりに何故か、一振りの刀がテーブルの上に置かれていた。

「あれは……」

父が自慢げに見せてくれた、鉄鞘に収められた太刀。名前は確か、夜刀守兼臣。クラスメイトの彼が太鼓判を押した、本物の妖刀だった。

みやかは訝《いぶか》しげな目でそれを見詰めながら近づいていく。

『どうかしましたか?』

いきなり、刀が喋った。驚いて一歩二歩と退く。すると刀はさらに『ああ、すみません。驚かせてしまいましたね』なんて気遣ってくる。

女性の声だ。それは間違いなく刀から発せられた。普通ならあり得ない状況に、みやかは面食らっていた。

『そんなに警戒しなくても大丈夫ですよ。貴女《あなた》に危害を加えるつもりはありませんので』

刀が喋る。不思議で不気味だ。にもかかわらず恐怖も嫌悪も感じなかったのは、その声が穏やかだったからだろう。語り口は優しく、悪辣《あくらつ》な存在にはとても思えなかった。

「あの、貴女は」

『見ての通り刀です。兼臣、とお呼びください』

みやかは当たり前のように刀と会話し、そこに疑問を抱かない。まだ眠りから覚めきっていないのかもしれない。かつてこの夜刀守兼臣は喋ったのだと父が語っていた。それだけのことで、喋る刀を奇妙なくらい素直に受け入れていた。

「兼臣さん？　あの、ここはどこですか？」

『ああ、貴女は迷い込んでしまったのですね。でしたら、この神社を出るとすぐのところに蕎麦屋があります。そこを訪ねれば、貴女の力になってくれる人がいるでしょう』

「えっ？　あの、ありが、とう？」

『いえいえ。妻として、夫の意に添わぬことはしたくありませんから』

とんとん拍子に話が進んでいく。

気になることは多かったが、特に何も聞かずみやかは家を出た。


「へい、らっしゃい」

甚太神社の石段を下りると、すぐの所に蕎麦屋があった。はっきりとは思い出せないが、以前はなかったような気がする。

古めかしい蕎麦屋の厨房では、店主が小忙しく動いている。

「おー、お嬢ちゃん待っとったよ」

みやかを出迎えたのは、狩衣《かりぎぬ》をまとった関西訛《なま》りのお爺さんだった。油揚げの入った蕎麦を食べながら、にこにこと気のいい笑みを浮かべている。

「兼臣に言われてきたんやろ？」

「はい。あの、あなたは？」

「僕？　僕は、そやなぁ……うん、アキ。アキさんとでも呼んでもらおかな」

「アキ？」

今の言い方だと、多分本当の名前は別にあるのだろう。なのにアキと呼べなんて、まるでクラスメイトの女の子みたいで少し肩の力が抜ける。

お爺さんをじっと見ていると、何を勘違いしたのか彼は丼を手で隠して、「むむ」なんて唸《うな》ってみせる。

「あげへんよ？」

「あっ、いえ。別にお蕎麦を見てたわけじゃ」

「そんならええけど。お嬢ちゃん、こういう場所では誰に何を勧められても食べたらあかん。戻れんくなるからね」

「黄泉竈食ひ《よもつへぐい》」という言葉がある。

意味は「黄泉《よみ》の国のかまどで煮炊きしたものを食べる」。古い時代、今よりも現世と死後の世界の境が曖昧だった頃。黄泉竈食ひをすると、その後は現世に戻れなくなると信じられた。同じ釜の飯を食うことは、仲間になった証。異界で食物を口にすれば、そこの住人になってしまうのだ……とクラスの文学少女に教えてもらった。

お爺さんが言っているのはそういうこと。兼臣が頼れと言うだけあって、彼はいい人なのだろう。

「んで、お嬢ちゃん。兼臣から力になったってくれって頼まれとるけど、どないしたん？」

「それが、ですね。私、ここがどこか分からなくて。元の場所に帰りたいんですけど」

みやかはできる限り現状を説明する。気付けば8月32日になっており、電話しても誰にも通じなかったこと。多分この世界に閉じ込められてしまったが、どうすれば帰れるのか分からないこと。自分自身把握しきれておらず、たどたどしくなってしまった。聞き終えたお爺さんは腕を組んで悩み、何か思い付いたのか軽妙に笑ってみせた。

「ほんなら、この街で一番有名な川、その土手に行きい。そこに君を元の世界へ帰してくれる奴がおる」

「川……戻川のことですか？」

「そ。ごめん、僕は付いてってやれん。そやけど大丈夫。ここに君を傷付けるようなのはおらんから安心しい」

「そう、なんですか？」

「うん、勿論や。代わりに、何を勧められても飲み食いしたらあかんよ。そこだけは守ってな」

「はい、ありがとうございます」

知らない場所に閉じ込められて、まずは疑ってかかるべき。なのに、お爺さんの言葉は何故か信じられた。みやかはもう一度お礼を言って店から出た。

『大丈夫。あなたなら、この娘を託せる』

暖簾《のれん》をくぐると女の人の声が聞こえた。

振り返っても店の中に女性はいない。多分気のせいだろう。そう思うことにした。


てくてく歩く。

みやかはお爺さんの言葉に従い、戻川を目指す。街に音はまったくない。代わりに時折、奇妙な人達とすれ違う。

「強くなりたかったわけじゃない。ただ、壊れない体が欲しかった」

「俺もです。人からも鬼からも隠れて生きていたかっただけ。なのに……あっ、どうぞ、もう一杯」

「すまない。だが、死に場所を与えてもらえた。思い返せば、悪くはなかったのかもしれん」

「ですね。ああ、酒が旨い」

すごく体の大きい人と、逆に小柄な人。二人の男が昼間から道端でお酒を呑んでいる。近付いて絡まれたりしたら嫌だ。視線を向けず、心なしか早足で通り過ぎる。

「いらっしゃい、いらっしゃい！　安いよ安いよ、今なら全品二割引きだ！」

「ちょっと、何勝手なこと言ってるのよ」

「まあまあ、御嬢さん。ここは俺に任せてくださいって。損して得取るのが商人ってもんですよ」

デパート『須賀屋』の前で、男の人と女の人が客引きをしている。前に、皆と水着を買いに来た場所だ。何故、デパートの前で客引きをしているのだろう。疑問に思いつつも足は止めなかった。

「きぬ、どこか行きたいところはないか？」

「なに言ってんだい。あなたと一緒にのんびり過ごせれば、それで十分幸せさ」

「そうか……思えば、こんなにゆっくり過ごしたことはなかったか」

仲のよさそうな夫婦が、腕を組んで歩いていく。ゆったりとした空気に心が温かくなる。

「美味しいあんぱん、どうですか」

「悪いなぁ、手伝ってもらって。旦那さんと遊びに行ったっていいんだぞ？」

「そんなこと言わないで、手伝わせてください。おとうさ……」

「駄目だ。俺を、父とは呼ばないでくれ。そんなことをされると、あの人に合わせる顔がない。

……あの人って、誰だったかな」

親娘で和菓子屋を経営しているようだ。売っているお菓子は、以前食べたことがある。野茉莉あんぱん、京都の銘菓だったはずだ。店主は父と呼ばれることに拒否感を示していた。気にはなるが、他人の家の事情に首を突っ込むのは下世話だろう。

さらに進むと道の端に豪華な屋敷があった。庭は紫陽花《あじさい》で埋め尽くされている。

「今年も紫陽花が綺麗ですね」

「ああ。彼に感謝だね」

庭にいる老夫婦の目は慈しみに溢れている。どうやら紫陽花に思い出があるらしい。美しい花を横目に通り過ぎていく。

「ねえ、そこのお嬢ちゃん。そっちの道、いま通行禁止よ。川に行くなら一本違う通りを使った方がいいわ」

途中でアパートの管理人っぽい人に呼び止められる。女言葉で喋っているが年老いた男性だ。言われた通り少し遠回りする。裏道を歩くのは初めてかもしれない。

「あら、貴女」

オープンテラスのカフェには、たおやかな女性の姿があった。慎ましやかなドレス調の洋服。あしらい程度にフリルのついた純白の衣装がよく似合っている。コーヒーを飲みながら誰かを待っているのか、とても穏やかに微笑んでいる。手の中で遊ばせているのは、星の砂の小瓶だ。

「貴女のこと、探している人がいますよ。この先の土手で、待っているそうです」

「そうなんですか、ありがとうございます」

「いえ」

多分、それがお爺さんの言っていた人だろう。女性にお礼を言って、てくてく歩く。他にもいろいろな人が通り過ぎて、ついに川辺に辿《たど》り着く。

土手には、懐かしいような初めて会うような、不思議な女の人が待っていた。

「こんにちは、みやかちゃん」

腰まである艶やかな黒髪をなびかせた、少し垂れた瞳の細面の女性だった。肌は透き通るように白い。緋袴《ひばかま》に白の羽織。巫女《みこ》装束にあしらい程度の金細工を身につけた彼女は、繊細な見た目とは裏腹に朗らかな笑顔をみやかへと向ける。

「こんにちは。……あの、どこかで会ったことありましたか？」

「ないよ。でも、あなたのご先祖様のことは知ってるの。ちとせちゃんっていってね、とっても可愛い女の子だよ」

ちとせ。いつか、聞いた覚えがあるような。しかし思い出せず、考えもまとまらない。名も知らない巫女装束の女は、くるりと舞うように背を向けた。表情は見えない。見て欲しくなかったからかもしれない。

「ただ、少しだけ残念かな」

「なにがですか？」

「貴女に、私の面影のないことが。もしあったなら……。駄目だね、お互い不器用だったから」

　真っ白なその肌を夕暮れの風が撫《な》でている。通り抜ける風の優しさに黒髪は揺れて、ざぁ、とさざ波のように木々が鳴いた。

「みやかちゃんは、今が楽しい？」

　もう一度こちらに向き直り、彼女が問いを投げ掛ける。

　頭がうまく働いていないせいだろう。みやかは無警戒に答えた。

「はい。とても」

目の前の女性が、嬉しそうに目尻を下げて深く頷く。聞きたかったことがようやく聞けた。そんな風に見えた。

「あの、もしかして、貴女が私をここに呼んだんですか？」

だからみやかは思った。この8月32日の世界を作ったのは目の前の彼女で、こうやって逢うために呼び寄せたのではないか。

「違うよ。逢えたのは偶然。だって、私達のお話はとっくに終わっているもの」

彼女が優しくそれを否定する。寂しそうな、どことなく満ち足りたような、表現しにくい不思議な表情だ。同い年くらいなのに、春先の雪を思わせる儚《はかな》げな遠い目をしていた。

「繋がる想いがあるのなら、途切れてしまう想いだってあるの。どれだけ通じ合っても、報われる恋ばかりじゃないね」

一転して、彼女が柔らかく微笑む。報われぬ恋を語りながら、その笑みは悔いなど一つもないと語っている。うまくはいかなかったけれど、心から愛していたと。言葉にしなくても彼女の想いがまっすぐ伝わってくる。

「だからね、貴女がいつきひめだとしても、それは私の想いじゃない。貴女の想いは貴女だけのもの」

「え……？」

「同じように、彼も。いつきひめだから貴女を守っている、なんて思わないであげて」

彼というのが、誰を指しているのかくらい分かる。百歳を超える鬼ならば、遠い昔にみやかの知らない恋物語があってもおかしくはない。もしかしたらこの巫女は、いつかを彼と過ごしたのかもしれない。荒唐無稽な想像がすとんと胸に落ちる。

「私達の恋は、もうおしまい。想いを伝えてお別れをした。歳月を重ねて、私の心は彼へと還った。……今度は、貴女の番かな」

「恋って。別に、私は、そんなんじゃ」

「ふふ、そうなの？」

みやかは口籠った。気になることはあっても、躊躇《ためら》って踏み込めない。初めて会ったはずなのに、そういう性格を見透かされてしまっている。

女性は仕方ないとでもいうように肩を竦《すく》めてみせた。

「私は、彼が本当に好きで。なのに、いつきひめであるために切り捨ててしまった。そうまでして巫女であろうとしたくせに、巫女として死ぬこともできなかった。私は結局、何一つ為せなかった……でも、不思議と後悔はしてない」

報われる想いばかりではない。そういうことだってあるのだと、彼女は静かに語る。

「何もかもうまくいかなかったけれど、彼を好きになれてよかったって思っている。報われない恋も、きっと無駄ではなかった。お互いに美しいと信じたものがあって、不器用でも最後まで守り抜いた。その結末を、貴女は見せてくれたもの」

「わたしが？」

「そう。なにより、巫女であろうと決めたのは自分だから。私は、これでいいの」

巫女が笑った。

「だけど、貴女は貴女の心を大切にしてね。報われることばかりではないけれど、自分の想いにだけは嘘をついては駄目。いろんなものに振り回されて、本当の想いを後回しにした馬鹿な私からの、せめてもの助言です」

いつきひめと巫女守だから。鬼だから人だから。余計なことに振り回されて、貴女が本当の心を見失わないように。想いを託すのではない。彼女の恋は既に終わっている。だからこそ、同じいつきひめというだけで血も想いも繋がらない、何の関係もない誰かに伝えたかった。貴女には後悔して欲しくなかったと、言葉にしていない気持ちまでが伝わってくる。

「貴女は……」

だれ、ですか？

みやかは問えなかった。

聞いてはいけない。そもそも聞けない、その余裕がない。彼女が誰かは分からないまま、がたがたと世界の挙動がおかしくなっていく。ざざ、ざざ。ノイズ混じりに。夏の青空も色褪《いろあ》せて、移る景色はモノクロに変わっていく。

「頑張ってね。想いが繋いだ、遠い巫女」

その中で、彼女の微笑みだけが鮮やかだ。

けど、そこで終わり。

何もかもが、動かなくなった。

電子音が響いている。

姫川みやかは、のっそりと目覚まし時計に手を伸ばした。時間は7時30分。もうそろそろ起きないといけない。壁にかけてあるカレンダーへ目を向けると、9月1日。今日から新学期である。久しぶりに袖を通す制服は、なんだか違和感がある。夏休みボケかな、とみやかは軽く首を横に振り、気合を入れ直す。

「おはよ、みやかちゃん!」

「おはよう、薫」

通学路で合流した薫は、今日から学校だというのにとても元気だ。勉強が苦手だから、中学の頃は「もっと夏休みが続けばいいのに」なんて言っていた彼女が珍しいこともあるものだ。

「なんか、元気だね。いつもはもっと夏休みが欲しい、っていうのに」

「えへへ。休みはね、休みだからいいんだよ。長く続けばありがたみも薄れる……なんてね」

誰かの言葉をそのまま借りてきたような、ぎこちない口調だ。しかし言葉の通り、休み明けの憂鬱さは全く感じられない。

「それに、学校は学校で楽しいよ。みんなに会えるしね」

「そう、だね。うん、私もそう思う」

そこはみやかも同意見だ。夏休みは楽しかったし、もっと続けばいいとも思った。しかし学校生活もそんなに悪くない。そう思えたから、元の世界へ帰ってこられたのかもしれない。

「……あれ？」

元の世界、とはなんだったか。8月31日は普通に寝て、特に何もなく9月1日になって新学期を迎えた。別段何かあったわけではない。なのに、どうして妙なことを考えたのだろう。

少しの間思い悩むも、明確な答えは出てこない。ただ、昨夜は変な夢を見たような気がする。内容は覚えていないが、不思議で切ないのに少しだけ温かい。そういう懐かしい夢を見た。

「どうしたの、みやかちゃん？」

「……ううん、なんでもない」

みやかは何も覚えていない。だから8月32日も、そこで出会った誰かのことも、残るものなど何もなかった。

「なら、いいけど。あっ、おはよ甚くん！」

薫が登校する生徒の中に甚夜の姿を見つけ、ぶんぶんと大きく手を振る。以前は葛野君と呼んでいた。知らないうちに仲良くなっている二人が少しだけ気になった。

「ああ、おはよう。朝顔、みやかも」

「うん、おはよう」

だけど追及はしない。感情表現が苦手で、相手を慮《おもんぱか》って踏み入ることを躊躇ってしまう。姫川みやかは、相変わらずそういう人間だ。

『頑張ってね』

誰かに呼ばれた気がして、みやかは振り返った。

そこには誰もいない。けれど耳にはどこかで聞いた女の声が残っている。

不意に風が吹いて、みやかの長い髪がゆらりと揺れた。通り抜けた風は柔らかく、まるで頬を撫ぜるみたいだ。それが誰かの優しさのように思えて、そっと微笑みは零れる。

「みやか？」

「なーんでも、ない。さ、行こうか」

誰かに背中を押されるように、みやかは一歩目を踏み出した。

自然と甚夜の隣に並ぶ。この距離感が今の彼女の精一杯の素直さだ。傍《はた》から見れば本当に小さなこと。それがなんだか妙に嬉しくて誇らしい。

「今日から学校だね」と、みやかはいつもより幾分柔らかな笑みを見せる。

「ああ、そうだな」

「これからも、よろしくね」

「こちらこそ」

こうして長い休みが終わった。

一つの季節を越えた子供達は、いつもちょっとだけ大人になる。

彼女もまた、ほんの少し素直になれた。

つまり、これは青色のお話。いつか忘れ去られ、大人になった時にふと蘇る。そういう些細な夏の思い出だ。

# 終《つい》の巫女

## 1

２００９年９月。

九月になり、少しだけ過ごしやすくなった日曜日。本屋へ行った帰り道に、姫川みやかは偶然、中学の頃の恩師である白峰八千枝と会った。ベビーカーには彼女の息子、翔もいる。散歩の途中のようだった。

みやかにとっての白峰八千枝は気風《きっぷ》のいい男前な先生だ。しかし教師ではなく母としての八千枝は、優しく微笑む。以前のイメージとはかけ離れているが、それがよく似合っていて、やはり母親だと思わされた。

「姫川は、ちょっと変わったね」

「そう、ですか？」

「うん。なんというか、余裕が出てきた」

自覚はない。高校生になって半年。まだまだ慣れないことは多いし、最近は奇妙な事件に縁があるせいでいつも驚いてばかりだ。余裕なんて全然ないが、八千枝がそう言ってくれるのなら少しくらいは成長できたのだろうか。

「自分ではよく分からないけど……そう見えているなら嬉しいです」

こうやって素直に心情を吐露できるのは、些細《ささい》ではあるが、確かな成長なのかもしれない。それを嬉しいと感じる。そのくらい高校生活は充実していた。

「じゃね、姫川。引き留めて悪かったね」

「こちらこそ。失礼します、白峰先生」

少しいい気分になって、みやかは自宅へ戻った。

◆

だから、その後のことをみやかは知らない。

八千枝は散歩を続けて近所の「みさき公園」へと向かう。散歩コースは、いつもほとんど変わらない。八千枝が公園へ行くと、以前も見た顔が軽く手を振っていた。

「あっ、こんにちは。翔くん、翔くんママさん」

そこには、中性的な若者の姿がある。

「ねぇ、ママさん。赤ちゃんくれない？」

そして、いつものように冗談を言うのだ。

第二次世界大戦後、日本は深刻な米不足に陥った。

他国への侵略行為から国交が途絶えて輸入は滞《とどこお》り、引揚者や復員兵によって人口が増加したためである。主食としての米も足りていない状況のため、当然ながら日本酒の原料に使える米はごくわずか。そういうご時世だから、戦後は酒といえば清酒に同濃度のアルコールを添加した粗悪な増醸酒が一般的だった。

その当時に比べれば、カップ酒でもそこそこ呑める今の時代は恵まれている。

「最近は、安酒でも質がいいな」

「しかり。とはいえ戦後の酒も、あれはあれで悪くはなかった」

「分からんでもない。決して旨くなかったが、時折懐かしくもなる」

甚夜と岡田貴一は、コンビニで買えるような酒を酌み交わしながら昔を思い返していた。

今でこそ戦後の三倍醸造は悪酒のように語られるが、当時はそうでもなかった。なにせ安値で買えてすぐさま酔えるのだ。甘くてべとべととして、独特のアルコール臭が鼻を突く。三倍醸造は辛口を好む甚夜には合わなかったが、戦後米不足で出回る酒が少なかった頃はよく世話になった。

少しでも風味を誤魔化そうと熱燗《あつかん》にして、肴《さかな》の代わりに塩を舐めながら、井槌《いづち》と顔を顰《しか》めて呑んだ覚えがある。旨くはないが、時折あの不味《まず》い酒が懐かしくなる。今になってみれば、苦笑しながら酌み交わした酒もそう悪くはなかった。

「しかし、こうしてぬしと酒をやるのも随分と久しい」

「確かに。大正の頃が最後か」

「いつぞやは、藤堂もおったな。あれのひ孫も呼べればよかったのだが」

「勘弁してやってくれ。夏樹は未成年だ」

そういえば貴一は藤堂芳彦のことを買っていた。あれはぬしよりもよほど澄んだ男よ、などと語り、芳彦の子や孫に対してもそれなりの態度をとる。夏樹とも面識があり、一応ではあるが気にかけているようだ。

「して、何用だ。酒だけを呑みに来るほど暇でもあるまい」

「都市伝説の怪人どもが、近頃活発に動いている。おそらく吉隠は遠からず事を起こすだろう」

捏造《ねつぞう》された都市伝説を生む元凶、吉隠。狙いは間違いなく甚夜であり、あの抜け目のない鬼が動くというのならば勝利を確信してのこと。そしてあれの性質を考えれば、甚夜だけを狙うなどありえない。

「みやか君か」

「ああ。あれは悪辣《あくらつ》だ。自身の愉《たの》しみのために、意味もなく被害を広げる」

正直なところ手が足りない。甚夜が貴一を訪ねたのは、助けを求めるためだった。

夏休み後も、みやかはコンビニでのバイトを続けている。あるいはそこを突いてくるかもしれない。ならばもしもの時を考えて、甚夜が知る中でも最上位の人斬り、岡田貴一の手を借りておきたかった。

「構わん。四六時中というわけにはいかんが、気にしてはおこう」

「……随分と簡単に受けるじゃないか」

「かっ、かかっ。なに、みやか君は見た目に反して真面目でな。うちのバイトの中でもよく働くのだ」

だからあの娘に死なれるのは、こちらとしてもちと困る。

ぐいと杯《さかずき》を呷《あお》り、貴一が空気がかすれるような気味の悪い笑い声を漏らす。なんとも反応に困る理由だ。そもそもこの人斬りが真面目にコンビニ店長をやっていること自体、甚夜にはひどく奇妙に感じられる。


とはいえ助力が得られるのは僥倖《ぎょうこう》。黙ってそれを受け、礼の代わりに彼の杯へ注ぐ。

「あの、店長？　それに、甚夜も」

ちょうどそのタイミングで、渦中の少女、姫川みやかが酒宴へ顔を出した。困ったように曖昧な表情で、おずおずと遠慮がちに彼女は言う。

「どうした、みやか？」

「普通の顔されても困るんだけど。……バックヤードで酒盛りは、やめて欲しいです」

彼ら二人が酒を呑んでいたのは、コンビニのバックヤード。ついでに言えば肴はコンビニのホットスナック類。

これぱかりは、みやかの言が正しかった。

九月も終わりに差し掛かった、とある日のことである。

「そう言えば、アキちゃんって秋津染吾郎なんだよね？」

「そうだよ、十代目秋津染吾郎。お父さんが鬼との戦いで怪我しちゃったもんだから、かなり前倒しで名前継いだんだけどね」

「そっか、秋津さんかぁ」

みやかはクラスの女子と集まってファミレスで雑談に興じていた。

薫に、萌と麻衣。つまるところいつものメンバーだ。授業やテストの話、新しい服、隣のクラスの男子が声をかけてきた。話題は二転三転し、今度は薫が秋津の家に興味を持って色々と聞いている。なんでも、甚夜に少しだが昔の話を教えてもらったらしい。

「じゃあさ、三代目の秋津さんも知ってたりするの？」

「そりゃあね。稀代の退魔と謳《うた》われた四代目、彼が最後まで敵わなかったという三代目秋津染吾郎。そもそも甚の親友だった人だし、色々と話は伝わってるよ」

萌が機嫌よく伝承を語ってくれる。

三代目秋津染吾郎は数多《あまた》の付喪神《つくもがみ》を操り鍾馗の短剣を造り上げた、退魔としての秋津の祖ともいえる人物。眉目秀麗にして頭脳明晰、若かりし頃は精悍《せいかん》な青年であったという。金工《きんこう》としての実力もしかるものだが、木彫りなどの細工をやらせても一級品。数多の女性に言い寄られても〝殺して生きる者が床で死ねるとは思わない〟と、ストイックにそれらを退けた伊達男だ。

なにより甚夜の親友として数多の鬼と相対した話は、今でも語り草になっている。中でもたった二人で百鬼夜行を相手取ってマガツメの眷属《けんぞく》を打倒した逸話は、萌のお気に入りだそうだ。

「ええっと、それ多分別人じゃないかな？」

「なに失礼なこと言ってんの⁉」

「たぶん、話がだいぶ盛られてる気がする」

激昂《げっこう》する萌に対して、薫が複雑そうな表情をしていた。

「ねえ薫、なにか気になることでもあるの？」

「なんというか、アキちゃんのご先祖様だから、もっとノリがいい感じじゃないかなって」

「大概失礼だね……」

薫が含み笑いをしている。何か隠し事をしているのは丸分かりだったが、きっと彼女にとって大切なことなのだろう。無理に聞き出そうとは思わない。代わりに「なんだかなぁ」と、みやかはゆったりと微笑んだ。

ひとしきり話し終えて、別の場所に移動する流れとなった。いつもなら適当にカラオケか近場の商業施設くらいに行くところ。しかしひとまずファミレスを出たところで、いきなり出鼻をくじかれた。

「あれ、甚夜……と、花屋の店長さん？」

人混みの中に見慣れた顔を見つけた。甚夜と三浦花店の店長、三浦ふうである。遠目でも分かるくらいに甚夜は穏やかで、店長もまたくつろいだ微笑みを浮かべている。そのまま人ごみに紛れて見えなくなるまで、みやかと萌は彼等の様子を眺めていた。

声をかけてもよかったが、二人の空気に何となくそれは躊躇《ためら》われた。ただ、それ以上に衝撃的だったのは、麻衣の零《こぼ》した言葉だ。

「……確か、おふうさん？」

「おふうさん？」と薫が小首を傾げて聞き返す。

「うん。葛野君が昔通ってたお蕎麦屋《そばや》さんの娘さんだって。前に、『幸福の庭』の話を聞いたから」

「私も知ってる、それ！」

「多分、その人。花について教えてもらったりもしたって、言ってたかな」

「へぇ、店長さんのことだったんだぁ」

麻衣にしろ薫にしろ、ある程度事情を教えてもらっているらしい。そうなると甚夜の事情に立ち入らないように気遣っていたことが、全くの無駄だったと思えてしまう。萌に視線を向けると、首を横に振っていた。どうやら彼女も知らない内容だったらしい。

秋津の当代にいつきひめ。縁のある者達の方が彼の過去について疎《うと》いというのは、あまりよろしくないことではあった。

◆

学友たちが日常を過ごすなか、甚夜は街の気配の変化を感じていた。

以前、都市伝説がらみの事件で助けた二年生の先輩がいる。いつものメンバーが「お弁当先輩」と呼ぶこの女子からも「友人が奇妙な影を見た」といった話を聞いた。

確実に怪異の動きは活発になっている。

「萌、すまないが昼休み時間はあるか？」

「ん？　……例の話？　おっけ、大丈夫だよ」

詳しいことを言わずとも、すぐに理解した彼女が大きく頷く。昼休みにいつものメンバーと食事を終えた後、甚夜と萌は二人きりで屋上へ移動した。

「これでよかったか？」

「ありがとー。たまーに飲みたくなるよね。炭酸ってさ」

購買で買ったコーラを手渡し、壁を背に座り込む。隣にちょこんと座る彼女はにっかりと笑顔、随分と機嫌がよさそうだった。

みやか達もある程度事情を知っているし、柳などは戦うだけの力を有しているが、あくまでも彼女達は一般人。甚夜としては深入りして欲しくはない。その意味では、当代の秋津染吾郎である桃恵萌は気安い相手だ。甚夜の事情に精通しており、並みの鬼など歯牙にもかけない腕があり、何よりマガツメに対する理解もある。

近頃は何かあるとまず萌に話を通し、どこまで話すべきかを相談してからいつものメンバーに伝えるという流れが定着していた。

「で、だ」

「うん、捏造された都市伝説っしょ？　あたしの方も結構出くわしてる」

桃恵は稀代の退魔と謳われた四代目秋津染吾郎の技を継ぐ一族。妖刀使いの南雲が没してからは、勾玉の久賀見と双璧《そうへき》を為す名家となった。萌もまた、若いが相応の腕を持つ。家を取り仕切れるほどの経験はないため、その辺りは先代の父に任せきりのようだが、こと退魔においては同年代の中では飛び抜けている。

「甚の知らないやつは……昨日は『ひとりかくれんぼ』、その前は『ジャンピングババア』、さらに前は『てけてけ』。実際、ちょっと多すぎるかな」

夏休みの終わり頃から、萌は幾度も甚夜と肩を並べて戦っている。最初は順調だったが、九月も末に差し掛かり、都市伝説の怪人は目に見えて数を増していた。萌が単身で解決に乗り出す場合もある。ここ数か月の都市伝説との遭遇件数は、異様と言ってもいい。

「私の方でも、いくつか相手にした」

「やっぱ、ちょっと変だよね」

「ああ。おそらく、吉隠が動き出したのだろう」

「吉隠……って、あっ！　大正時代、南雲叡善《えいぜん》に従った四匹の鬼のうちの一匹⁉　人造の鬼神を巡る戦いのやつっしょ⁉」

ある程度は大正の頃の戦いを聞き及んでいたらしく、萌が興奮して目を輝かせている。しかしさすがに不謹慎だと思ったのか、一度咳払いをしてどうにか平静を取り繕う。

「えー、っと。吉隠が元凶？　確か前に捏造した都市伝説を異能で造る元凶の話はしてくれてたけど、名前は内緒にしてたよね？　今になって教えてくれんのは、動き出したから？」

「そう、だな。正直なところ、あれとの決着は私一人でつけたかった。が、そうも言っていられない状況になってきた」

「都市伝説、めっちゃ増えてきたもんね」

その辺りも不安要素の一つではあるが、何よりも問題なのは吉隠自身の行動だ。

顔を合わせたのは数える程度だが、あれの気質は理解している。吉隠は合理で動かない。自分が愉しいからという理由で、吐き気を催すほどに悪辣な手立てを平気で取れてしまう。それだけに警戒に警戒を重ねても、予想の範疇《はんちゅう》を容易に超えてくる可能性がある。

「吉隠の狙いは今一つ読み切れんが、十分に注意しておいて欲しい」

「おっけ。みんなにも話しておく？」

「できれば知らせずにおきたかったが、警戒はしておいてもらわないと困るな」

「あぁ、薫は特にね。富島にも協力してもらった方がいいんじゃない？」

「いや、彼にはあくまで自衛を第一に考えてもらいたい」

「そんだけでいいの？」

「ああ。奴は、それほどの難敵だ」

重々しく甚夜は頷く。

富島柳は〈ひきこさん〉の力を有し、実戦もある程度こなしている。だとしても、多少やれる程度では本腰を入れて動き出した吉隠相手は辛い。彼は無理をせず、麻衣達を守る程度にとどめておいてもらう方が無難だ。

その後も軽く話し合い、粗方の方針が定まった辺りでそろそろ昼休みも終わりに近付く。

「んじゃ、そんな感じで」

「萌も無理はしないでくれ。正直、あれがどんな手で来るか、私にも分からない」

「まっかせて。余裕だって」

「……本当に頼むぞ。おそらく、あれの狙いは」

朗らかな笑顔でピースを見せつける萌に一抹の不安を感じながら、甚夜は奥歯を強く噛み締める。

かつて、大正の世をひっくり返すために吉隠は戦った。だが、平成に至った今、おそらくあの鬼の狙いは。

「私が、大切に想う者達だ」

己が無力に打ちひしがれ、這《は》い蹲《つくば》って悶《もだ》える甚夜の無様な姿に他ならない。

「だから、十分に注意してくれ」

放課後、甚夜は教室に集まってもらったみやか達に、捏造された都市伝説の元凶、吉隠とその危険性について話した。

一通り話を聞き終えた少女達は、各々息を呑んだ。大正時代から生きる鬼が、最終的に何を為そうとしているのかは分からない。けれど今までの都市伝説の怪人とは違い、能動的にこちらへ危害を及ぼそうとするかもしれない。その想像は、荒事とは縁のない彼女達を怯えさせるには十分すぎた。

「富島も、すまないがこの娘達に気を配ってくれないか」

「分かってる。送り迎えとかで協力して、何かあったら全力で逃げろってことだろ？」

「君は話が早くて助かる」

「これでも、そこそこ実戦は積んできた。そりゃあ葛野には及ばないけど、腕にはそれなりに自信がある。……その程度じゃ、相手にならないんだよな？」

「ああ。はっきり言おう。大正の時点では、吉隠は私よりも強かった」

かつて対峙《たいじ》した時は経験と異能の多さで互角にまで持ち込んだが、あれから長い歳月が流れた今、彼我の優劣は甚夜にも読み切れない。

「鍛錬は欠かさなかった。いくつか、あれの知らない力も得た。だが、成長するのはあちらも同じ。確実に勝てるとは言えないな」

みやか達が言葉を失っている。甚夜を上回る鬼の存在。それが掛け値のない真実であるのだと心底理解したのだろう。

「ってことだから、なんかあったら甚かあたしにすぐ報告。昼間なら滅多なことはないと思うけど、学校帰りとか遅くなるような時はあたしらと富島で送り迎えもするんで、遠慮せずにメールしてね。マジでヤバイっぽいから」

いつになく真剣な萌が締め括り、この日は解散となった。吉隠がどのような輩《やから》なのか、みやか達は知らない。それでも甚夜の険しい表情に、事態がひっ迫していることくらいは感じ取ってくれたようだった。

「なんか怖いなぁ」

帰り道はいつものように甚夜とみやか、薫の三人になる。薫は警戒しているつもりなのか、歩きながらきょろきょろと辺りを見回していた。

「そう身構えなくてもいい。私がいる時は、盾くらいにはなってやれる」

「それなら、寄り道とかも大丈夫？」

「あまり油断されても困るが……まあ、少しくらいなら」

わがままを受け入れる甚夜に対して、みやかは呆れたような顔をしている。

「こういう状況で甘やかすのはよくないよ」

「しかしな。あまり締め付けても窮屈だろう。いつまでも気を張ってはいられない。たまの息抜きは必要だ」

「それは、そうだろうけど」

無理をしてもどこかで破綻《はたん》すると伝えても、みやかは納得しきれていないようだ。

実際、この場ではみやかの方が正しい。薫を叱るべきなのかもしれないが、厳しく言いつけると逆に暴走しそうなため加減が難しかった。

◆

順風満帆だったみやかの日常は、少しずつ綻《ほころ》びが見え始めていた。

前の日に色々聞かされたせいで、寝覚めはあまりよくない。久しぶりに母の声で起こされて、目をこすりながらベッドから出る。

髪が長い分、朝は洗面所で時間を使う。元々は母に憧れて伸ばし始めたが、今ではこの長さでないと落ち着かない。今朝も丁寧に髪を梳《す》く。二十分ほど洗面所の鏡と向かい合ってからリビングへ向かった。

「おはよう、みやかちゃん」

食卓には母が朝食の準備を整えてくれていた。神社の朝は早く、父は六時には動き始めている。ただ母親としては娘一人で食べさせるのが嫌らしく、父だけが先に食べる。母の食事時間は基本的にみやかと同じだ。

テレビでは朝のニュースが流れている。ほんわかするような出来事、あるいは痛ましい事件。毎日似たようなことが起こるから、余程のものでなければ気にもならない。普段なら毎朝のニュースは、BGMの代わりでしかなかった。しかし今日は違う。みやかはアナウンサーが語る内容に耳を疑った。

『……みさき公園で白峰八千枝さん（28）が遺体で発見されました。一緒にいた子供の翔くんは行方が分かっておらず、誘拐の可能性も……』

聞こえてきた恩師の名に、思わず箸を落とした。

## 2

半月《はにわり》（両性具有・ふたなり）は、かつて神に近しきものと崇められた。

男でもあり女でもある。男でもなく女でもない。実存の性から逸脱した特質は、古来日本では尊きものだと信じられたからだ。またその特性から、神降ろしを行う巫覡《ふげき》に最も相応《ふさわ》しいとされる。はにわりはあらゆる神性をその身に降ろせる器であり、取りも直さず現世に神仏の加護を伝える使者であった。

『ぼくは嫌いなんだ。人が死んだり、誰かを憎んだりとか、そういうの』

どれくらい昔のことだったか、もはや本人にさえ分からない。吉隠もまた、かつては神を祀《まつ》り神に仕え、神意を世俗の人々に伝える、古き時代のシャーマンだった。

地方の農村に生まれた吉隠ははにわりであったため、否応なく神和《かんなぎ》となる。与えられた使命に疑いはない。吉隠は村の繁栄のために、祀られた竜神へ祈りを捧げる。日本における竜神信仰は、中国に伝わる想像上の霊獣である龍とは関連性が薄い。信仰の要たる竜神はいわゆる龍やドラゴンではなく『ミヅチ』、つまりは蛇の神格化である。

ミヅチ＝ミズチは水の主。故に日本の竜神は水神としての性格を持ち、水を司ることから農耕生産と強く結びつく。かつて河川の氾濫は神の怒りであり、雨は天の恵みとされた。大地を押し流す水の暴威も作物を育てる水の慈悲も、共に神意の賜物。洪水や雨は、取りも直さず竜神の御業。だからこそ巫覡は竜神と通じ、荒れ狂う河川を鎮め、作物を育てる雨を祈る。吉隠は、治水と滋雨を司るミヅチの巫女だった。

『……ぼくには祈ることしかできないけれど。だからこそ、少しでもみんなが幸せであれるように祈れる自分で在りたいと思うよ』

人々は優しく美しい巫覡を敬い、もたらされる神意に感謝し、日々を懸命に働く。吉隠もまた人々を愛し、彼等のために祈りを捧げる。

絢爛《けんらん》とは程遠いが、村は穏やかに栄えていく。

そこには完成された小さな世界が確かに存在していた。

しかし完成された世界は、小さいが故に大きな流れに呑み込まれる。

明治に至って地租改正が行われ、地券制度（土地の所有者を明確にする制度）が導入された。土地の所有者が確定することで、地価という概念も生まれる。所有物となった土地は売買が自由となり、貧乏な農民の多くは土地を手放し、それを買いあさるだけの財力を持った一部の地主が絶対的な権力を得た。

今までの農村の在り方そのものが変化し、近代化に伴い様々な技術・知識が流入する。新しきが増えれば古いものの中には不要なものも出てくる。在り方の変わった小さな世界。一部の地主が権力を得た結果、この農村において必要なしと切り捨てられたものは、祈りで雨を降らせるなどという馬鹿げた存在だった。

『神に祈ったところで、雨など降るわけがない』

『何故あのようなものを祀り上げていたのか』

科学技術の発達は、神への畏敬を薄れさせる。神が価値を失くせば添う者もまたしかり。人々のために祈りを捧げた巫覡は、新しい時代に切り捨てられ、その立場を追われることとなる。大多数の意見は関係ない。たとえ擁護する意見を持つ者がいたとしても、地主がそう言った以上、その農村において蛇の巫覡は信じるに足らない。吉隠は心から愛した故郷の民に、いとも容易《たやす》く捨てられた。

『……あはは。住むところがなくなったや』

それを責めはしないし、庇《かば》ってくれなかった民を憎むこともない。信じてもらえなかったのは寂しいが、仕方ないとも思う。最後の温情だったのか、吉隠は危害を加えられることもなく放逐された。あるいは、関わり合いにすらなりたくなかったのか。

何十年と巫覡として在った。にもかかわらず、吉隠の容姿はいささかも衰えていない。遠い祖先にあやかしでもいたのだろう。吉隠は生まれながらに人より優れた体を持ち、歳をほとんど取らなかった。かつては、神に仕えるが故。竜神の加護だと持て囃《はや》された。神が信じられなくなった新しい時代では、男でも女でもなく老いもしない吉隠は気色の悪い化け物でしかなかった。

行く当てはない。祈る以外のことをしてこなかった。生きていく術など何も知らなかった。しかし強盗や略奪を是とするには良識がありすぎた。どうしようもなくなった吉隠は、道行きの途中で倒れた。

『このまま、死ぬのかな……』

死ぬのはやはり怖い。お腹がすいた。しばらく誰とも喋《しゃべ》っていない。何か悪いことをしたのだろうか。意識が朦朧《もうろう》とし、とりとめのない考えばかりが浮かぶ。

はにわりとして生まれ、人々のために巫覡となった。神に近しい存在と崇められてきたから、人のする仕事に携わったことはなかった。

こうなるのも当然だと情けなく笑い、極度の疲労から吉隠の意識は次第に薄れていく。完全に意識が途絶える前、倒れた体を担ぎ上げる誰かの存在に気付いた。誰かが助けてくれたのだろうか。顔を見ようにもそれだけの力は残っておらず、そのままそいつに連れ去られた。

そうして吉隠は、見世物小屋に閉じ込められた。

見世物小屋はヘビ女やタコ女といった奇妙なもの、動物の曲芸などの珍しいもの、鬼やカッパのミイラなど、普段は見られないものを見せてくれる歴史の古い娯楽である。演目は数多い。近代化を経たことで舶来の文化を紹介したり、海外の珍獣を見せたりといったことも増えていった。その中には、欧米諸国からもたらされた、初期の活動写真も含まれている。

見世物小屋の中でも密かに人気を博したのが、〝まっとうではない〟演目だった。例えば奇形や性行為、動物の殺戮《さつりく》。趣味の悪い見世物は、下卑た好奇心を満たしてくれる。時代が変われば人の感性も変わり、けれど変わらないものもある。不変の真理。普通ではない誰かを大勢で見下し馬鹿にするのは、とても楽しいことなのだ。

『えっ。ここ、どこ……?』

気付けば吉隠は昏《くら》い部屋にいた。現状を理解できず、おろおろと視線をさ迷わせる。灯りはなく、周りがよく見えない。それに変な匂いがする。あとは、ざわめくような声が周りから聞こえた。それを疑問に思う間もなく、ゆらりと人影が三つ。無言で近付く男達に、思わず後ずさり。しかしその歩みは止まらず、男達は吉隠に手を伸ばした。

『やめて。近寄らないで』

見世物小屋は、珍しいものを見せてくれる娯楽だ。はにわりは男としての性と、女としての性を兼ね備えた特別な存在。その上、鬼の血を持つが故に、中性的で美しい容姿が衰えることはない。つまり、吉隠は極上の見世物だった。

人のために祈りを捧げた巫覡は、人を楽しませるための玩具へと変じた。小屋にはいくつも覗《のぞ》き穴が開いている。毎日のように繰り広げられる饗宴を見物しに、名も顔も知らない誰かがやってきた。

はにわりだ。男だろうと女だろうと、どちらでもいける。小屋の方からすればありがたい演目、客にとってもたまらなく面白かったことだろう。

体にまとわりつく気色の悪い感触。汗と他の液体の匂い。続けばどうしても反応は鈍くなる。叫び疲れて、声も掠《かす》れ切った。覗き穴から注がれる視線は、吉隠の苦悶《くもん》を心底楽しんでいる。

『だれか、たすけて……』

その眼が怖い。

人を愛して、人のために祈った。なのに人は吉隠の苦しむ姿を見て喜んでいる。彼等があの農村の人々ではないことくらい分かっている。それでも好奇に満ちた目で見つめられると心が軋《きし》む。

今までの在り方を否定されたような気がして、いつしか助けを求めることもなくなった。

祈り続けた毎日は、嬲《なぶ》られる日々にすり替わる。けれどそれも慣れた。歳月が過ぎれば、大抵は日常の範疇に収まるものだ。巫覡であった過去も、見世物となった今もさほど変わらない。

実際、どれほどの違いがあるというのか。はにわりであったがために巫覡となり、そのせいで見世物となった。どちらも自身の意思ではなく周囲から与えられた役割だ。ならば何も違いはないだろう。そう思わなければ、自分を保つことさえできなかったのかもしれない。こうして見世物小屋で飼われている間は餓《う》えないでいられる。だから、祈りと凌辱《りょうじょく》に差異は感じられなかった。

だが、その生活さえも長くは続かなかった。

明治中期になると「観物場取締規則」により、東京の見世物小屋は浅草にまとめられた。同時に法整備が進み、非人道的な興業は数を減らしていく。

勿論《もちろん》、すぐにすべてが消えるわけではない。地方においては、この手の悪趣味な見世物小屋も巡業の形態で残っていた。性行為はやはり人気の演目で、実に昭和50年代まで続いていく。しかし吉隠を飼っていた者達は、ある意味で先見があったというべきか。早々に足を洗い、近代的な娯楽の方へ流れていった。

そうなれば古いものはいらなくなる。

吉隠は、またも時代の流れに切り捨てられたのだ。

『あ、はは……』

見世物小屋を追い出され、一人佇《たたず》む。

自由になりました。これからは酷《ひど》いことをされないで済みます。どこにだって行けるのです。

乾いた笑みが零れる。

もう弄《もてあそ》ばれない。嬲られなくて済む。

助かったんだ。嬉しいだろ、喜べよ。

自分に何度も言い聞かせて、けれど心が沸き立つことはない。何故だろう。見世物としての日々はとても辛かったのに、いざ終わると胸にぽっかりと穴が開いたようだ。農村を追い出された時と同じ。やはり、どうすればいいのか分からないままだった。

『……あ、ぁあっ』

村を出てから初めて、見世物にされていた時でさえ流さなかったのに、吉隠は声を上げて泣いた。後から後から涙が零れる。二度も放り出されて、ようやく理解した。

『もう、誰にも必要としてもらえない……』

はにわりの価値とは、あらゆる神性をその身に宿し、神意を人々に伝えること。けれど信仰は時代に奪われた。残ったのは、男女の性を備え合わせるという稀有な体だけだった。多くの人を楽しませる、見世物としての価値があった。しかし、それさえも時代に奪われた。

ここには何者でもない、なんの価値もない。何もしてこなかった、流されるだけの愚かな誰かだけが取り残された。

『ちくしょう、なんだよ。なんで、こんなことに』

なんでこんなことになったのだろう。

ただ、皆の幸せを祈っていられれば、それでよかったのに。

巫覡として在った。人を愛し、人のために祈り、皆が幸福であれるよう願っていた。玩具として在った。人に晒《わら》われ、人の目を楽しませ、皆の下卑た欲望を満たした。しかし人に捨てられた。それを憎いとさえ思えない。

理由なんて分かり切っている。ただ流されるままに生きてきた結果だと、自分で知っているからだ。楽だった。ミヅチの巫女も見世物も、何も考えず与えられた役割さえ果たしていればそれでよかった。その心地よさに甘えて、何一つ為してこなかった。

本当は、すべてを失ったのではない。

吉隠は初めから何も持っていなかった、それを思い知らされたのだ。

だから妖刀使いの南雲と手を組んでいた時でさえ、吉隠は激しい憎しみなど持ち合わせていなかった。目的を言葉にするのならば、復讐よりも「八つ当たり」が適当だろう。復讐などという強い感情は持ち合わせていない。そんなものを抱けるほど大切なものなんてなかった。ただ、お前はからっぽなのだと突き付けてきた新時代には、思うところがある。胸中は、その程度のものだった。

そういう性格だから、鬼喰らいに対しても恨みつらみはほとんどない。だが、コドクノカゴは甚夜によって奪取され、南雲叡善は死に、吉隠もまた斬り伏せられた。事あるごとに邪魔をされた、その屈辱は返したい。そうしないと愉しくない。

結局のところ吉隠の目的は、「八つ当たり」と「過程を愉しむ」こと。そのために捏造された都市伝説の怪人を生み出し続けてきた。

「ねえ、ママさん。赤ちゃんちょうだい？」

白峰八千枝の殺害も、その一環に過ぎない。その日、吉隠はいつものように、子供を連れた八千枝に気安く声をかけた。

「いや、だからね。あげられないって。冗談も繰り返すと面白くないよ」

何度も「子供をくれ」と繰り返したからか、眉間に皺が寄っている。けれど、そんな彼女の苛《いら》立《だ》ちなど気にもしない。

「もう七人集めたからチッポウならできるんだ。でもやっぱり、どうせなら一番強いの造りたいしね。ハッカイには赤ちゃんが足りないし、どうしよっかなぁってところでママさんと会えて本当によかったよ。だってさ、ママさん、いつきひめの先生だったんでしょ？」

「……えっ？」

吉隠はにっこりと笑い、白峰八千枝の頭にそっと手を伸ばした。

ぐしゃりと嫌な音が響く。抵抗するどころか断末魔の叫びさえ上がらない。吉隠は八千枝の頭蓋を握り潰し、血や脳漿《のうしょう》で汚れた手をぺろりと舐める。

「可能な限り殺したくないとは思うけど、今回は必要なことだからさ。まあ、恨むなら鬼喰らいを恨んでね。大体彼のせいみたいなものだし」

今回は、鬼喰らいから受けた屈辱を返すために動いている。八千枝に目を付けたのも、彼女が鬼喰らいの友人の恩師だと知ったからだ。恨み言は甚夜に向けるのが筋だと吉隠は思う。

「よし、じゃあ行こっか、翔くん」

それよりも大事なのは赤ん坊だ。転がる死骸から取り上げれば、赤ん坊が大声で泣き始めた。どうせすぐに泣き止むのだ、特に問題はない。友人の恩師が死んだと知ったら、彼はどんな顔をするだろう。考えるだけで愉しくなる。

こうして吉隠は赤ちゃんを手に入れた。

これで、八人目。

「ありがとうね、ママさん。翔くんのおかげでコトリバコが……〝ハッカイ〟が造れるよ」

ああ、本当に愉しい。

甚夜が無様に這いつくばり泣き叫ぶ姿を想像すると喜びが沸き上がる。

吉隠に憎悪はない。ただし、とっくの昔に壊れていた。

《コトリバコ》
数多い呪詛《じゅそ》の中でも最上位に数えられる、極めて危険な呪具の都市伝説。
明治元年（１８６８年）、江戸幕府領で松江藩が実効支配していた隠岐国《おきのくに》において、松江藩と隠岐島住民のあいだで一連の反乱騒動が起こった。通称『隠岐騒動』と呼ばれる事件だ。
騒動自体は一年ほどで平定されたが、反乱を起こした側の一人は追手から逃れてとある集落へ辿り着く。そこは松江藩の支配する集落の中でも最下層に位置し、常日頃から非人道的な差別を受けて住民は虐《しいた》げられていた。

流れ着いた男は、松江藩に弓引いた〝島帰り〟だ。匿《かくま》えばさらなる酷遇が待っているのは、容易に想像がついた。住民は男を捕らえようとするが、当の本人は平然として言った。

『俺の命を助けてくれるのなら、お前達に復讐する力をくれてやる』

差別されて虐げられてきた住民は、半信半疑ながらも復讐という言葉に心を惹《ひ》かれて男を助けた。

男が教えた復讐の秘術こそが〝コトリバコ〟。子供を殺し、死骸の一部を箱に封じ込めることで造り上げる、確殺の呪詛である。さっそくコトリバコを造り上げた住民は、上納という名目で自分達を虐げる者達へそれを贈った。結果は、あまりにも無惨なものとなった。贈られた者は一日もたず血反吐《ちへど》を吐き、苦しみながら死んでいった。

コトリバコに近付いた者は数時間ほどで精神に変調をきたし、徐々に内臓が千切れ、最後には死に至る。呪詛の強さは、材料となる子供の死骸の数に比例する。

一人から順に「イッポウ」「ニホウ」「サンポウ」「シホウ」「ゴホウ」「ロッポウ」「チッポウ（シッポウ）」「ハッカイ」。死骸が増えれば増えるほど強力になる。中でも八人の子供を使う「ハッカイ」は、その殺傷力および感染性の高さからコトリバコの製造方法を伝えた男でさえ『二度と造ってはならない』と念を押したほど。呪術師的な素養がなくとも作成でき、にもかかわらず異常なほど高レベルの呪詛を成就させるコトリバコは、こと呪殺というカテゴリーにおいて究極の一つとされる。

また、この呪詛の特徴は、子供と女性を殺すことに特化している。コトリバコは「子取り箱」、子をもって子を取る。復讐の念から生まれたコトリバコは、一族を根絶やしにするために子供と子を産める女の命を奪うのだという。

あまりに強力すぎるため解呪もできず、その呪詛を受けた者は長い年月をかけて少しずつ清めて呪いを薄めていくしかない。

子供と女を殺して続いていくはずの命を断ち切る、おぞましい呪いの都市伝説である。

◆

簡素な木棺には、白峰八千枝は眠っていない。

木棺は既に閉じられている。遺体の損傷が激しくて、とても見せられない。それどころかここに運び込むことさえできない状態だったと聞いた。だから棺の中は空っぽだ。もう彼女の遺体は弔われており、これは形だけのものらしい。

告別式は決して盛大なものではなく自宅で行われた。香典はいらないと前もって伝えられていた。八千枝は教師であり、弔問客の中には学生の姿も多いからだろう。それだけ彼女は生徒達に慕われていたのだ。

姫川みやかと梓屋薫も、そういった彼女の生徒の一人だった。中学一年の頃に一年間だけ受け持ってもらった。付き合いは短いが、みやかは今でも恩師はと問われれば八千枝の名前を挙げる。気風が良くて、男前で、でもいつも気遣ってくれて。優しい先生は、二十八歳という若さでこの世を去った。

最後の挨拶をさせて欲しくて参加した葬式だったが、薫はずっと泣き続けている。みやかは、ぼんやりと木棺を眺めていた。

死んだのだ。分かっている。なのに現実感が追い付いて来ない。

「薫……」

「せん、せえが」

「うん、うん……」

そういえば、親族以外の葬式に出たのは初めてだ。泣き崩れる薫の頭を撫《な》でながら、みやかはぼんやりとそんなことを考えていた。

悲しくないわけではないが、涙は流れない。自分は、思っていたよりも冷たい人間なのだろうか。お世話になったのに泣いてあげられない。

周りの音がやけに遠く感じられる。それが、ひどく辛かった。


恩師の死からさらに一か月が経ち、十月も半ばを過ぎた頃。

毎日は忙しい。いつまでも悲しんではいられず、時間が経てば自然と日常の生活にも慣れた。なのに、ふとした瞬間にもう先生はいないのだと考えて俯《うつむ》いてしまう。それは薫も同じようだ。いつものようにクラスでは明るいのだが、時折泣きそうになっている姿を何度か見た。

「甚くん?」

「そろそろ食事にしよう」

「あっ、うん。そだね」

そういうタイミングで、甚夜が薫に声をかけるのも、同じように何度か見ている。萌はおすすめの菓子類を教室に持ってくる機会が増えたし、柳や麻衣もそれぞれ気遣ってくれている。迷惑をかけていると思う。けれどまだ一か月、以前と同じようにはいかない。

「さっ、みやかも」

「うん、ありがと」

彼らの優しさに感謝し、教室の一角を陣取って昼食をとる。

安易な慰めは誰も言わない。ただいつものように皆で騒いで食べるだけ。今はそれがありがたい。みやかも薫も、ぎこちないながらも笑ってみせた。

「今日はねー、春菊のお浸しと大根のきんぴらがめっちゃ上手くいったんだ」

「ほう、美味そうだな。酒が呑みたくなる」

「いや、さすがに教室ではやめてよ。あ、みやかも食べる？」

促されて摘んだ大根のきんぴらは、少し辛めで米が欲しくなる味だ。甚夜にとっては、こういうのは酒の肴なのだろう。一口食べて物足りなさそうな顔をしていた。

「やっぱり、お酒呑みたい？」

「まあ、な」

その気持ちはみやかには分からない。二十歳になって呑むようになれば、もう少し共感できるだろうか。「二十歳になったら、祝い酒でも用意しようか」と甚夜が言うので、わずかに頬が緩む。けれど続けて聞こえてきた教室で話す男子生徒の噂話に、彼女の表情は強張った。

「……でさ、その女の幽霊が出るって話だよ」

「嘘くせー」

白峰八千枝の死から一か月が過ぎた。みやかや薫の心境も徐々にだが落ち着き、同時に巷《ちまた》ではある噂が流れていた。

曰く、子供を捜す幽霊がいる。

男子生徒の雑談は、偶然聞いたその怪談だったらしい。非業の死を遂げた女が幽霊となって子供を捜しているのだと、学校の近所で噂になっている。その女の正体は、最近死んだある女教師らしい。

男子が致命的な言葉を発しそうになり、みやかは強く箸を握りしめた。無責任に騒ぐ彼等への怒りから、乱暴に立ち上がり睨《にら》み付ける。そして衝動に任せて怒鳴りつけようとしたその瞬間、教室で夏樹が勢いよくすっ転んだ。

「うごぉ、躓《つまず》いたぁ⁉」

「熱っ‼」

彼の手には「寒くなってきたから蕎麦が食べたい」と言い出し、給湯室で湯をもらってきて作ったカップ蕎麦があった。当然ながらカップ蕎麦は勢いよく放り出され、くだらない噂を垂れ流していた男子生徒に見事にぶち当たった。

「藤堂、お前なにしてんだよ⁉」

「いやいや、悪かった。わざとじゃないんだが」

彼の足下には躓くようなものはなく、濡れて滑りやすくなっているわけでもない。本当に、何もないところで夏樹は転んだ。久美子がそれを見て満面の笑みを浮かべている。つまり、そういうことなのだろう。

「やるぅ、藤堂」

「本当にな」

ただ夏樹の行動はみやからを慮《おもんばか》ってのものだが、本当に助かったのは男子達かもしれない。萌は明らかに不機嫌だし、柳も怒りに顔を歪めている。ひきこさんを思わせる、恐ろしい形相だった。夏樹のおかげで二人とも随分穏やかになったが、もしも男子達が最後まで言い切っていたなら、おそらく火傷では済まなかったはずだ。

「夏樹はいい男だろう?」

「……うん」

自慢する甚夜に、みやかは頷いて返した。

決して格好良くはない。教室の真ん中で思い切り転ぶ姿は、正直情けなかった。しかし彼が「いい男」というのは納得できるし、みやかの気分も多少はよくなっていた。

『その女の幽霊が出るって……』

なのに、彼らの話していたことがどうしても気になる。

翌日、姫川みやかは学校を休んだ。

◆

放課後、富島柳は麻衣と二人で通学路を歩きながら、陰鬱な面持ちで嘆く。

「最近、空気重いなぁ」

亡くなった女教師とは面識がなかった。柳からすると彼女の死自体に思うところはないが、沈んだみやか達を思うとやはり居たたまれない。薫などは元気に振る舞おうとしつつも空回りして、見ている方が痛々しくなるほどだ。最大限気遣ってはいるが、柳もまだ高校生だ。大切な人を失った友人にうまい言葉をかけてやれなかった。

「やなぎくん……」

「いや、悪いとか嫌って話じゃないからな。元気づけてやりたいって話。まあ、でも。深く突っ込むと、掘り起こさないでいい地雷にぶち当たりそうだし、難しいなぁ」

「えっ？」

柳は成績も運動神経もいい。勉強が得意というだけでなくそもそも頭が回り、何より要領がいいからだ。要点を掴《つか》むのが人よりもうまい。だから専門家には敵わなくとも、なんでもそれなりにこなすことができる。そういう彼だから、気付いてはいけないことに気付いてしまった。本来ならみやかも気付きそうだが、今はその余裕がない。いつものメンバーで現状を的確に把握しているのはおそらく柳と、そして甚夜だけだろう。

「どういう、こと?」

「内緒。俺、結構、今のクラス気に入ってるから」

先日知った吉隠とかいう鬼。タイミングよく増えた都市伝説の怪人。そして、今回の白峰八千枝の死。つまり敵が八千枝を殺した理由は、そういうことだ。彼は少ない情報からそこまで推測していた。

けれど言えない。口にすれば、多分何かが壊れてしまう。敢《あ》えて不信を煽《あお》るような真似はしたくなかった。

「麻衣はさ、葛野のことどう思ってる?」

「いい人だと、思うよ。色々昔のことお話ししてくれるの」

「そっか。……なんかあっても、責めないでやってくれよ」

そう言いつつも、もし麻衣に何かあったら彼を責めてしまうかもしれない。柳は「絶対に味方でいる」と言い切れず、情けなさに自嘲の笑みを零した。

だが、その帰り道に嫌な予感が当たってしまう。街灯が壊れているのか、薄暗い通りに差し掛かったところだった。

――あ、あ……。

生暖かい風が吹いた。一緒になって女の声が聞こえてくる。掠れた泣き声、それでも縋《すが》るような悲痛な響きをしている。あまりのか細い声に、二人は足を止めた。

「やなぎくん、今の」

「……や、ばい」

麻衣は少し怯えた様子だ。それ以上に柳は動揺し、脂汗を垂らしている。富島柳は〈ひきこさん〉。いじめっこの位置はおおよそ分かる。

『だ、れか……』

女の声が少しずつ近づいてきた。哀れにさえ思える弱々しい声だが、騙されてはいけない。柳は強大な敵意がこちらへ向けられているのを察知していた。

『おね、がい。どう、か』

薄暗がりから女が姿を現す。その顔を見た麻衣が、ひっ、と短く悲鳴を上げた。

近頃流れている噂は柳達も聞いている。非業の死を遂げた女が、幽霊となって子供を探しているのだという。女の幽霊の肌に生気はなく、顔は血だらけ。皮膚はえぐれ、ところどころ骨や筋肉が露わになってしまっている。

『おねが、い。この、子を……』

幽霊は底冷えするような叫びを絞り出した。

◆

《産女《うぶめ》の幽霊》

産女の幽霊は長崎に伝わる『赤子民話』と呼ばれるものの一つで、飴屋《あめや》の幽霊、子育て幽霊とも言われる。怪談でも都市伝説でも共通する、母親の愛という普遍的なテーマを語る説話だ。

ある夜のこと、閉店した飴屋の戸を誰かが叩いた。店主が表に出ると、影の薄い女が一文《いちもん》を差し出し「飴をくれ」と言う。不気味な女に気圧《けお》された店主は、言われるまま飴を売る。触れた女の手は、氷のように冷たかった。

翌日も翌々日も女は同じ時刻に現れ、毎日、一文の飴を買っていく。やがて七日目となると、この日に現れた女は、いっそう影を薄くして悲しげに「銭はないが飴をわけてくれ」と頼みこんだ。店主が飴を恵むと、翌日からも女は現れて同じように飴を乞うようになる。さすがにこれはおかしいと、ある日、店主が帰る女の後をつけていくと、女はとある寺の山門をくぐり墓地の方へ姿を消した。

驚いた店主は住職に事の次第を語る。住職と店主が、本堂裏の女が消えた辺りに行くと、墓から赤子の泣き声が聞こえてきた。急いで掘り起こすと、女の亡骸に抱かれた赤ん坊が出てきたという。

古い時代、死者が三途の川を渡り成仏するには、六文の銭が必要だと信じられた。けれど産女の幽霊は三途の川を渡るための六文で赤子に飴を買い、銭がなくなり成仏できなくなっても飴を求め、ひたすらに子供を育て続けた。母の愛から自身の安寧よりも我が子のこれからを選んだのだ。こういった「死後も子供を育てる母親」の説話を総称して「赤子民話」と呼ぶ。

母の愛を題材とした話は怪談だけではなく、『泣き別れ坂』や『過保護な親』など都市伝説としても有名なカテゴリーとなっている。また、『リゾートバイト』のように母が死んだ子を復活させようとする都市伝説も存在する。

いつの世も母の愛は強い。

死すらも乗り越える、愛情と妄執《もうしゅう》のお話だ。


富島柳たちが襲われる様を、吉隠は離れた場所で眺めていた。

産女とは妖怪の一種で、夜中に道で会った女が「この子を抱いてくれ」と渡してくるというもの。受け取ると女は消えてしまう。産女は妊婦の妖怪で、愛しい子供を育ててくれそうな誰かを探し続ける存在なのである。

そもそも日本では、死んだ妊婦をそのまま埋葬すると産女になると考えられていた。そのため妊婦を埋葬する際は、腹を裂いて胎児を取り出し、母親に抱かせたり負わせたりして葬るべきと伝えられている。胎児を取り出せない場合には、人形を添えて棺に入れる地方もある。

「あはは、うまくいったや」

彼女はそうやって生まれた。わざわざ死骸を奪ってまで造り上げた、渾身《こんしん》の「捏造された都市伝説」だ。今の白峰八千枝は、産女とコトリバコを組み合わせた存在である。

産女は腹に子供を抱えたまま土に埋められて生まれる。コトリバコは箱に子供の死骸を封じ込めることで完成する。つまり今の彼女は、「胎に八人の子供の死骸を埋め込み、そのまま埋葬する」ことで生まれた化け物である。

「うん、これなら甚太《じんた》君も喜んでくれるよね」

産女という妖怪は、子供を誰かに渡すために毎夜さまよう。死んだ後も子供を思う母の愛こそが産女の正体だからだ。けれど八千枝の息子である翔は、今やコトリバコとなった。彼女は母の愛を糧に動いて子供を託せる誰かに渡し、その結果、コトリバコの子供が渡された人を呪い殺す。そして、産女は再び死んだ自分の代わりに子供を育ててくれる人を探し始めるのだ。

母の愛が際限なく被害を広げる、白峰八千枝はそういう最悪の怪人となった。

ああ、なんて愉しい。まるでお笑い芸人の繰り返しネタのようではないか。

「さあ、頑張ってね、ママさん」

産女の幽霊が手を伸ばす。目の前にいる優しそうな高校生の男女を見て、この子達ならきっと自分の赤子を大切にしてくれると考えたのだ。

コトリバコは、子をもって子を取る呪殺の都市伝説だ。その効果が最大限に発揮されるのは子供と女である。いくら強力であっても、老齢且つ男には若干ながら効果が薄くなる。その点からも分かるように、想定した対象は甚夜ではないのだ。

「あ、あ……」

怯える麻衣たちの姿が、たまらなく愉快だ。

柳の推測は正しい。八千枝を殺したのは、みやかの精神を削るのにちょうどよかったからに過ぎない。

吉隠の狙いは、初めから甚夜の周りにいる子供達にある。

# 3

街灯、ネオン、ビルの電気。駅前は夜でも、そこかしこに光が散らばっている。

雑踏がどこか遠くに感じられて、人の流れに逆らってみやかは歩く。今日は一日中、学校をサボって、目的もなくそこいらを散策していた。時折、すれ違う誰かと肩がぶつかって。その分だけ人混みは寂しく感じられた。

夜でも眩しく騒がしい駅前から逃げるように離れ、今度は閑散とした通りへ向かう。当てもなくさまよい、時折立ち止まり、蹲《うずくま》ってはまたぶらつく。自分でもよく分からないことをしていると思う。もう時計は、夜の十時を回った。そろそろ帰らないと、でも、あともう少しだけ。思考も歩く道も行ったり来たり。まるで夢遊病者のようなおぼつかない足取りだ。

あと一時間だけ。そう言いわけして向かった先は公園だ。真っ暗の公園はひどく不気味だったが、疲れからベンチに腰を下ろした。足をぶらぶらと揺らしながら、多分みやかは誰かを待っている。こうしていれば、以前のように心配した恩師が声をかけてくれるかもしれない。来ないと知っているのに、彼女は待っていたのだ。

「みやか」

現れたのは、彼女が望んでいた人物ではなく甚夜だった。あまり会いたくなかった。

「……よく、分かったね。ここにいるって」

「分かったわけじゃない。虱《しらみ》潰しに捜しただけだ」

「それは、言わなくてもよかったと思う」

ここにいると思った、なんて言っておけば格好もつくだろうに。不器用だけど、そういう素っ気なさが何となく彼らしいとも思う。いつもはそれが微笑ましく感じるのに、今夜は頬が緩むことはなかった。

「帰れって言いに来たんじゃないの?」

「言って聞くくらいなら、最初からここにはいないだろう」

「そう、かも」

甚夜が何も言わず隣へ腰を下ろした。

手には太刀がある。都市伝説の元凶を警戒してのことだろう。こうやって捜しに来てくれたのも、純粋に心配したからだ。危ないと初めから伝えられていたのに、学校を休んで出歩く。そんな馬鹿な子供を怒りもせずに、彼は夜空を眺めている。

その横顔は普段と変わらない無表情で、みやかにはその胸中は分からない。けれど多分、待ってくれているのだ。話すなら聞くし、言わないならそれでもいい。何を言われても受け止めると、態度が示していた。

「夜遅く出歩くと危ないって、先生に怒られたことがあるんだ。だから、こうしていたら先生がまた来てくれるんじゃないかって思ったの。前みたいに怒ってくれるような気がして……馬鹿みたいでしょ?」

黙っているべきだった。なのに自然と喋っていた。沈黙に耐えられなかったのか、あるいは沸き上がる何かを抑えられなかったのかもしれない。きっと聞いて欲しかったのではなく、我慢ができなかっただけだ。

「だから……来て欲しくなかったかな、甚夜には」

一度口にしてしまったせいで、心の片隅にあった何かが溢れてくる。目を背けたくて俯いた。それでも本当は隠しておきたかったのに、見たくなかったものが顔を覗かせる。

「みやか……」

「慰めないで。私が何を考えているかなんて、本当は分かっているくせに。だから、来て欲しくなかったのに」

ああ、だめだ。

そんなこと思ってはいけない。分かっているのに止められない。

この一か月、皆に助けられてきた。そのおかげで白峰八千枝の死も少しずつ薄れ、余裕ができてきたから気付いてしまった。

「散々言われても夜歩きするような馬鹿なんて、放っておいてくれてよかった。危ない目に遭っても自業自得だよ」

「できるわけがないだろう」

「うん。甚夜は、そう言うよね。感謝してる、本当に……でも、今はやめて。お願いだから」

彼は、決して鈍くはない。みやかが今何を考えているかなんて、きっと分かっている。だからこそ、彼の優しさが辛い。気遣わしげな視線を感じた。その瞬間、みやかは子供のように癇癪《かんしゃく》を起こして叫んでしまう。

「お願い。どこかへ行って。きっと、私ひどいことを言う……！」

本当に、感謝をしているのに。

〝彼がいなければ、先生が死ぬことはなかった〟なんて、そんなひどい考えがずっと消えてくれないのだ。

「分かってる……悪いのは、甚夜じゃなくて。今までずっと守ってくれて、だけど、もしかしたらって」

気付けば涙が流れていた。

理不尽だと分かっているのに、もしもの想像が頭にこびり付いている。泣き過ぎて、顔は見せられない状態になっている。そもそも合わせる顔がない。最低だ。我慢しようと思っていたのに、結局ひどいことを言った。傷つけた。彼も、きっと呆れている。せっかく積み上げたものを、自分で壊してしまったのだ。

隣にいる甚夜が立ち上がる気配を感じた。多分ベンチから離れたのだろう。

正直ほっとした。散々助けてもらった。彼がいなければどうにもならなかった事件だって沢山あった。そのくせに、手前勝手に感情をぶつける最低な人間なんて放っておけばいい。その方が、いっそ救われる。

顔を上げるのも憚《はばか》られた。俯いたまま、みやかは背中を見送ることさえできないでいた。

「……いせ…」

そう思ったのに、何故か甚夜はぽんと優しくみやかの頭に手を置いて小さく何事かを呟いた。

そして、ちゃきりと鉄の音が鳴る。

男か女かも分からない高めの声が響いた。

「や、甚太くん。久しぶり」

みやかは涙を止められないまま、場違いなほどあっけらかんとした誰かの言葉にようやく顔を上げる。暗がりから姿を現した人物は、声と同じように中性的な容姿をしていた。気の利いた少年風の少女にも、少女のように線の細い少年にも見える。

口調こそ人懐っこいが、甚夜のまとう気配に、彼が突き付けた夜来の切っ先に察する。あれは、これまで以上に厄介な敵だ。

「ああ、久しいな」

甚夜の声は、ぞっとするくらいに冷たい。自分に向けられたものではないと知っていながら、それでも背筋が粟立つほどだ。彼を怖いと感じるのは、これが初めてだった。

「あれ、なんか意外と冷静？　もっと怒っているかと思ったのに」

「どうだろうか。苛立ちはあるが、お前を責められるような男でもない」

「あはは、まあそっか。同族喰らいの君が、よそ様を批判できるわけない。人だっていっぱい殺してるんだし……ねえ、みやかちゃん？」

いきなり呼びかけられて、みやかはびくりと体を震わせた。ひどく軽い態度だと感じられるのに違和よりも不気味さが勝る。刀を突き付けられて平然と、それどころか面白そうに笑うこの人物は、とてもではないがまともには見えなかった。

「あっと、自己紹介がまだだったね。ぼくは吉隠。捏造された都市伝説の生みの親……と言った方が、君には分かりやすいかな」

以前に聞いた、大正の頃に甚夜が対峙したという鬼だ。捏造された都市伝説の怪人、それらを生み出した元凶。そして、おそらくは白峰八千枝を直接害したであろう存在だ。

「話は戻るけれど、みやかちゃんも甚太くんってひどい奴だと思うよね？」

「そんな、こと」

「気を遣わなくていいよ。君だってちゃんと分かっているでしょ？　ほんと、可哀そうだよね」

吉隠は、傍目には本当に無邪気で朗らかだ。だから泣きたくなる。みやかの名を知っていたのは、予測が正しかった証明だ。

「甚太くんさえいなければ、翔くんママさんも死なずに済んだんだから」

葛野甚夜の友人の恩師だからという理由で白峰八千枝は狙われた。吉隠という鬼は、みやかに「お前さえいなければ」と言わせるために彼女を殺したのだ。

「ほんと、みやかちゃんも災難だったね。彼がいなければ今ごろ先生だって」

「やめて……」

「それに、知ってる？　彼は普通の顔をして高校に通っているけれど、当たり前のように人を殺したり、同じ鬼を食べたりしてるんだよ」

「やめてっ！」

耳を塞ぐ。けれど吉隠の朗らかな笑い声が聞こえてくる。

もう嫌だ。楽しかった高校生活が全部なくなってしまいそうな、そんな錯覚に襲われる。

いや、錯覚ではないのかもしれない。「彼のせいで」と考えてしまった時点で、本当は終わっていたのではないのだろうか。

そうして自分の愚かさに目を閉じようとした時、甚夜が疾走し、吉隠の戯言《たわごと》を止めるように斬りかかった。

◆

「っ、と。……危ないなぁ」

甚夜の一太刀に、笑い声は掻き消えた。

夜来での一撃は、いつの間に取り出したのか拳銃の砲身で防がれている。あのような細い鉄で防ぐには、何かからくりがあるのだろう。

「みやか。私に思うところはあるだろう。だが、今は言う通りにしてくれ。少し離れて、しかし目の届くところにいて欲しい」

「う、うん……」

彼女の態度をひどいとは思わない。実際巻き込んだのは甚夜だ。「逃げろ」と言わなかったのは吉隠の悪辣さを知っているから。間違いなく、吉隠は逃げ道にこそ罠をしかけている。

「いきなり首狙いとか、甚太くんは相変わらず容赦ないね」

「なに、お前が相手ならば、これくらいは挨拶の域を出ないだろう」

そのままもつれ込むように戦いに移行する。吉隠は獰猛《どうもう》な獣の形相に変わった。甚夜はそれを眉一つ動かさず流し、もう一度首への一太刀を放つ。

逆に吉隠の銃弾が眉間を狙う。互いに致死の一手を放つも、それを瞬き一つせずに躱《かわ》す。この程度では倒せないと知っている。至近距離からの銃撃も振るう白刃も彼らにとっては挨拶でしかない。

「それもそうだね」

吉隠はまだ〈織女《はたおりめ》〉を使っておらず、甚夜も鬼としての姿を晒《さら》していない。殺意を向け合っていても全力には程遠く、この数合は戦いというよりも測り合いだ。歳月を経て、彼我の優劣がどう変じたか。それを確かめているに過ぎなかった。

「なら、久しぶりだし、しっかり挨拶しておかないと！」

踏み込み、肘打ち。吉隠が体術で攻めてくる。捌《さば》いて躱すが、相手も予測済みだったらしい。本命は別。肘を支点に最小の動作で拳銃を向け、銃口が甚夜の心臓を狙う。吉隠の戦法は大正の頃と同じ、二丁の拳銃と体術の複合である。

拳銃はHeckler & Koch USP、大型のオートマチック拳銃で警察でも使われている。どうやって手に入れたのかはあまり想像したくない。

回転式を使用していた頃よりも隙はなくなったが、体術に劇的な成長はなかった。

「少し、遅くなったか？」

トリガーを引くよりも早く吉隠の右腕を蹴り飛ばし、体勢を立て直す前に唐竹一閃《からたけいっせん》。さすがに骨は断たせてもらえなかったが、後退は間に合わず、胸元の肉を斬り裂いた。

「くぅっ⁉」

演技ではなく、吉隠が苦悶の表情を浮かべる。

リソースの問題である。自身を鍛え続けた甚夜とは違い、吉隠は〈織女〉によっていくつもの捏造された都市伝説を造り上げてきた。成長したのは互いに同じだが、吉隠は技を鍛えるのではなく異能の習熟にリソースを割いたのだろう。その差が顕《あらわ》れている。

かつての力量差はここに引っ繰り返り、今や単純な力量は甚夜が上となった。だからこそこの勢いのままに攻めては、まずい。

「……っ！」

甚夜は一気に後退し、棒立ちになっているみやかへと意識を向ける。

あの抜け目のない鬼が、力量を読み違えて勝ち目のない戦いに挑む？

まさか、ありえない。つまり奴は初めから甚夜を打倒することを考えていない。おそらく姿を現したこと自体が陽動。初めから盤外の一手で戦況を掻き回すのが狙いだ。

「勘が良すぎるなぁ、甚太くんは」

構えた銃口がみやかを狙っている。弾丸が放たれるも、射線に割り込み〈不抜《ふばつ》〉。計三発、鉛玉などで体は壊れない。

一瞬足を止められた程度。甚夜はみやかを庇うように立ち、それを愉しそうに吉隠は見下す。

「ま、でもいっか。どっちに転んでも面白いことになりそうだし」

夜が、ゆらり揺れる。

本来ならばそれは伏兵だったはずだ。しかし甚夜が仕込みに気付き、奇襲は失敗した。にもかかわらず、攻め手を読まれてなお、吉隠は〝そいつ〟をけしかける。闇から浮かび上がるように姿を現したのは、悲痛な叫びを上げる女だった。

『おね、が』『…こ、のこ……』と、怪異は哀れに思えるほど何かを繰り返し訴える。そいつは緩慢な動きで甚夜に、正確に言えばみやかににじり寄ってくる。

何かを仕出かす前に、一太刀で斬り伏せる。甚夜は上段に構え、駆け出そうと四肢に力を込めた。しかし、みやかの悲しげな声に足を止められることになった。

「待って……お願い。待って」

同時に甚夜も女の幽霊の正体に気付いた。刀は振り下ろす先を失い、強く奥歯を噛み締める。

「そういう手で来るか」

「初めから甚太くんに奇襲なんて通じるとは思ってないよ。なら、読まれても問題ない手を打つ。当然だろ？」

自分に注意を引き付けてからの、伏兵による強襲。甚夜には吉隠の腹がちゃんと読めていた。なのに、性質《たち》の悪さを予測しきれていなかった。

伏兵は甚夜の不意を打つためではなく、みやかに揺さぶりをかけるための一手だった。

「白峰、先生……」

みやかが、わなわなと震えている。

恐怖か悲哀か。怒り、それとももっと別の何かだったのか。沸き上がる感情を自分でも処理できないのだろう。彼女は動くこともできず、底冷えするような呻きを上げる、怪異となった八千枝を凝視していた。

八千枝は今や、捏造された都市伝説となった。

「どう、甚太くん、気に入ってくれた？　君のための特別製なんだ」

すべては甚夜のせいだと知らしめるように、吉隠は高らかに語る。

みやかを助けるためには八千枝を斬る必要がある。斬れば、みやかに憎まれる。どう転んでも甚夜が苦しむ。倒すための戦略ではなく愉しむための余興だ。

「みやか、すまないが」

「分かってる。分かって、る。け、ど……」

ああなっては、もはや殺すしかない。その現実から逃げるように、みやかが何度も首を横に振る。

『おねが、い。この、子を……』

言いながら手を伸ばす女の幽霊は、まるで助けを求めているかのようだ。同情を誘い生者を引き込む。それは古くから続くあやかしのやり口だ。みやかがふらふらと歩み寄ろうとするのを、肩を掴んで制止する。

しかし遅かった。みやかと怪異の距離がほんの少し近付いた。それだけで十分だということに彼はまだ気付いていなかった。

「……恨んでくれていい」

「ま、って」

甚夜はみやかの躊躇いを無視して、一息で間合いを詰めた。

鈍く光る白刃が女の怪異を祓《はら》う。この光景をこそみやかは忌避していたはずだ。吉隠が手を加えたとはいえ、元はただの女。捏造された都市伝説は袈裟懸《けさが》けに斬り裂かれ、いとも容易く地に伏した。

「ああ、言い忘れてたや。今回のはね、コトリバコと産女の合成だよ」

始めから、あの怪異は倒されることが狙いだったのだろう。斬ろうが斬るまいがそこで終わり。吉隠は、わざわざ手遅れになってからそれを教えた。

背後でみやかが息を呑んだ。コトリバコという名称は、近代の都市伝説を知る者にとってはそれだけ恐ろしいものだった。

「ぬ、ぐっ……⁉」

ずきずきと頭が痛み、脳が攪拌《かくはん》されるような気色の悪い感覚。

コトリバコは呪殺というカテゴリーにおいて、究極の一つとされる凶悪な都市伝説である。その特性は、近付くだけで相手を呪い殺す。甚夜はまだいい。彼は鬼であり男、年齢も百歳を超えている。だが、コトリバコは『子取り箱』。子供であり女であるみやかにとっては、致命的ともいえる呪詛だ。そしてみやかは恩師のあまりにも無惨な姿を見て、近寄って手を伸ばしてしまった。

都市伝説は、ここに成就する。

「あ、あ……？」

コトリバコに近付いた子供や女は、まず精神に変調をきたす。意識障害を起こし、動けなくなる。

ぐちゃり、ぐちゃり。嫌な音が響く。心を侵し、次は肉。血を吐くのは内臓が壊れるから。呪いは体の内にまで浸透し、臓器をずたずたに裂く。

「おが、ご。がが、ぎゃ……？　が、あがが ぁぁぁぁっ⁉」

抗《あらが》う術《すべ》はない。

吉隠が用意したのは究極の呪詛、その中でも一際強力な〝ハッカイ〟である。白峰八千枝を斬り殺したとて同じ。確殺の呪いは姫川みやかに襲い掛かり、吐血し力なく膝から崩れた。

すべては葛野甚夜を倒すのではなく、苦しめるため。ほとんどは吉隠の予定通りに運んでいたことだろう。みやかは恩師の死は彼のせいだと責め、そんな彼女の前で甚夜が八千枝を斬り殺した。そうまでしたのにコトリバコは止められない。

「あれ、おかしいなぁ……。なんで生きているの、みやかちゃん？」

確殺の呪詛を浴びながら、みやかは腰を抜かして座り込んでいるだけだ。傷一つなく、彼女はちゃんと生きていた。

みやか自身も状況が理解できていない。血を吐き死に至るはずだった彼女は、今もちゃんと生きている。

「が、は……」

代わりに倒れ込んだのは甚夜だった。

うまく横槍を入れることができた。吐血し、焦点は合わない。しかし勝ち誇るように口の端を吊り上げる。

「お前の腹は……読み切れなかったが……保険は、かけておいて、正解だった」

マガツメの娘は全員が花の名を冠し、名と同じ異能を有し、自身を象徴する言葉を持つ。先程みやかの頭に触れた時、甚夜はその鬼の力を使っておいた。

〈水仙《すいせん》〉

昭和の頃、存在しない鳩の街で出会った娼婦、七緒から託された異能だ。七緒が好んだ黄色の水仙が持つ意味は「もう一度、愛して」。彼女の力もその言葉に添う。他者へ向けられる愛情を、自身にも向けて欲しいという願い。だから〈水仙〉は、他者に与えられるものを我がものとする。

「……〈水仙〉。対象への干渉を、使用者に移し替える」

つまり〝身代わり〟こそが〈水仙〉の能力である。

もっとも決して使い勝手はよくない。使用するためには対象に触れねばならず、身代わりができるのは一人まで。その上、一度身代わりをすれば解除され、何もしなくても一時間すれば自然と解けてしまう。いくつもの条件をクリアしなければならない特性上、ある程度決め打ちでしか使えない厄介な力だが、今回は見事にはまった。

そして詳しい説明をしなければ、しばらく吉隠は「周りに手出ししても意味はない」と勘違いしてくれる。後は、ハッタリがばれる前に奴を片付ければいい。

「……前々から思っていたけど。君は刀で戦う割に姑息《こそく》な小技を使うよね」

「以前も言ったはずだが。卑劣、卑怯で大いに結構。お前を討てるのなら、その程度の誹《そし》り、安いものだ」

〈御影《みかげ》〉で自らを傀儡《くぐつ》と化し、動かない体を無理矢理に起こし立ち上がる。

コトリバコは子供と女には致命的。裏を返せば、それ以外には効果が薄くなる。お蔭でどうにか命は繋いだが無事とは言い難い。臓器や筋肉はズタズタ、意識も定まらない。まるで脳に手を突っ込まれ、ぐちゃぐちゃに掻き混ぜられたようだ。激痛が全身に走るも、顔には出さず努めて平静を装う。

「〈御影〉だっけ？　みやかちゃんを庇ったのはいいけどさ、自分がそうなったら意味なくない？」

吉隠はこちらの状態を正確に把握しているらしい。軽く肩を竦《すく》めて、甚夜の演技をにまにまと嘲笑っている。奴の指摘は紛れもない事実だ。〈御影〉で体を動かしたところで勝ち目はない。

この場における勝利条件は「みやかを連れて逃げおおせる」こと。

「じゃあ仕切り直し、かな。逃がさないよ」

吉隠は銃を構える。この鬼は本当に抜け目ない。甚夜の思考を完全に読み切り、その上でさせないと宣言した。甚夜は夜来を構え、左手で〈地縛《じしばり》〉を使う。奴を出し抜くため、最大限頭を働かさなければいけない。

しかし聞こえてきた涼やかな声に、両者とも動きを止めた。

「だいじょうぶ、だよ」

慣れ親しんだ響きが昂《たか》ぶった心を落ち着けてくれる。夜の公園に現れたのは、ワンサイドの三つ編みをした整った顔立ちの少女だった。戦いを止めたのは彼女だが、着ている服は一般的なもので武器の類も持っていない。対峙する二匹の鬼がいなければ、夜の公園を散歩しているだけに見えた。

少女は血みどろの甚夜と吉隠を確認すると、呑気に歩いてくる。

「ひまわりに頼まれた。手がたりないって。間に合って、よかった」

みやかは呆気に取られているようだが、甚夜は安堵した。彼女もまた人ではなく、吉隠とそれなりに因縁がある。

「だから、じいや。だいじょうぶ……今度は、わたしが助けるから」

いつかと同じように、溜那《りゅうな》は優しく微笑んだ。

大正の頃。妖刀使いの南雲が引き起こした、人造の鬼神にまつわる事件があった。溜那はその被害者だ。物心がつく前に父母を亡くし、昏い地下牢に繋がれた。人としての在り方を奪われ、あやかしに身を堕とした。人造の鬼神になるよう運命を歪められたのが溜那だった。

しかし、今の彼女は暦座キネマ館で仕事をしながら穏やかに暮らしている。幼い夏樹の世話をしていたこともあった。守られるだけだった彼女は、歳月を重ねて誰かを守る側になった。

そうして、かつて自身を救った甚夜の窮地に駆け付けてくれたのだ。

「そういうこった。お前は大人しく寝とけ」

次いで現れたのは、厳《いか》つい大男だった。彼の名は井槌。大正の頃は敵対したこともあるが、藤堂芳彦を慕い、人と共に生きることを選んだ鬼だった。

「りゅう、な……。いづち、も」

「じいやは休んでて。わたしたちがいるから」

「そう、か。なら、安心、できる、な……」

〈御影〉で体を無理矢理動かしていたが、とうに限界は越えていた。気が抜けた甚夜は、だらりと脱力しそのまま崩れ落ちた。

ハッカイの呪いを受けたのだから無事で済むはずがない。地に伏すや否や、口から一気に血が吐き出される。みやかが心配しないよう、顔色も変えず血を飲み込んでいたが、その余裕さえもなくなった。

その気遣いと意地の張りようを、溜那が懐かしそうに眺めていた。

# 4

みやかは甚夜を案じていたが、先程までの彼に対する酷い行いを思い出して、その引け目から傍に寄れずまごついていた。

「じ、甚夜……？」

「ちょっと寝てるだけ、心配ない」

内心を知ってか知らずか溜那はそっけなく言い、改めて吉隠に向き直った。

「溜那ちゃん。久しぶりだね」

「ん」

こくりと頷くが、その様子に親しみは感じられなかった。溜那の目は冷たい。激しい敵意というよりも軽蔑が近い。彼女は目の前の敵を心底見下し切っている。

溜那が背後にいたみやかに片手を突き出して動きを制した。

「ここは任せて逃げて」

何故か満足そうに胸を張る。呆気に取られていると、それを見ていた大男が溜息を吐いた。

「いやぁ、溜那よ。もうちっと真面目にやろうぜ」

「……せっかくのいい場面。井槌はうるさい」

窘《たしな》められた溜那は口を尖らせている。井槌と呼ばれた大男は背丈百九十センチを超えており、かなり威圧感のある容貌をしている。しかし粗野な印象とは裏腹に、困ったような表情で吉隠を見詰めていた。

「おう、吉隠。相変わらず、くそったれたことやってるみてえじゃねえか」

「井槌まで。なんだか懐かしい顔が揃うね。こういうのを同窓会と言うんだろ？」

みやかには状況がよく理解できていなかった。全員知り合いのようだが、雰囲気は悪い。吉隠も軽口を叩きながら敵対の姿勢を崩していない。

戸惑いながら眺めていると、遅れて柳と麻衣が姿を見せた。

「よかった、姫川さんも無事か。怪我とかは大丈夫？　ってか、葛野⁉」

「麻衣……富島君も。どうして、ここに」

「私達、白み……捏造された都市伝説に襲われたところを、井槌さんに助けられたんです」

簡単に説明を聞くと、柳達は先に白峰八千枝と遭遇したそうだ。

彼女はコトリバコと産女の合成。真っ向から対峙すれば、二人の命も失われていただろう。しかし井槌の手によって救われた。といっても「あれはまずい。逃げるぞ」と無理矢理引き離しただけらしいが。ともかく二人は生き長らえて、こうしてみやかの下まで辿り着いた。

「なんだ、その子達も助かったの？　井槌ってば、なんでそうもぼくの邪魔するかな。元同僚なんだから、もう少し手心加えてくれてもよくない？」

「ふざけろや。元同僚のよしみってんなら、馬鹿な真似はやめんのが筋だろうが」

「あはは、残念」

そっと吉隠が片手を挙げる。

空気が変わった。音のない夜にざわめきが響く。公園の暗がりから、数多の視線が。

「〈織女〉は負の感情を操り、物理的な干渉に変える。吉隠の奴は、それを捏造された都市伝説の製造という形に発展させやがった」

井槌の説明通り、気付けば周囲は都市伝説の怪人で溢れていた。口裂け女、赤マント、リゾートバイトの化け物、ひとりかくれんぼのぬいぐるみ。他にも老婆や隙間から除く女の姿。多種多様な怪異に取り囲まれている。

「ひぃ……」

闇夜から姿を現した化け物の姿に、麻衣が小さく悲鳴を上げた。

「麻衣、後ろに」

柳は咄嗟に彼女を庇うよう前へ出る。しかし、彼の保有する都市伝説は直接戦闘には向かない。果たして〈ひきこさん〉でどこまで戦えるかは分からなかった。

「っ……!」

みやかは、慌てて甚夜の傍へ向かった。先程は引け目から近寄れなかったが、脅威を前にして意識せずに体は動いていた。

気を失ったままの彼を抱え起こそうとするも、脱力しているうえに元々筋肉質な男性だから非常に重くて動かすことができない。しかし見捨てることもできず、自然と庇うような立ち位置に移動した。

「だいじょうぶ。さっきも言った、ここは私に任せて」

溜那は、この窮地にそぐわない和やかな微笑みを浮かべた。本当に嬉しそうだ。みやかは自分よりも年下の少女の笑顔に一瞬見惚れてしまう。

彼女は柔らかな空気のまま数多の都市伝説を一瞥《いちべつ》する。この程度は窮地に入らない。ゆったりとした所作は、言外にそう語っているようだった。

「ってことで、嬢ちゃんらはそいつを連れて逃げてくれや。ここは俺らが引き受けるからよ」

「ちがう、井槌も」

「俺もかよ」

「いると思いきりやれない」

「ひでえ……」

ほとんど足手まとい呼ばわりされた井槌は、顔を引きつらせていた。どうやら単純な力量で言えば溜那の方が上らしい。

「つーことで、逃げるか」

「いいんですか、あの子に任せて？」

「ああ。真面目に俺らがいると邪魔んなる」

見た目からすると年下の女の子を置いて、この場から逃げる。柳にはそれが耐え難いらしく、顔は苦渋に歪んでいた。

「今のあいつは、人造の鬼神としての力をある程度制御している。思い切りやるってんなら、俺らがいても邪魔になるだけだ」

人造の鬼神の意味は分からないが、溜那も半端ではない実力の持ち主なのだろう。宥《なだ》められたことで、納得しきれてはいないようだが、柳は素直に従った。井槌も気絶している甚夜を米俵のように担ぎ上げ、さっさと逃げる準備をしていた。

「よっこらせ、んじゃ後は頼まぁ」

「いやいや、女の子に後を任せるって、君たちひどくないかな？」

「自分を知ってると言ってくれや。俺ぁ芳彦四鬼衆の中でも下っ端だからよ」

十把一絡げの都市伝説に後れを取るつもりはないが、と井槌は笑っていた。

「おっしゃ、逃げんぞ。安心しろや、俺は昔っから逃げんのにも盾になんのも慣れてらぁ！」

井槌の号令に合わせて、一目散に逃げ出す。狙うは囲みの薄い一角。それでもかなりの数の都市伝説がいたが、溜那が軽やかに躍り出て怪人共をまとめて叩き潰す。

その隙にみやか達は囲みを抜け出し、その背後を守るように溜那が立った。

「うわぁ、こういうのって裏切られたって言うのかなぁ」

「ちがう、因果応報。おまえが、私をこう変えた。それが巡り巡って返ってきただけ」

「あはは、耳が痛いや」

少女の振る舞いは、先程までと変わらない。しかし右腕だけが歪《いびつ》に変化していた。骨格が肉が形状を変え、異常なほどに筋肉は膨張し、身の丈の二倍近くまで肥大化した右腕。腕の皮膚だけはくすんだ白色になっている。

ちょうど人造の鬼神としての腕が普段の溜那にくっついているような、奇妙な出で立ちだった。

「それに、じいやにひどいことをした。お前は、許さない」

みやか達の手前、冷静なふりをしていたのだろう。逃がす段階になって、もう我慢する必要はないと目には苛烈な怒りが宿った。

対する吉隠は平然としている。溜那が右腕を振り上げ、眼前の仇敵を葬ろうと踏み出そうとした。しかし彼女の足下から、ところどころ皮膚が破れて筋肉がむき出しになった女の怪異が現れる。白峰八千枝が溜那の足をがっしりと掴んでいた。

産女は甚夜に斬り裂かれながらも、愛しい子供のために預けられる優しい誰かを探している。女子供に対する極大の呪詛、コトリバコはまだ残っていた。

「いいから、行って」

心配して足を止めたみやか達は、溜那に促されて今度こそ公園を離れた。

「ありがと、翔くんママさん」

その間際、吉隠の朗らかな笑い声と、数多の都市伝説がいっせいに襲い掛かる音を聞いた。

◇

同じ時間、桃恵萌も怪人に襲われていた。

口裂け女は古い歴史を持つ都市伝説。現代に語り継がれるまで、様々な派生型を生み出してきた。そもそもは人を殺さない女の怪異だったが、いつしか鎌を持つ者、メスやハサミを持つ者、赤のコート、あるいは白のコートをまとう者と、この都市伝説には様々なタイプが存在するようになった。

梓屋薫と桃恵萌、二人の少女を襲った女も、そういう数多の口裂け女の一つだった。曰く、口裂け女には姉妹がいる。俗に『口裂け三姉妹』と呼ばれる、三人一組の怪異である。

「っと、しつっこい!」

姫川みやかが学校を休んだ日の放課後、薫と萌は二人で下校した。

麻衣と柳、夏樹と久美子はそれぞれ一緒に帰宅し、みやかの両親から「娘が出ていったきり戻らない」と連絡を受けた甚夜は、午後の授業を休んで捜しに行った。必然的に薫と萌は二人になり、少し駅前に寄ってから家へ帰る途中、人通りの少ない通りで三人組の女に襲われたのだ。

それが口裂け三姉妹。ただの怪異ではなく、捏造された都市伝説の怪人だった。

「アキちゃん!」

「あんま動かないでよ、守り切れなくなる!」

敵は複数で、薫を守りながら。不利は否めない。

吉隠の造り上げる怪人は、都市伝説に古典妖怪の特性を付加した捏造の怪異。当然ながら口裂け三姉妹にも、余計な混ぜ物が入れられている。今回は悪狐ではない。三姉妹に付加された古典妖怪は『鎌鼬《かまいたち》』だ。

鎌鼬は三位一体。常に三匹で行動する。一匹目がまず人を転ばし、二匹目が傷付け、最後の三匹目が薬を塗る。だから鎌鼬に斬られても傷は痛まず出血もしないという。

その特性を獲得した口裂け三姉妹は、見事な連携で萌を追いつめる。鎌鼬に斬られても死ぬことはない、少なくとも伝承ではそうなっている。だがそれを口裂け女達に期待はできない。なにせ彼女らの鎌は、確実に首を落とそうと振るわれる。空気を斬り裂く音は背筋が冷えるほどだ。

「こん、のぉ！」

けれど引かない。萌の手には秋津染吾郎の切り札、鍾馗の短剣がある。十把一絡げの怪異に後れを取るほど秋津の想いは安くない。犬神、ねこがみさま。付喪神で足止めをして一気に踏み込み、鍾馗の一撃で葬り去る。

一角が崩れれば後は勢い任せ。暴れ狂う髭面の大鬼の刃は、いとも容易く口裂け女を斬って捨てた。

「アキちゃん、すっごい！」

「まね。染吾郎が量産型の都市伝説に負けますかっての。あー、でも量産型がいるなら『高機動型口裂け女』とか『口裂けキャノン』とかみたいなのがいたり？」

「キャノンって、何撃つの？」

「そりゃあれよ、えーと、べっこう飴？」

口裂け女を撃退してほっと一息。薫の賞賛を軽く受け流し、くだらない雑談を交わす。

しかしすぐに萌は気を引き締め直すと、真面目な顔で携帯電話を取り出した。今の都市伝説は、たまたま遭遇したのではない。明らかに萌や薫の命を狙っていた。このタイミングに吉隠の存在。他の皆が心配になってくる。

「なんかマジでヤバいなぁ。みんな無事だといいけど」

友人達の無事を祈りながら、萌は今宵《こよい》を乗り切るためにそれほど良くない頭を働かせていた。

◆

「追手は来てねえみてえだな。大丈夫か、ああと」

「姫川です。姫川みやか」

「おお、『古結堂《こげつどう》』の嬢ちゃんの。俺は井槌だ。ま、よろしく頼まぁ」

井槌の先導で窮地を脱したみやか達は、道すがら自己紹介を受けた。彼らは藤堂夏樹の実家『暦座キネマ館』で働いており、夏樹や甚夜とも旧知の仲らしい。さらに言えば、彼等もまた鬼。だから溜那のことは心配しないでいいと、井槌は豪快に笑っている。

「さて、逃げたはいいがどこに行くかね」

「それならうちの神社に。両親もある程度事情を知っていますから」

「おっ、いいのか」

「はい。その、甚夜も早く寝かせてあげないと」

「だな。悪い、甘えさせてもらうぜ」

萌ならともかく、麻衣や柳の家はごく普通の家庭だ。いきなりこの人数で押しかけたら迷惑になる。その点、みやかの家は神社で、両親は甚夜の古い知り合いで事情の説明も楽だ。それに、彼を早く休ませてあげないといけない。

荷物のように担がれている甚夜は、かなりの揺れにもかかわらず目を覚まさない。ハッカイの呪いを肩代わりしたせいだ。麻衣が先程からずっと心配そうにしている。みやかも気持ちは同じだが、強い自責の念もあった。一度抱いてしまった馬鹿な考えに、罪悪感が湧き上がる。

「悪い、姫川さん。桃恵さんと梓屋さん、今一緒にいるらしい。二人にも神社に来てもらってもいい？」

「えっ？」

「あの吉隠とかいうやつの狙いを考えたら、そっちの方がいいと思うんだけどな」

走りながら、柳は薫達と連絡を取っていたらしい。どうやら無事ではあるが、あちらも都市伝説の襲撃にあったとのこと。つまり吉隠は、みやかだけではなく甚夜と交流のある者達をことごとく葬ろうとしている。

一か所に集まれば狙われやすいが、柳達からすれば守りやすくもあるだろう。クラスメイトが心配なのもあって、みやかは戸惑いながらも頷いた。ほとんど柳の意見に流されるままだ。普段ならもう少し頭も回るが、今は色々なことが起こりすぎてうまく考えがまとまらなかった。

「みやか、どこに行ってた！　って、刀さんどうした⁉　血を吐いてるじゃねえか⁉」

家に戻ると心配した父が玄関で迎え入れてくれた。必死の形相に、どれだけ心配していたかが分かる。しかし、娘を怒ろうと勢いよく出てきたはいいが、その後ろに続くメンバーを見たことで父の表情は複雑そうなものに変わっていた。

麻衣に柳、甚夜を荷物のように抱えた井槌。反応に困っている父を無視して、みやかは勢いよく捲《まく》し立てる。

「ごめん、お父さん。神社の拝殿借りるね。あと、おふとん。甚夜のこと休ませてあげたいの」

「いや、そりゃ構わんけど。休むならうちでも」

「ううん、もしもがあるから」

「おっ、おお？」

もしも吉隠の襲撃があるとすれば、なるべく広いところの方がいい。

ほとんど説明もせずみやかは家に戻り、柳に頼んで布団を持ち出す。麻衣には、簡単な飲み物食べ物の類をお願いする。わずか五分で準備を整え、すぐに家を出る。

「じゃあ、ごめんね。お母さんにも伝えといて」

「伝えるって何を」

「無事だけど、ちょっと帰らないからって。あと、神社にはしばらく近付かないで」

そう言って神社の拝殿へ向かおうとすると、父は一言だけ口にした。

「みやか、無謀はするなよ」

甚夜の様子からまともな状況ではないと察したのだろう。しかし、父は止めようとしない。それに感謝して、みやかも一言「行ってきます」とだけ返す。無事に帰ったら説教くらいは覚悟しないといけないだろう。

甚太神社はそれなりの規模があるため、拝殿の中も結構な広さだ。別室に甚夜を寝かせた後、みやか達は顔を突き合わせて今後の対策を考えていた。

柳が夏樹や久美子に連絡を取り、その無事を確認した。今から呼びつけるわけにもいかないし、彼らには自宅で待機してもらう。

「……じゃあ、藤堂君の方も？」

「ああ、襲われたみたいだ。こっちは大丈夫だからとは言ってたけど」

当然、吉隠の手の者だろう。それでも大丈夫と言うあたり、ちゃんと対策はあるのだと信じたい。不安そうなみやかに対し、井槌が気の抜けた調子で言う。

「ああ、心配ねえよ。夏樹は、芳彦先輩の血を一番よく継いでいるからな。いざって時に助けてくれる奴もいるさ」

井槌は夏樹のことも古くから知っている。そういう人が大丈夫だと言うのなら、信じてもいいのかもしれない。

安堵したが、状況は決して良くはない。都市伝説の怪人はおそらく、みやか達を優先的に狙ってくる。しかし肝心の甚夜はまだ寝込んでおり、別室では麻衣が彼の世話をしていた。

みやかと井槌、柳の三人で頭を悩ませる。みやかは甚夜を心配していても引け目から傍に行く気にならず、柳はそんな彼女を難しい顔で眺めていた。

その時、拝殿の床がぎしりと鳴った。

「おじゃま、します」

驚いて視線を向ければ先程の少女、溜那がそこにいた。携帯を持っていたので、井槌から場所を連絡しておいてもらったのだ。見たところ傷はなく、服の右袖が破れているところを除けば特に変わった様子はない。汗もかいておらず、先程まで戦いに興じていたとは思えないほどだった。

「おう、溜那。帰ってきたか」

「ごめん、逃がした」

「まあ、仕方ねえさ。あいつはそういうとこ抜け目ねえしな」

都市伝説の怪人はすべて潰してきたが、吉隠は逃がしてしまった。正確に言えば、捏造怪人を囮《おとり》にまんまと逃げおおせたらしい。

「あの、先程はありがとうございました。助けてくれて。それで、その。大丈夫、でしたか?」

みやかはおずおずと溜那に話しかける。

「ん?」

「あっ、いえ。あそこには、せんせ……コトリバコが」

無事でよかったと思う。しかし、あそこにはコトリバコの存在があった。女と子供を殺す究極の呪詛。その影響を受けたであろう溜那がすべての都市伝説を蹴散らし、こうして平然と帰ってきた。それが不思議だった。

「呪いはきかない。私はコドクノカゴだから。黒い紙を黒く塗っても黒いまま。どんな呪いでも私は塗りつぶせない」

井槌が説明してくれたが、彼女はコドクノカゴ。魔を受け入れて魔を宿す、そのための器なのだという。

他ならぬ吉隠によって死者の念を注ぎ込まれて完成した人造の鬼神だから、呪い、特に死者の無念を利用した呪詛の類は溜那には意味を為さない。彼女自身が極大の呪詛を受けて生まれた存在である以上、〝まっとうな〟呪いでは彼女を殺すには至らないのだ。

「ま、特異体質とでも思っといてくれや」

「そう。あと、あなたに言っておかないと」

溜那がまっすぐにみやかを見る。先程出会ったばかりで挨拶もそこそこだった。個人的に話すような内容はなく、一瞬戸惑う。しかし彼女が口にした言葉が、がつんとみやかの頭を殴った。

「伝言。『ごめんね、姫川。男の子にも、ありがとう』って。最期に、そう言ってた」

母の愛が際限なく被害を広げる最悪の怪異に造り替えられたが、幸運にも八千枝はその呪いで誰かを殺すことなく消えていった。最後に残した言葉は、子供ではなく生徒へ。悲しませてしまったかつての教え子への謝罪と、終わらせてくれた男の子へのお礼だった。

「そう、ですか……」

溜那は、みやかと八千枝の関係を知らない。それでも何かを感じ取ったのか、伝言の後はみやかの顔も見ずに離れた。

正直、ありがたかった。多分今はひどい表情をしている。みやかは手で顔を覆い隠し、俯いて嗚咽《おえつ》を漏らす。

辛かったが、すぐに顔を上げる。泣くのは後でいい。ぐっと唇を噛んで涙を堪え、目元を大雑把に拭った。悲しみは無理矢理に押さえつける。強がりでもそれでよかった。

「じいやは？」

「今は別室で寝てる。さすがに辛そうだな」

井槌が答えると溜那が心配そうに視線を落とした。〝ハッカイ〟の呪いは強烈で、彼はいまだに目を覚まさない。

「……たぶん吉隠は、今晩中にここへ来る」

溜那は、よく通る綺麗な声でそう言った。

空気が一段冷えて、ごくりと誰かが息を呑んだ。

「でも、こう言ったらなんだけど、わざわざ？　なんか葛野が動けないいんだから、こっちには手を出さず違うところで暴れそうなもんだけど。それに、日を置いての方がいいと思うし」

疑問を呈したのは柳だった。みやかも似たような意見だった。甚夜らの話から感じた吉隠の印象は、直接的な行動よりも回りくどい嫌がらせを選びそうなタイプだ。そういう相手ならば、もっとじっくりと責め立てる方がらしいとは思う。

溜那が一度頭を捻《ひね》ってから、ふるふると首を横に振る。

「あれはじいやのことを警戒してるし、性格が悪い。じいやが動けないうちに全部を終わらせる」

「警戒はともかく、性格が悪いからってのは？」

「趣味の話。手遅れになってから現実を突きつける。そういうのが好み」

吉隠の目的は甚夜。白峰八千枝を殺して姫川みやか達を狙ったのは、あくまでも彼を苦しめるための手段に過ぎない。

そういう意味では、ここまでは吉隠の思惑通りに事態が動いている。八千枝の死に、みやかは甚夜を責められ、コトリバコにより動けない状態。あとは彼が目覚める前にみやか達を蹂躙《じゅうりん》すれば、吉隠としては最高の成果となるだろう。

かつての仇敵の絶望をもって、吉隠の八つ当たりは終わりを迎える。だから、必ず今晩のうちにみやか達の命を奪いに来るのだという。それはつまり、溜那や井槌ならばどうにでもなると踏んでいるのだ。

「なあ、実際にやり合ってどうだ。吉隠のやつを倒せるか？」

「……ちょっと難しい」

「お前でも？」

「持久力の問題。吉隠は、負の念を〝溜め込む〟。強い弱いより、長引いたら多分私が先に力尽きる」

吉隠の異能は二つ。

負の感情を物理的な干渉に変える〈織女〉と、自分以外の対象一人を死なせない〈戯具《ぎぐ》〉。後者はともかく、前者は厄介だ。おそらく事を起こす前に、奴は入念に準備を整えている。例えば全力で戦っても〈織女〉が途中でガス欠にならないよう、数多の人を殺し負の感情を集める、その程度のことはやっているだろう。

だとしたら持久戦になれば不利だ。能力で劣っていなくとも、捏造された都市伝説を相手取りながら吉隠と戦うのは辛いと溜那は語る。向こうの戦い方次第では、力の強弱以前に最後までもたない可能性がある。

「最低でも、余計なのを誰かに相手してもらわないと、多分どうにもならない」

「ああ、だから〝手が足りない〟。マガツメの娘はよく見てらぁ。ん？　つっても、岡田のヤツは一対一であいつを追い込んだそうだが」

「あの頃とは違う。あれは、もう化け物。普通じゃなくなってる」

みやかには今一つ納得はできなかった。先程の一幕を見たところ、吉隠の体術は甚夜よりも下。ならば化け物と表現するほどではないような気もする。それでも、実際に対峙した溜那の声は重々しい。みやかには分からない何かを感じ取っているのか、口元を真一文字に引き締めていた。

「そんならさ、あたしや富島で援護したらどうにかなる？」

話の途中で意見を出したのは、遅れてやってきた萌だった。口裂け三姉妹を退けた萌と薫は、柳からの連絡を受けて甚太神社へと訪れた。その後ろには、もう一人。連絡はなかったが、みやかも知った顔の姿があった。

「……三浦さん？」

萌の行きつけの花屋の店長、三浦ふうである。みやかの疑問に薫が先回りし、来る途中に会って甚夜が心配だと言うから連れてきたと答える。年下相手でも丁寧に頭を下げた店長は、緩やかな笑みを浮かべている。

「こんばんは、姫川さん。厚かましくもお邪魔させていただきました」

「あっ、いいえ。それはいいですけど」

「甚夜君が、大変だと聞いて。なにかお力になれたなら、と」

彼女はそう言ってくれるが、普通の人である店長には、そもそもみやかや薫にもできることなどほとんどない。ただ、おふうもまた甚夜の旧知であるならば、吉隠が狙う対象にはなり得る。だとすれば、ここに来てくれたのは案外都合がいいのかもしれない。

「といっても、私に何ができるというわけでもありませんが」

「なに言ってんの、店長。できるできないじゃないっしょ、こういうのは。ね、みやか？」

「ん、そうだと思う。三浦さん、来てくれてありがとうございます」

萌の発言を聞き、みやかの目に少し力が戻った。ある都市伝説のことを思い出したのだ。

「で、どう？　あたしや富島で捏造された都市伝説は引き受ける。そんで、吉隠と一対一。それなら」

萌が挨拶もせず提案すると、溜那が黙って頷く。

「やってみないと分からない」

「裏を返せば、やる価値はあるんじゃない？」

井槌も案外乗り気なようで、とりあえずの方針は決まった。

少しだけ空気が緩むなか、柳が立ち上がって外を睨みつける。敵意に敏感な彼だから、一番早く反応した。

「みんな、早速だけど、来たみたいだ」

遅れて気付いた面々も弾かれたように拝殿の外へ飛び出す。

「みんなは出てきたら駄目だよ。甚と一緒に待ってて。まだ寝てるんでしょ？　その間に終わらせてくるから」

心配そうに見つめるみやか達にそう言うと、萌も外に出る。境内にはやはりというか、吉隠の姿があった。

「あっ、よかった。溜那ちゃんに井槌。それに子供達も。みんなお揃いだね」

現れた吉隠の周囲には、都市伝説の怪人はわずか二体。対峙するのは井槌を中心に溜那、萌と柳。数の上ではこちらが上だ。にもかかわらず吉隠の態度は崩れない。溜那と一度はやり合った。それでいてあの余裕は、相当な自信がある証拠だろう。

境内の空気はぴんと張りつめている。溜那や井槌はともかく、いくら力はあっても萌や柳は高校一年生だ。まだこういった場には慣れておらず、強大な敵の圧力に押されてかすかに冷や汗を流していた。

「おう、余裕じゃねえか。見たところ、連れは少ねえようだが」

「あはは、さっき溜那ちゃんに大分やられたから。ちょっと心許《こころもと》ないし、ぼくも全力でやらないといけなくなった」

睨みつけられても、吉隠は軽い態度のままだ。井槌がそれを痛ましい表情で見つめている。

「なあ、吉隠よ。なんでお前はこんなことをする？」

「甚太くんは叡善さんを殺して、計画を邪魔した。ぼく自身も斬られた。恨みつらみはあって当然じゃない？」

「だから、ガキどもを殺すってか」

「まあ、そこだけ見たらそうだけどね。そっちの方が愉しいし」

愉しいという表現に、みやかは恐怖を感じた。その言葉に嘘はない。あの鬼は、人の命を奪うことになんの罪悪感も抱いていない。趣味の延長程度の感覚で、みやか達を殺そうとしている。

「目が覚めた時、みぃんな亡くなってたら、鬼喰らいはどんな顔をするだろう？　想像するだけで笑えてくるよね」

「お前は、そんなことのために」

「娯楽っていうのは、そもそも無駄だし意味なんてないものだよ。むしろそっちの方が健全だと思うな」

例えば漫画を読むのもゲームをするのも、旅行に行ったりスポーツをしたり、皆でどこかへ出かけたりも。時間の無駄だし大した意味もなく、けれど愉しいのが娯楽だ。それと同じ。非合理で、為したところで得られるものはない。わざわざやる必要性は欠片《かけら》もなく、非常に手間だ。だとしても、だからこそ愉しいのだと吉隠は言う。

「井槌、むだ」

「……分かってる。分かっちまったよ」

もしかしたら井槌は、説得に応じてくれるのではと期待していたのかもしれない。しかし吉隠はとっくに越えてはいけない線を越えてしまっている。

「まわりは任せる。私は」

「おっけ、お願い」

ずいと一歩、溜那が前に出た。それに合わせて萌と柳、井槌がそれぞれ都市伝説の怪人を睨みつける。

「なら、始めようか」

軽い物言いと共に気配が一変した。黒い瘴気《しょうき》が吉隠を包む。

あの鬼の異能は〈織女〉、その特性は〝想いを操る〟こと。想いというのは何も美しいものばかりではない。後悔無念、悪意殺意、嫉妬憎悪。負の感情もそれに含まれる。〈織女〉は自身の、そして他者の想いを取り込んで物理的な干渉へと変換する異能だ。物理的な威力を持つにまで至った負の感情。それが黒い瘴気の正体であり、想いを形にするという力の本質。つまり〈織女〉とは、比喩表現ではなく、悪意で誰かを傷付ける力なのだ。

「ねえ、なんかこれおかしくない？」

「あ、ああ……」

吉隠の能力の概要は聞かされていたが、目の前で起きている現象は何か妙だ。井槌達が警戒を強めている。唯一表情を変えないのは溜那だけだった。「吉隠は化け物だ」と彼女は言った。溜那は吉隠の隠したものに初めから気付いていたのかもしれない。

『そもそもさ、ぼくは前に鬼喰らいに負けているわけで。だったら当然、勝つための手段は探すよ。どんなに策を巡らせても、最終的に物をいうのは〝げんこつ〟だと思うからね』

故に、自身の力を高めることは忘れていない。ただ単純な体術を鍛えるのではなく、〈織女〉

を突き詰めた。通常の戦い方では、剣術に長けた鬼喰らいには届かない。だからより強く、人でも鬼でも届かない、圧倒的な〝何か〟を願い模索したのだろう。

その結末がここにある。

負の感情で体躯《たいく》を満たし、〈織女〉で捻《ね》じ曲げ、その存在を人でも鬼でもないものとする。即ち〝己を都市伝説へと変える〟。マガツメでもコドクノカゴでもない。新しい神話の主、現代の鬼神への変化をこそ、吉隠は目指した。

「ごめんなさい。ちょっと読み違えてたかも」

それを目にした溜那は、困ったようにそう零した。

まず、目についたのは六本の腕。上半身の姿はあまり変わらないが、六本の腕が生えた異形《いぎょう》となってしまっている。続けて下半身に目をやれば蛇。ラミアやエキドナなどのような、人間と蛇を組み合わせた姿だった。

その異形もさることながら、眼前の鬼は溜那でさえ動揺するくらいに凶悪な気配を放っている。

あれは、まずい。

言葉にしなくても誰もが理解した。

『なんか嫌な感じだけど、蛇と巫女。ぼくと一番相性のいい都市伝説って、やっぱり〈かんかんだら〉なんだよねぇ』

今の吉隠は、真実〝化け物〟なのだと。

《かんかんだら》

好奇心から立ち入り禁止区域に足を踏み入れた三人の中学生が遭遇した怪異。封じられた、堕ちた巫女の都市伝説だ。

かんかんだらは蛇と巫女の合成。上半身は腕が六本あるものの人間の女性の姿、下半身は蛇の姿をしているとされる。非常に危険な化け物であり、特に彼女の下半身を見た者は決して助からないという。

その始まりは遠い昔、いまだ怪異が力を持っていた頃のこと。ある地方の村は、人を喰らう大蛇に悩まされていた。村人は大蛇を恐れ、神の子として様々な力を代々受け継いでいた巫女に退治を依頼した。

優しく美しい巫女は村人の安寧を願い、大蛇の討伐に赴く。村人達が陰から見守る中、巫女は大蛇を退治すべく懸命に立ち向かった。しかし彼の怪異は非常に強力、わずかな隙をつかれ、巫女は大蛇に下半身を喰われてしまった。

それでも諦めることはなかった。自分はこのまま死ぬ。だけど村人達のためにも負けるわけにはいかない。せめてあの大蛇だけは、倒さねば。

決意を胸に最後の力を振り絞ると、巫女は村人を守ろうと様々な術を使って必死に怪異へ食らいつく。けれど優しい巫女の心は、容易く踏み躙られた。他ならぬ村人たちによって。

『大蛇様、お願いです。この巫女を生贄《いけにえ》として捧げますので、どうか村の者には手を出さないでください』

下半身を失った巫女に勝ち目がないと決め込んだ村人達は、事もあろうに巫女を生贄にするから村の安全を保障して欲しいと大蛇に持ちかけたのだ。

強い力を持つ巫女を疎ましく思っていた大蛇はそれを承諾し、食べやすいようにと村人達に腕を切り落とさせて達磨《だるま》状態の巫女を喰らった。

『なぜ、こんなことを』

『うるさい。負けるお前が悪いのだ、この役立たずが』

身命を賭《と》して守ろうとした村人に裏切られ、巫女は蛇に喰われて無残な最期を迎える。

こうして村人達は一時の平穏を得た。

後になって分かったことだが、これはすべて巫女の家族が思案した計画だったという。美しく能力も高い巫女に嫉妬した家族は、彼女の存在を邪魔に思っていた。だから人では到底倒せない大蛇だと知りながら、巫女をそこへと遣わしたらしい。この時の巫女の家族は、六人だったそうだ。

その後、異変はすぐに起きた。なぜか大蛇がある日から姿を見せなくなり、襲うものがいなくなったはずの村で次々と人が死んでいく。村の中で、山の中で、森の中で。死んだ者達はみな、右腕か左腕のどちらかがなくなっていた。

犯人は裏切られた巫女。怨念から大蛇と同化し、〈かんかんだら〉と呼ばれる存在へと変じていたのだ。

結局、村人と巫女の家族のほとんどが死亡。生き残った四人は、巫女の家で怨念を鎮めるためのありとあらゆる事柄を調べてどうにか、かんかんだらを鎮めた。

村人にとってのかんかんだらは、自身を救おうとしてくれた巫女ではなく、危害を加える化け物でしかなかった。自身を疎んだ家族と村人によって彼女は怪異となり、巫女の力をもって封じられた。かんかんだらは優しく美しい巫覡《ふげき》の、慈愛の行き着く先を語る哀れな都市伝説。

人を愛し、人に切り捨てられた巫女の成れの果てである。

吉隠はミヅチの巫女。蛇と巫女の都市伝説である『かんかんだら』とは非常に相性が良く、だからこそ強大だ。

『さ、終わらせようか。甚太くんが目を覚ます前に』

異形と化しても吉隠は相変わらず笑顔のままで、高らかに雄叫びを上げた。

# 5

みやか達は誕生した異形が放つ淀んだ気配に息を呑んだ。

人を愛したミヅチの巫女は堕ち、かんかんだらとなった。左右に三本ずつ、計六本の腕が蠢《うごめ》いている。大蛇となった下半身は、まるで太い幹のようだ。上半身は中性的で整った容姿のままであり、だからこそ歪に感じられる。

「うげ……」

萌が嫌そうに声を上げた。彼女のようにあからさまな反応は見せないが、この場にいる全員が似たような気持ちだった。

あれは、化け物だ。

溜那が吉隠を、井槌らがまわりの都市伝説を相手する。その思惑は最初から外れることとなる。かんかんだらとなった吉隠が怪人達に手をかけると、溶けるように消えていく。食べられているのだ。〈織女〉は負の感情を操り、物理的な干渉力に変える。ならば仄暗《ほのぐら》い情念から生まれる都市伝説達は、格好の食料なのだろう。あれらは初めから力を溜め込むための栄養に過ぎない。喰い終わった吉隠は、あからさまな作り笑いを張り付けている。

「ごめんなさい、読み違えた」

「いや、ありゃ仕方ねぇ。謝ってる場合じゃねぇぜ。今度は邪魔になるとか言うなよ」

溜那が黙って小さく頷く。

元々彼女が一人で吉隠を相手取ったのは、自分より弱い井槌への気遣いであり、子供達を危険な目に晒すような真似はしたくないという配慮だった。そう判断したのは、倒すまでは至らなくとも一人でも吉隠をある程度抑えきれる自信があったからに違いない。

しかし、彼女の判断は覆された。

「冗談じゃ、ないっ」

「これ、マジでヤバすぎるんですけど……⁉」

苦悶に顔を歪ませる柳達に、萌が咄嗟《とっさ》に何かを投げ渡す。

天然石のドール。みやかももらった、呪いの肩代わりをしてくれる彼女お手製の付喪神だ。

かんかんだらの特性は、「蛇の下半身を見た者は、助からない」と言わしめるほどに殺傷力の高い〝存在そのもの〟。コトリバコほどの即効性はないが、視認するだけで結ばれる呪詛。呪いが効かないという溜那はともかく、他の者達は対峙するだけで蝕《むしば》まれていく。事実、萌から渡された呪い避けのドールでも軽減しきれないのか、吉隠に対峙している井槌達はじくじくとした痛みを感じているようだ。

吉隠を倒すどころか、こちらの安全の確保さえ危うい状況に、溜那が整った顔をわずかながらに歪める。

『あは、愉しいなぁ！』

空気を根こそぎ抉《えぐ》り取り、蛇の尾が辺りを薙《な》ぎ払う。攻撃では生温い。暴虐の域にまで達した、理不尽な一撃。溜那達をまとめて叩き潰すだけの威力がそこにはあった。

「……っ！」

長引けばそれだけ負担がかかる。選択肢は極端に狭められた。そのなかで溜那は、子供達を助けるには逃がすのではなく、かんかんだらを打ち倒さなくてはいけないと理解した。

溜那が躊躇いなく駆け出す。めきめきと奇妙な音を立てながら彼女の右腕は身の丈の二倍ほどまで膨張した。全霊の拳を瞬時に叩き込む。ずうん、と地鳴りのような重苦しい音が響き渡った。

『さすがに、易々とはやらせてくれないね』

「当たり前。お前なんかに負けない」

蛇の尾の薙ぎ払いと巨大な異形の拳。共に人から外れた力がぶつかり合い、余波だけで体が震えた。

ひとまずは互角。だが、数多の悪意を身に溜め込んだ吉隠が持久力では勝る。ならば決着は早々に。こちらが力尽きる前に、あの尋常ではない怪異を上回らなくてはならない。

「……おいでやす、鍾馗様」

両者が拮抗《きっこう》している間に、突如として現れた髭面の大鬼の一刀が振り下ろされる。三代目秋津染吾郎の造り上げた、秋津に代々伝わる付喪神である。特殊な能力ではない。純然たる力の塊は、かんかんだらと化した吉隠でさえも退かせる。

隙は逃さないとばかりに、溜那が頭を叩き潰す勢いで拳を放つ。しかしそうも容易く事は運ばず、その一撃は三本の腕に搦めとられて反撃の蛇の尾が無防備な萌を襲う。

「坊主！」

「分かってる！」

瞬時に柳が駆け出すと、数え切れないくらいの刃物を吉隠の顔面へ放ちながら、萌を連れて一気に後退した。

ダメージを与える程ではないが、目くらましにはなってくれた。吉隠の暴虐は空振り、すんでのところで事なきを得る。だが止まらない。続けて太い幹のような体躯から、薙ぎ払いが繰り出される。庇うように井槌が割り込み、それを受け止めた。

「んがっ……⁉」

井槌が歯をくいしばって耐えている。たった一撃受けただけでも相当の負担があるのだと、傍《はた》目《め》からも分かった。

それでも、どうにか防いだ。四肢にありったけの力を籠め、井槌がかんかんだらの体を無理矢理に引っ張る。相手も無抵抗ではない、当然堪えられてしまうが、ほんのわずか動きが止まれば十分。

「ん……」

溜那が黒い塊を産み出して、それをかんかんだらにぶつける。どこかコトリバコの呪いに似た力は、人造の鬼神、コドクノカゴとしてのものだ。

『〈織女〉に近い、物理的な干渉力を持つまでに圧縮された呪詛。だけど、悪いね。理屈が同じなら防げて当然だよ』

今の溜那の一撃は致死の一手だったはずだ。それを吉隠は〈織女〉の黒い瘴気で強固な膜を作り遮った。

『自分の考えが証明されるのは最高だね。今のぼくは、鬼神をも凌駕《りょうが》するってことだ』

まるで人ごとのような軽薄な笑い声が境内に木霊する。

四人がかりでようやくまともにやり合えるレベルの難敵。吉隠は本当に、新しい鬼神へと至ろうとしていた。

◆

神社の境内で激しい戦いが繰り広げられている最中のことである。

くらり、花の香に酔う。

甚夜は、甘酸っぱい花の香りを懐かしく感じた。春の訪れを告げる沈丁花《ジンチョウゲ》の香りだ。花の名は昔おふうに教えてもらった。思い出の彼女は、いつも美しい花と繋がっている。

「ここ、は……」

長く眠っていたせいか、頭がうまく働かない。花の香りに誘われてゆっくりと軋む体を起こせば、まず鮮やかな花の咲く庭が目に入った。どうやら古い武家屋敷の縁側で眠っていたようだ。目覚めると、全身に残った痛みが再び襲ってくる。そのおかげで今までの経緯も思い出した。

「ああ、甚夜君。気付かれましたか？」

傍らには、おふうが座っている。縁側から切なげに庭を眺める彼女はひどく希薄で、今にも消えて行ってしまいそうなくらい頼りなかった。

「おふう……そうか、ここは」

「懐かしいでしょう？　ここは既に失われた場所。かつて、幼い私が過ごした幸福の庭。……もう、戻ることもないと思っていましたけど。巡り合わせというのは不思議ですね」

江戸の頃だったか、ここには来たことがある。

〈夢殿《ゆめどの》〉。幸福の庭へ帰りたいと願ったおふうが造り上げた、現世とは異なる箱庭だ。

「大丈夫、ゆっくりと休んでください。ここでは、外の世界よりも遥かに速く時が流れる。いつだって大切なものこそ簡単に失われる……思い出は、どうしようもなく歳月の彼方に押し流されていくものですから」

それが〈夢殿〉のルールだ。

ここはおふうの夢見た場所でありながら、理想には今一歩届かない願い。〈夢殿〉は箱庭を造り、その中に入ることのできる、空間を制御する異能である。

その本質は「思い出の再現」。ここにいる限り、おふうは幸福な思い出に浸れる。ただし、他の者を招き入れた場合、〈夢殿〉の主たる彼女以外の時間は異常なまでに速く流れる。ここでの一年は、外の世界では一瞬。幸福の庭では誰もが彼女より早く寿命を迎える。流れ去る幸福の日々に取り残されてしまった彼女は、その速さについて行くことができないのだ。

今回は、それが功を奏した。

「コトリバコの呪いは、時間をかけることでしか緩和できないそうです」

「なるほど。であれば、確かに巡り合わせの妙だ」

「でしょう?」

コトリバコは近付けば呪われるという性質上、解呪ができない。その呪詛を受けた者は、神社や寺などで長い年月をかけて少しずつ清めて呪いを薄めていくしかないという。故に、〈夢殿〉のデメリットが役に立つ。外では一瞬だが、幸福の庭で眠る甚夜にとっては長い歳月が過ぎ去った後だ。おかげで多少呪詛が薄れ、どうにか目を覚ますことができた。

「綺麗、だな」

「ええ。大切な思い出ですから」

縁側に腰を下ろした甚夜は、おふうと共に春の花が咲き誇る幸福の庭を見つめる。

あの頃は、鬼女の哀切の象徴だった。けれど今は素直に綺麗だと思える。変わったのは景色ではない。百を超える歳月が過ぎ、ほんの少しだけ前に進めたことで、以前とは違い花を愛でる余裕ができた。

「時折、考えるんだ」

その分、今までなら考えもしなかった、余計なことを悩む暇も生まれてしまう。

「本当に時折だが。こうしていていいのだろうかと」

甚夜は視線を幸福の庭に向けたまま、頼りなく言葉を零した。

雪柳の季節は過ぎ去ってしまった。外の世界は秋、戻川の近くには透き通る風に揺れる彼岸花が咲いていることだろう。死人花、地獄花、幽霊花。彼岸花の異称は多々あり、古来より不吉な花だと忌み嫌われる。しかし可憐《かれん》な佇《たたず》まいは、名のおどろおどろしさからは随分と遠い。秋の川縁の景色は、思わず息を漏らしてしまうほどに優美だ。

「多くのものを踏み躙ってきた。それを忘れて幸福に浸るなど、許されるのだろうかと」

子供達には聞かせられない弱音だった。吉隠は甚夜の周囲を狙ってきた。つまり甚夜の大切な者を傷付けたのは、自身の過去に他ならない。

「そんなことを言ったら、誰一人幸せになる権利なんてないでしょう」

「そう、だな。多かれ少なかれ、誰もが間違いを犯す。正しさだけを選び取って生きていくなどできはしない……分かってては、いるんだ」

それでも今回の件は、間違いなくかつての甚夜が引き起こした。

あの時、確実に吉隠を討っていれば。そもそも、もっとうまくやれていれば。人を、鬼を殺しながら生きた日々がなければ、こうはならなかった。過去に手を伸ばしたところで為せることなどないと知っている。だからこれは、どうにもならない現状を愚痴っているに過ぎなかった。

「少し、弱気になっているのかもしれませんね」

「そのようだ。過去が、かつての因縁が今を害しにきた。だからそんなことを考えてしまったのだろう」

過去を否定することは、現在に対する侮辱だと思う。辿り着いた景色を美しいと感じられたならば、歩んできた道のりは間違いであっても、大切だったと胸を張って言えるはずだ。しかし今が幸せであればあるほど、小さな棘《とげ》が刺さった胸は時折痛む。どれだけ自分を肯定したとしても、棘はきっと抜けない。

「では、あなたの幸福も過去に委《ゆだ》ねてしまえばいいのです」

その痛みは、同じく長い時を生きる彼女にとっても、同じだったのかもしれない。だから儚《はかな》げな微笑みで、いっそ無責任なまでに甚夜の愚痴を放り投げる。

「過去が今を害しにきたというのであれば、幸福もまた過去の結果。貴方の積み重ねてきたものの一つに過ぎません。ならば、幸福だけ別として目を逸らすのは違うとは思いませんか？」

諭すというよりも力業だ。過去が今を作るのならば、幸福もまた過去の結果。過去に残した禍根と変わらないものでしかないとおふうは語る。

ああ、やはり彼女には敵わない。言葉だけで心変わりできるほど若くはないが、それでもいくらかは軽くなったような気がする。

「ありがとう、おふう。悪いが、そろそろ行かせてもらう」

呪詛は薄れて痛みも消えたが、心の整理がついたとは言い難い。しかし、いつまでも立ち止まってはいられない。

「はい、今お送りします。お気を付けて」

おふうは当たり前のように答えた。

〈夢殿〉でならば一年二年休んだところで外では瞬きの間。多少の休息くらい何の問題もない。互いに理解しながら、それを選ばない。まるで打ち合わせでもしていたかのようにすんなりと話はまとまった。

「止めないんだな」

「すぐに行くと、そう言うと思っていましたから」

「君なら、そう言ってくれると思っていた」

吉隠は難敵だ。体調は戻ったが、万全を期すならまだやれることはあるかもしれない。それでも今すぐ戦いに臨もうと思ったのは、吉隠がどうこう以前に、きっと自分を曲げられなかったからだ。

「貴方は、たくさんの想いを大切にしてきたのでしょう？　なら、受け取った心を薄れさせるような真似はできませんよね」

直接口にしなかったが、みやかは思っただろう。〝貴方さえいなければ〟と。ここでもう少し休めば、心の痛みは薄れるはずだ。ただ、同時に失ってしまう何かがきっとある。

「ああ。歳月は痛みを薄れさせる、だが、痛みと共に失ってしまうものもある。……私は、それを仕方ないで済ませたくはないんだ」

立ち止まれば楽にはなるが、代わりに色々なものと向き合えなくなる。あの子の憎しみは、ちゃんと真正面から受けてやらないといけない。今は不合理でも愚かでもいい。冷静な判断で彼女の心を蔑《ないがし》ろにする男ではありたくなかった。

「だから、けじめをつけてくる」

吉隠のことも、みやかの痛みにも。あれを斬り伏せ、その後は憎まれても仕方がない。代わりに死ねと言われても従ってはやれないし、過去を取り戻せもしない。とにかく、責められても真《しん》摯《し》に受け止めよう。そのくらいしか甚夜にできることはないのだ。

「ほんと、馬鹿ですね」

「悪いな、性分だ」

「知っています」

余計な言葉はいらない。いつだって呆《あき》れながらも彼女は送り出してくれた。

微笑んで。

「行ってらっしゃい」

「ああ、行ってくる」

もしもすべてが終わったのなら、おふうと並んで秋風に揺れる彼岸花に酔いしれるのも悪くないかもしれない。

甚夜は小さく笑みを落とし、しっかりと夜来を握り直した。

◆

「……はぁ」

溜那が苦しそうに息を漏らした。

致命傷には程遠い。しかし全身に傷ができて出血している。

「おう、溜那。無事かぁ」

「とうぜん。あんなのに負けない」

「そんだけ言えりゃ十分だな」

矢面に立って攻撃を受け止め続ける井槌の方がダメージは大きい。萌や柳を幾度も庇った、それでも膝をつかないのは彼の意地だろう。

「悪い、も……無理かも」

「富島ぁ、しっかり、しなさいよ。男の子から意地取ったら、何が残んの？」

柳や萌にとっては、かんかんだらと対峙するだけでも負担だ。柳はほとんど動けず、それを支える萌も限界だ。あの怪異の前に立った時点で、逃げる道など端からない。四対一でも吉隠には届かなかった。

『まあ、さすがに子供達には負けてやれないけどね。意外だったのは井槌かな？』

余裕綽《しゃく》々《しゃく》といった態度で、吉隠はかつての同僚に視線を向けた。不思議そうにというより小馬鹿にしている。井槌は盛大に舌打ちをしてみせた。

『なんで異能を使わないのかと思っていたけど。君、使えなかったんだね』

指摘通り、井槌は歳月を重ねたが今も昔と変わらず異能を宿してはいなかった。通常、百年を経た鬼は力に目覚めて高位の鬼となる。しかし彼はそうならなかった。

「おう、そうだよ」

『残念だね。異能があったら、もう少し強くなれたのに』

「残念なもんか。今の俺にゃあ、自分で叶えられねえ願いなんてないし、必要ねえんだ」

鬼の力は才能ではなく願望。心から望み、なおも今一歩届かない願いの成就だ。だから井槌は、百年を経ても異能に目覚めることはなかった。

大正の世をぶっ壊したいと願った鬼は甚夜に敗れた。己が弱さを認めて、キネマ館『暦座』の従業員になった。そこで、人でありながら自分よりもはるかに強い〝芳彦先輩〟と出会った。一緒に働いた。芳彦が成人した時は、キネマ館の皆で集まり酒盛りもした。芳彦の盃に井槌は酒を注ぎ、窘めながらも甚夜も嬉しそうにしていた。岡田貴一もその場にいたか。呑めや歌えやどんちゃん騒ぎ。酒宴は一晩中続いて、希美子に正座させられて怒られたのを覚えている。

希美子といえば、結婚する時の騒動は腹を抱えて笑った。芳彦は奥手で告白するのも一苦労。父親の説得なんてさらにだ。希美子の方も、溜那に背を押されても恥ずかしがってばかりいた。そんな二人を微笑ましく眺めたものだ。

戦後、空襲で焼けたキネマ館を再建するために奔走する夫妻を傍で支えた。映画の全盛期を経て、昭和後期の衰退。幾度も降りかかる苦難を館長の芳彦、その妻である希美子、その子供達や甚夜や溜那、皆で力を合わせて乗り越えてきた。

そうやって歳月を重ねてきたから今がある。もう世の中をぶっ壊したいなんて思わないし、身の丈に合わない願いを抱くこともない。暦座キネマ館で過ごす日々に井槌は報われた。叶わない願いに焦がれるはずもなく、故に井槌が異能を得ることはなかったのだ。

『へえ。昔は〝弱いってのは惨めだ〟なんて言っていたのに』

「まったくだ。だがよ、弱いってのも悪くねえさ。もう、ない物ねだりはしねえ。俺は、十分すぎるくらい報われたんだ」

だから井槌は弱いまま。なんの力もない下位の鬼のままで立ち向かう。

そこで初めて吉隠が不快そうな顔をした。

『ふぅん。分からないなぁ。弱いのが嬉しいなんて気持ち』

井槌は何も反論しなかった。代わりに、鉄のように冷たい声が届いた。

「こいつは強いさ。少なくとも、お前などよりはな」

同時に飛来する特大の斬撃。〈合一《ごういつ》〉……〈剛力《ごうりき》〉〈飛刃《ひじん》〉の同時行使。威力を高められた一太刀だったが、吉隠は大して動揺もせず冷静に〈織女〉でそれを防ぐ。

『思ったより、早く来たかな』

「高校に通うようになって初めて知ったんだが、どうにも私は、やり残しがあるとゆっくり休めない性質らしい。宿題も厄介ごとも、邪魔者も。早めに片付けておくに限る」

『あはは、言うね』

吉隠の視線が井槌から甚夜に移る。

彼は、まるで散歩でもするかのように悠然《ゆうぜん》と姿を現した。

かんかんだらを前に、気負いなくゆったりとした所作で切っ先を突き付ける。

「決着を……いや。そろそろけじめをつけておこうか、吉隠よ」

そうして甚夜は、大正から続くくだらない因縁を終わらせると宣言した。

# 6

捨てられたから、いらなくなった。

壊れちゃったから、壊したかった。

たくさん泣いてきたから、その分たくさん愉しみたくて。

だけど、時折ちらつく景色もある。

なにかとても大切だったような。

ああ、でも、よく思い出せない。

願ったものは、なんだっけ？


甚夜は四人を庇うように吉隠と対峙する。

上半身には六本の腕、下半身は大蛇。少し見ぬ間によくもここまで様変わりしたものだ。変わったのは外見だけではない。眼前の鬼から漏れる気配は、かつての溜那、コドクノカゴにも匹敵する。

「じいや……」

ほっ、と溜那の口から安堵の息が漏れた。

桃恵萌は、十代目秋津染吾郎だけに実力は折り紙付き。特に切り札である鍾馗は、単純な能力値でいえば溜那に迫るほどだ。それでもまだ子供であり、能力の高さに反してその扱いには拙《つたな》さが残る。富島柳は、そもそも能力自体が援護向き。元は普通の高校生ということもあって踏んだ場数も萌に及ばず、あまり高望みはできない。下位とはいえ鬼である井槌は、膂力《りょりょく》に優れ打たれ強い。しかしガトリング砲を失い、異能も持たないので決定打に欠ける。

結果、どうしても溜那が矢面に立つ形となり、最も負担が大きかった。甚夜の登場で誰よりも助かったのは、涼しい顔で誤魔化しながらも心身ともに追い詰められていた彼女だろう。

「溜那、ここからは替わろう」

「ごめんなさい、たおせなかった」

「なにを。子供達を守ってくれて、なにより無事でいてくれてありがとう」

溜那が一歩引いて、吉隠の挙動に目を光らせた。甚夜が前に出るのなら、子供達を守るのは自分の役目ということか。

「甚……大丈夫、なの？」

呪詛に苦しむ姿を見ていたからか、萌は目を大きく見開いている。柳も似たような心地らしく、狐につままれたような顔をしていた。彼らの目には確かに心配の色がある。それが、少しだけ辛い。いつになっても慣れない。こうやって素直に案じてくれる誰かの前で本性を晒すのは。

「ああ、君達が体を張ってくれたおかげで、ゆっくりと休めたよ。……後は、任せてくれていい」

「でも、あたしだって、まだ、やれる」

「いや、本当にいいんだ。餅は餅屋、化け物の相手は化け物がやるさ」

甚夜は子供達を一瞥《いちべつ》し、再びかんかんだらを睨み付ける。

瞬間、彼の体が奇妙な音を立てて変化し始めた。みるみるうちに筋肉は肥大化し、体躯は一回り以上巨大になった。浅黒い、くすんだ鉄のような肌。袖口から見える、異常に隆起した赤黒い左腕。白目まで赤く染まった異形の目。顔は右目の周りだけが黒い鉄製の仮面で覆われている。そのせいで異形の右目が余計に際立って見えた。

髪は宵闇でなおも輝く銀色に変色し、円と曲線で構成された、漆黒を赤で縁取りした不気味な紋様《もんよう》が皮膚に浮かび上がる。右腕は若干太さを増し、鋭利な爪がよく目立つ。しばらくして変化は止まり、境内には異形がもう一匹増えた。

数多の鬼を喰らってきたが故の、歪で醜悪な鬼の姿である。

「葛野……それ。その、姿」

「離れていろ。加減はしてやれない」

「あ、ああ……」

柳が茫然としている。その反応が普通だ、今さら傷付くことはない。

吉隠は想定した以上の難敵だ。加減して相手取れるような輩ではなく、一度やると決めた以上迷いも躊躇《ちゅうちょ》もない。ここから先は、怪異同士の喰らい合いだ。

『けじめ、かぁ。うん、いいね。そろそろ君の顔も見飽きたし、派手に遊ぼうか』

「お前にとっては今生、最後の戯れだ。多少は付き合おう」

『甚太くんってさ、何気に結構ノリがいいよね』

吉隠の笑みには余裕がある。お前如《ごと》きにそんな真似ができるものか。傲慢ではなく、相応の実力に裏打ちされた余裕だ。

実際、見栄を切ったはいいが、決して状況はよくない。かんかんだらの呪詛は、向かい合うだけでも効力を発揮するらしい。なにより半人半蛇の妖異と化した吉隠の力は、以前とは比べ物にならない。

だが、問題はない。苦難も窮地もとうの昔に見飽きている。ここで臆するほど初心《うぶ》でもなく、格上相手などそれこそ今さらだ。

『にしても、反応薄くない？　今のぼくは〈かんかんだら〉。もう少し驚いてくれてもいいと思うけどなぁ』

鬼神に迫る力を得た自負からか、不満そうに吉隠は口を尖らせる。態度は相変わらず軽く、甚夜の返答も投げやりなものになった。

「なに、人から外れているのはお互い様だ。怯《ひる》ませるには、ちと外連《けれん》が足りないな」

『あはは、それもそっか。お互い化け物だもんね。でも、その度合いには、違いがあるんじゃないかな？』

今の吉隠は都市伝説、現代に流布される新しい神話の主。古い鬼である甚夜とは格が違うとでも言いたげである。奴には自惚《うぬぼ》れるだけの、隔絶した力があった。

合図はいらない。気安い雑談から、流れるように吉隠の体は蠢《うごめ》く。堕ちた巫女の都市伝説は、その憎しみをぶつけるかのような、理不尽なまでの荒々しさで甚夜へと襲い掛かった。

「っ……！」

蛇の下半身でありながら、吉隠の挙動はいっそ気色が悪いほど滑らかだ。踏み込みの動作がなく、だというのに尋常ではない速度で距離を詰める。咄嗟に飛び退いたが、回避と呼ぶにはあまりに無様。全力で逃げたのに掠った。

『よく避《よ》けたね』

「動きは読めなくても下種《げす》の考えは読める。どうやら不意打ちの類が好み、初めから警戒くらいはする」

人の下肢を持たないからこそ初動はひどく読み難い。それでいて、掠めただけで皮膚を容易に裂く。肩慣らし程度の一撃でさえ、こちらの想定を容易に超えてくる。自慢するだけのことはあった。確かに外見だけではなく、中身の方も大した化け物だ。

『あはは、ひどいなぁ。下種もお互い様だろ？』

「違いない。私もお前とさほど変わらん」

『へぇ、素直だねっ！』

高らかな嘲笑と共にそのままぐるりと反転し、蛇の尾で薙ぎ払う。

回避は間に合わない。〈不抜〉で受け止めるも、衝撃は桁外れだ。体は壊れないが踏ん張れず、そのまま甚夜は吹き飛ばされた。

井槌を相手にしていた時は、まだ手加減していたらしい。殺意が籠れば威力も相応、〈不抜〉

でも痛みが伝わってくるほどだ。壊れない体とはいえ完全ではない。本来の使い手である土浦《つちうら》もまた〈剛力〉〈疾駆《しっく》〉の同時行使は防げなかった。つまり吉隠の一撃は、それに匹敵するということである。

「〈飛刃〉」

〈不抜〉を解き、返す刀で、息で三度斬撃を放つ。

吉隠はよけようともしなかった。吉隠の力は、速度では〈疾駆〉、膂力では〈剛力〉に匹敵するが、それらは所詮余技。己が身を都市伝説に変えることで得た後付けに過ぎない。奴には〈織女〉がある。黒い瘴気は鞭に変わり、飛ぶ斬撃をいとも容易く叩き落とす。

『ほら、ちょっとすごいでしょ？　今のぼくは鬼神をも上回る。同じ化け物って、それはさすがに自惚れが過ぎるよ』

止まらない。憎しみに歪んだ巫女は、大蛇となって命に食らいつく。

『新しきに古きは駆逐されて当然。ここで潰れろ、時代遅れの古き鬼』

吉隠は躍動し、にたりとそれこそ蛇のように嗤《わら》う。

そして矮小《わいしょう》な鬼を、古い時代の象徴を叩き潰さんと全霊の一撃を振り下ろした。

◆

桃恵萌は十代目秋津染吾郎だ。

目の前で甚夜が鬼になったとて、父や祖父から既に聞き及んでいる。だから恐ろしいとは思わず、それどころか話の通りだと少しばかり興奮したくらいだ。クラスメイトで、親友で、昔から憧れていた。だから彼女は、鬼と為った甚夜を恐れなかった。

その一方で、吉隠のことは怖いと思った。人から外れた容貌、それは甚夜も同じだしそもそも見慣れている。怖いと思ったのは外見ではなくその中身だ。単純に、その力量を恐ろしいと感じた。あれは、今まで対峙した怪異や都市伝説を一笑に付すほどの化け物。恐ろしいのは、自分を遥かに上回る敵は初めてだったからだ。

だから怖い。萌には吉隠が、甚夜よりも強大な存在に見えたのだ。

「甚、っ……⁉」

事実、彼は後手後手に回り続けている。速度や膂力で劣り、〈不抜〉では防げず、〈飛刃〉も届かない。少しでも援護しないと。そう思って呪詛に蝕まれた体に鞭打って萌は立ち上がり、鍾馗の短剣に力を籠める。

けれど、それを邪魔するように溜那が立ちはだかった。

「だめ」

違う。邪魔ではなく庇っているのだ。吉隠から遠ざけようと、少女はその身を盾にしていた。

「ごめん、溜那さん。行かなきゃ。あたし。親友で、秋津染吾郎だから」

「だめ」

「お願い、そこを」

どいて、とは言えなかった。

言うより早く吉隠は躍動し、甚夜を叩き潰そうと全霊の一撃を振り下ろす。先程までの溜那達四人を相手にしていた時とは比較にならない。手加減なし、心底殺す気の一手だ。

甚夜はそれを無防備に受ける。そこで萌は、信じられないものを見た。

◆

幹のように太い大蛇の尾が、鞭のような滑らかさでしなる。

襲い掛かる蛇の一撃は、脳天から甚夜を叩き潰そうと振り下ろされた。

「……お前と同じ発想というのは、癪《しゃく》だが」

蛇と巫女。自身と最も相性のいい都市伝説を用い、人造の鬼神を上回る力を得た。おそらく今の吉隠には、甚夜が取るに足らない相手に見えていたことだろう。

「肉や技は今まで散々鍛えてきた。それ以上を求めるならば、どうしたって最後には異能の習熟に行き着く」

甚夜は蛇の一撃を事もなげに片手で止めた。

吉隠が息を呑む、その隙を逃さず距離を詰める。ただの踏み込みが、奇襲と変わらないほどに不意を打つ。乱雑に振るった拳が〈織女〉の瘴気の膜を軽く穿《うが》ち、頬へ突き刺さった。

ただの拳が吉隠を退かせた。逃げたのではなく下がったのではなく、単純に力で押された形だ。

さらに追撃、夜来を振るうがそこまでは許してもらえなかった。

「さすがに、棒立ちはしてくれんか」

『そりゃそうさ。でも、驚いたのは事実かな』

虚を突くことで一撃は入れたが相手もさるもの、立て直しは早かった。夜来での袈裟懸けは、三本の腕で防がれた。しかし吉隠は、まだ戸惑っているようだった。

『君も、すごい変わりようじゃないか』

「お前自身の言葉だ。成長や強化は何も専売特許ではない。私とて歳月を重ねた、少しは前に進んで見せねば、格好がつかないだろう」

吉隠の驚きをよそに、甚夜は再び全身に力を籠める。

「鬼神を上回る、か。何ともありがたいな」

舐めたのでも煽ったわけでもない。確かに吉隠は、コドクノカゴと比肩する怪異となった。それだけの難敵と巡り合えたのは僥倖だと、甚夜は素直に思う。

「ならばそれを下せば、私はマガツメに追い縋れるというわけだ……！」

絞り出すような静かな咆哮《ほうこう》と共に、再び戦いが始まった。

通常の鍛錬は散々やってきた。その先を求めた甚夜は、異能の習熟に行き着く。吉隠と同じ。奴が〈織女〉を突き詰めて「捏造された都市伝説の怪人の創造」に至ったように、甚夜もさらに〈合一〉を突き詰めた。

〈合一〉の能力は「二種以上の異能の複合」。かんかんだらに追い縋れるほどの身体能力も、これによって得たものである。複合したのは〈剛力〉〈疾駆〉。規格外の膂力と速度の合成は、以前からやっていた。しかし一瞬では、マガツメやコドクノカゴには届かない。だから甚夜は膂力と速度の〝維持〟を目指した。

〈剛力〉〈疾駆〉の二種に、さらに〈御影〉の身体操作を加え、三種同時行使。当然ながら体への負担は尋常ではないが、己の意思で規格外の膂力と速度を完全に掌握、長時間そのままの状態を維持する。格上ばかりを相手取ってきた彼が望んだ、自身より強い誰かを下すための切り札だ。それが鬼神を上回ろうとした吉隠の発想と同じ、「異能を突き詰め、己を高める」技であったことは、皮肉としか言いようがないだろう。

『ぼくと同じってわけだ。お互い化け物で、お互い下種。仲良くやれそうじゃないか』

「似た者同士は否定しないが、ごめんだな。楽しみを分かち合えない相手とは、酒を呑んでもつまらない」

『気取るね。同種喰い、人殺しの分際で』

今の甚夜の動きは、かんかんだらに勝るとも劣らない。精神ごと削り取るような大蛇の一撃を、〈織女〉によって生み出される瘴気の槍と鞭を、六本の腕から繰り出されるそれぞれを、真っ向から叩き落とす。吉隠は決して与《くみ》しやすい相手ではない。初見こそ驚いてくれたが、抜け目のないこの鬼は一瞬で立て直し、軽薄な言動とは裏腹に冷静に対応してくる。

応酬は苛烈を極める。他者を寄せ付けず、一分の隙もない。宣言通り、化け物同士の喰らい合いだ。

「事実だけに耳が痛いな。お前の言う通り、所詮は下種。ならば下種の流儀で行こうじゃないか」

元より正義のために刀を振るってきたわけではない。目的のためと他者を喰らい、多くを踏み躙ってきた。私怨ゆえの道行きならば、倫理や人道を掲げるなど許されず、吉隠が少女の恩師を奪ったとしても甚夜に責める資格はない。ならば下種は下種らしく、ただ己の欲望のままに振る舞うが本道だろう。

「お前は気に食わない。ここで死んでいけ」

自分のことは棚上げにし、気に食わないからあれを殺す。そういう下種の振る舞いが似合いだ。

『いいなぁ。今すごく愉しいよ』

研ぎ澄まされた殺気を吉隠は心地よさそうに受ける。馬鹿にしたのではなく、心底愉しいとその表情が語っていた。

◇

時間は少し前に遡る。

みやかは甚夜が戻ってくるよりも前に行動しており、既に神社にはいなかった。

きっかけとなったのは三浦ふうの言葉である。

『実は私、鬼なんです』

驚きはなかった。むしろ「ああ、だからなのか」と納得した。彼女と甚夜の間には、他の誰かには入り込めない何かが、言葉はなくても通じ合える不思議な一瞬がある。それは同じ鬼だから、みやか達には分からない大切なものを共有しているからなのだろう。

『少しだけ甚夜君をお借りしますね。私の異能なら、彼をゆっくりと休ませてあげられますから』

そして、瞬きの間に彼らの姿は掻き消えた。逃げたとは思わなかった。三浦ふうの人となりはほとんど知らないが、甚夜のことはそれなりに知っている。彼が信じた相手なら不誠実な真似はしないはずだ。

異能がなんなのかは知らない。ただ、三浦ふうが彼のために何かをしたのだけは分かった。それを目の当たりにしたからこそ、自分も最大限の努力をしなくてはと心を奮い立たせることができた。

「うう……すごい音」

残されたのは何の力もない人間だけだ。薫が怯えて肩を震わせる。拝殿の奥には本殿があり、その二つを渡殿《わたどの》が繋いでいる。吉隠の襲撃と共にみやか達は本殿へと逃げた。本来ならば神職以外はみだりに立ち入ることの許されない禁域だが、今は状況が状況だ。みやかたちは本殿にまで響いてくる戦闘の激しさに、寄り添い合って身を潜《ひそ》めていた。

「アキちゃん達、大丈夫かなぁ。それに、甚くんも」

「た、たぶん。溜那さん達がいて。あの方が、お話の通りの、おふうさんなら」

心配そうに呟く薫に、ある程度の事情を知っているのか、麻衣はたどたどしく擁護する。けれど不安は消えないようで、薫も麻衣も表情は暗く、時折響いてくる激しい戦闘音にびくりと怯えていた。

二人の様子を見ていたみやかは、無言で携帯電話を握りしめた。硬くなった表情に気付いた薫が怪訝そうな目を向けている。どこに行くつもりなのか、そう問われる前に答えていた。

「私ね、ひどいことしたんだ」

懺悔《ざんげ》をするような気分だった。

「白峰先生が死んで、あの鬼が襲ってきた。悲しくて混乱して、甚夜がいなければって、そう思った。なのに守られて、彼はそのせいで倒れた」

今まで散々助けてくれた相手を傷付けてしまった。その時点で何かが終わったのだ。だから、もう一度を願うなら相応の代償が必要だ。

「なら、私も命を懸けないと、ちゃんと向き合えない。……これからも向き合いたいって思うから。少し無茶をしてくる。二人はここにいて」

「み、みやかちゃん？」

「大丈夫。神社の裏手の雑木林を抜けていくから。都市伝説には、見たらいけないタイプもいるしね」

薫達の制止を振り切って、携帯電話を手にみやかは躊躇いなく本殿を出た。境内には目もくれず雑木林へ。

自分でも馬鹿だとは思う。けれど彼は、恩知らずの少女を馬鹿になって守ってくれた。ならば同じように馬鹿な真似をしてでも報いる。そうしないと、もう彼を友達とは呼べない。

甚太神社の裏手から雑木林を抜けて、姫川みやかは国道沿いにまで辿り着く。逃げたのではない。彼女なりに命を張ろうと考えていた。

葛野甚夜は何度も言っていた。自分の正体は鬼だと、長くを生きてきたと。その意味を軽く考えすぎていた。きっと白峰八千枝のことも、彼は自分のせいだと考えている。傍にいなければ、こうはならなかったと。

しかし本当に間違えたのは自分だと、少なくとも彼女はそう思っていた。守られてきたから勘違いしていた。今までがうまく行きすぎていただけ。本当なら薫は口裂け女に殺されていたし、柳はひきこさんへ堕ち、みやかもＮＮ臨時放送で語られた通りになった。

彼がいたから沢山のものが救われた。安全だったのに彼のせいで壊れたのではない。元からまったくの平穏ではなかった。無理をして守ってくれたのに、恩に着せたりもしないからうまく回っているように見えていただけだ。本当は、もっと早くに破綻していてもおかしくはなかったのだ。それを忘れて零れ落ちたものだけに目を奪われて責めるなんて、お門違いにも程がある。

責めて傷付けたのに、彼はまた命懸けで守ってくれた。ならば、もう一度向き合うには中途半端ではいられない。馬鹿な自分をそのままにしたら、友達にもなれない。今度はまっすぐに彼と向き合いたいと思う。だからそのために、自分にできることをするためにみやかは神社を抜け出した。

彼女が唯一知っているのは、国道沿いにあるものだけだった。

「あった……」

電話ボックス。

かつて公衆電話はもっと多かったらしいが、誰もが携帯電話を持っているため、今では使われることもほとんどなくなりその数を減らした。これも時代に取り残されたものの一つだった。

みやかは電話ボックスに入り、投入口に十円玉を入れる。ゆっくりと、確実に番号を押す。ポケットから音楽が流れる。鳴ったのは彼女自身の携帯電話だ。プッシュしたのは自分の携帯の電話番号。だから鳴るのも誰も出ないのも当然。

それでいい。

もしもの話である。都市伝説が、たとえ創作であっても誰かが信じることで真実怪異として成立するのならば。心から信じる、どうか在って欲しいとみやかは願う。

祈るような真摯さで受話器に耳を傾けるが、無情にもコール音だけが響いている。けれど祈りが通じたのか、あるいは善からぬものが降りたのか。携帯電話から音楽は鳴り続けているのに、公衆電話がぷつりとどこかに繋がった。

相手が都市伝説ならこちらも都市伝説。みやかは緊張と恐怖におののきながらも、あらかじめ用意していた呪文を口にする。

「さとるくん、さとるくん、おいでください」

みやかには萌のように戦うことも、おふうのように癒すことも、薫や麻衣のように純粋に心配してあげることさえできない。今の彼女にできることがなんなのか分からなかった。

「さとるくん、いらっしゃったらお返事ください」

だからなんでも知っている誰かに、その方法を聞くのだ。

《さとるくん》

公衆電話に10円玉を入れて自分の携帯電話にかける。本来ならば誰も出ることはない。しかし時折、どこかに繋がってしまう。

「さとるくん、さとるくん、おいでください」

「さとるくん、いらっしゃったらお返事ください」

繋がったら、公衆電話の受話器から携帯電話に向けてそのように唱える。そうすると、二十四時間以内にさとるくんから携帯電話に電話がかかってくるという。

『今、駅前にいるよ』

『コンビニを通り過ぎたよ』

『十字路にまで来たよ』

電話に出ると、さとるくんは今いる位置を携帯電話に知らせてくれる。それが何度か続き、さとるくんは少しずつ近付いてきて最後には自分の後ろに来る。

『今、君の後ろにいるよ』

この最後の電話の時に限り、さとるくんはどんな質問にも答えてくれる。未来のことでも過去のことでも、嘘を交えず正しい答えを教えるのだという。ただし、呼び出すときの呪文を間違えたり、後ろにさとるくんがいる状態で振り返ったり、質問をしなかったりすると、さとるくんにどこかへ連れ去られる。どこかというのは、あの世であるというのが一般的な見解だ。

答えてもらえる質問は一つだけ。命の危険の代わりに本当に知りたいことを教えてくれる、恐ろしくも奇妙な都市伝説だ。

携帯電話を使う。自分の居場所を逐一報告する。背後に現れて『貴方《あなた》の後ろにいるよ』と声をかけられる。このような特徴から『メリーさんの電話』と同系統とされることも多いが、実際は少しばかり趣が違う。能動的に呼び出して正答を教えてもらうという観点からすれば、むしろ『こっくりさん』や『エンジェル様』などに代表されるテーブルターニングを祖とする都市伝説の方が近い。リスクはあるが本人になんの素養がなくても理外の存在を呼び出せる、変則的な降霊術の一種である。

ちなみに対策としては、手順を間違えない以外の方法もある。それは背後に来るという特性上、「うまいことメリーさんの電話のような、背後に来る都市伝説とかち合わせればいい」というもの。だから例えば『メリーさんの電話』に慕われている誰かがいたとすれば、そいつがさとるくんに連れ去られる心配はない。


さとるくんは空気を読んでくれた。

二十四時間以内に連絡は入るというが、みやかが電話ボックスを出ると、ほとんど同時にコールが鳴った。液晶に電話番号は表示されない。非通知にもなっていない。ここではないどこかから電話がかかってきたのだ。

『いま、駅前にいるよ』

出れば、スピーカーから子供のような大人のような、男なのか女なのかも分からない声が聞こえた。

怖い、しかし助かったとも思う。時間がないから。すぐに来てくれたのはありがたかった。

『コンビニを通り過ぎたよ』

『角を曲がったよ』

『もうすぐ、国道沿い』

都市伝説の通り幾度となくコールが来て、出る度に近付いてくる。心臓を得体の知れないものに掴まれているような感覚だ。そうして最後のコール。みやかは震える指先で携帯電話を操作し、耳元へ。

『今、君の後ろにいるよ』

ついに来た。振り返ったり、躊躇ったりしてはいけない。質問できなければ、あの世に連れ去られる。聞きたいのは一つだけ。怯えを噛み殺して、みやかははっきりとした口調でさとるくんに問う。

「葛野甚夜が、吉隠という鬼に襲われています。彼を助ける方法を教えてください」

危険を冒したのは、命懸けで助けてくれた彼に命で報いるためだ。親友の薫に何度も勉強するよう言ってきたくせに、自分も大概頭が悪いと自嘲する。命の借りは命で返す。それ以外の方法が見つからなかった。

『吉隠はかんかんだら、堕ちたミヅチの巫女だ』

さとるくんはすらすらと、一瞬さえ間を置かずに答える。

『かんかんだらは蛇と巫女の怪異、最後には彼女自身が生まれた巫女の家に伝わる方法で封じられた。だから吉隠を封じるには巫女の力がいる。マヒルさまの巫女、いつきひめの系譜が鍵となるだろう。かんかんだらは巫女であるからこそ、巫女の力に敗北する。特別なことはない、ただ前に立ち、いつきひめとしての役目を果たせばいい。意味があるのは力ではなく、積み上げた年月。なんなら巫女装束も着ると映えるよ』

それが正答。吉隠を倒すためには、いつきひめの力がいる。けれど萌とは違い、みやかには特殊な能力など何もない。ただ前に立つといっても、それでどうなるというのか。

質問したかったが、さとるくんが答えてくれるのは一つだけ。もう一度問えば命はない。

みやかが黙ったままでいると、電話は切れてしまった。

「……行こう」

半信半疑だが、さとるくんは確かに存在した。そして、さとるくんは同系統の都市伝説である『怪人アンサー』とは違い、嘘を交えず真実のみを答えてくれるという。ならばもう信じるしかない。みやかは決意を胸に、一歩を踏み出す。しかし、背後から聞こえてきた親友の声に足が止まった。

「ちょ、ちょっと待ってよ、みやかちゃん！」

いけない、そう言えば薫の言葉をほとんど無視して出てきてしまったのだ。おおかた心配してついてきてしまったのだろう。みやかは事を終えた安心感もあって、声の聞こえてきた後ろを振り返った。

『振り返ったなぁ……』

そこにあったのは、愉悦に歪んだ醜悪な笑みだった。

洋の東西を問わず、「見るな」のタブーは多くの神話や民話に於いて語られる。見てはいけない、振り返ってはいけない。タブーを課せられたにもかかわらず、それを破ってしまったがために悲劇は訪れる。または、決して見てはいけないと言われたものを見てしまったために恐ろしい目に遭うという類型パターンを持つ。往々にしてこういった怪異は、様々な手管で振り返らせようとする。なのに向こうから仕掛けてくる可能性を、みやかは失念していた。

「えっ、あ」

この目で見た今でも、自分よりも小さなこの怪異が、子供なのか大人なのか男かも女かも定かではない。さとるくんがどのような存在かは彼女には分からないが、一つだけ理解した。

姫川みやかは失敗したのだ。都市伝説の通りの最期を彼女は迎える。

「みやか君。君は物覚えがよい故に、教えておいてやろう」

しかし幸運だったのは、もっと怖い存在と縁を持ったことだろう。

「かっ、かかっ。この手の怪異の対策はな。呼び出して答えを聞いた後に〝斬り伏せればいい〟。さすれば知りたいことを知れ、後の憂いも断てる。しっぴんくっぴん親の総取りよ」

さとるくんの手がみやかに触れるより早く、ひゅるりと風が抜ける。彼女のバイト先であるコンビニ、アイアイマートの店長を務める岡田貴一が、刀で怪異を斬り裂いたのだ。

「……〈剣ニ至ル〉」

何事かを呟き、それですべてが終わった。

素人目にも分かる。それくらいに清廉な太刀筋だった。あれは体躯を斬り裂いただけではなく、その奥、もっと大切な何かを斬ってしまった。

血は出ない、断末魔の悲鳴もない。さとるくんは溶けるように白い蒸気を上げながら消えていく。物足らないとでもいうように、貴一が眉を顰《ひそ》めた。

「肉や骨の手ごたえもなく返り血もないとは、なんとも斬り甲斐のない」

「て、店長……？」

「おお、みやか君。このような場で怪異と戯れる、なかなかによき趣味よ」

バイト先の店長が、怖気が走るくらい血生臭い表情を浮かべ、呼吸するような自然さで怪異を斬る。普段とは口調も気配もまるで違い、正直見ていると体の芯が震えてくる。

「よいのか、立ち止まっていて」

「えっ、あ、あの。ごめんなさい、ありがとうございますっ」

「うむ。では、次のシフトで」

本気なのか冗談なのか、そう言って貴一は空気が漏れるような気色の悪い笑い声をあげた。

なぜ店長が。疑問は尽きないが、立ち止まっている暇がないのも事実。とにかく助かった。今はそれで十分だ。ぺこりと頭を下げてみやかは走り去る。

幾重もの偶然に拾った命、かけどころは間違えてはいけない。

まずは家に。巫女装束を着て、それから境内。本当に効果があるのかは分からない。

それでも、今は信じるしかないのだ。

◆

去っていくみやかを見送り、貴一は肩を回す。

ここで会ったのは偶然ではない。もともとは吉隠の暗躍を警戒した甚夜が、前もって依頼をしていたのだ。受けた理由は暇つぶしと、アルバイトがいなくなると困るからだったが。

「かっ、かかっ。他がために命を張り、敢えて過ちを犯す。如何《いか》にもあれが気に入りそうな娘よな」

思えば、藤堂芳彦もああいう澄んだ男だった。不確実な怪異に頼るあたりあの娘は多少濁っているが、それでも今の若人の中では幾分かマシ。貴一は楽しそうに気色の悪い笑みを零す。

「さて、続きといくか。一番の大物には携われぬ。多少物足りなくはあるが、仕方あるまい」

斬るべきを斬れぬは無様。人斬りとして生きたからこそ、他者の獲物を奪うような真似はしない。代わりに、夜の街をさすらう。幸い葛野市には、吉隠の放った捏造された都市伝説の怪人がいくらか残っている。それらがほとんど被害を出していないのは、岡田貴一がことごとく斬って捨てているからだ。一応頼まれてはいるし、趣味には合う。案外楽しんではいるが、少しだけみやかの背中には思うところもあった。

今の時代、剣など必要とされず、けれど剣に守れるものは確かにある。

剣どころかなんの力もなく、それでも我を張ろうとする者もいる。

その中で剣になると願った己はどう在るべきなのか。

「剣の意味、か……」

手にした刀を疑ったことはない。しかし貴一は、今夜ばかりは少しだけ余計なことを考えた。

◆

甚夜の戦いは現状では互角。しかし少しずつ不利に傾いてきている。

吉隠は〈織女〉をもって自らを都市伝説と変えた。甚夜は〈合一〉をもって能力を底上げしている。ただ、異能の習熟度では、ひたすらに専心した吉隠が勝る。

『いいなぁ、愉しい。一緒に遊んでくれる誰かがいるって最高だね！』

「そうか、こちらの気分は最悪だ」

『つれないなぁ、もっと仲良くしようよ！　ああ、本当に愉しい。これで君の絶望する顔が見れたなら、気持ち良すぎてどうにかなってしまいそうだ！』

〈合一〉による〈疾駆〉〈剛力〉の複合、〈御影〉を加えて長時間〝維持する〟。甚夜のそれは吉隠の変化とは違い、異能を使って無理矢理能力を引き上げているにすぎない。当然負担は大きく、今もかんかんだらの呪詛に蝕まれ続けている。吉隠からの直撃は一度もないが、避けても弾いても、ただ息をしているだけで消耗してしまう。

「がぁっ！」

『残念、まだまだ』

短い咆哮と共に、夜来を振るう。

斬れる。だが、足りない。ならばさらに無茶をするだけだ。

自身の皮膚を斬り、刀身を血で濡らす。〈血刀《ちがたな》〉。夜来を血の刃で包み、その上に刃を生成、身の丈を超えるほどの大太刀へと変える。それだけでは硬さが足りない。頑強に、壊れない刃で斬り伏せる。血の刀身を〈不抜〉で強化。同時に吉隠の動きを〈地縛〉で阻害する。

『邪魔、だな！』

走る三本の鎖を吉隠が瘴気の鞭で叩き落とし、反撃に黒い槍を雨あられと降らせる。

血の大太刀でそれらを弾き、再び鎖を放ちつつ、距離を詰めて剣と槍の応酬。〈疾駆〉〈剛力〉〈御影〉〈血刀〉〈不抜〉〈地縛〉。六種同時行使および維持、この領域は初めてだ。

体が軋む。知るか、今は奴を葬ることだけ考えていればいい。

『本当、色々してくるよね！』

さらに追加、〈空言《そらごと》〉〈隠行《おんぎょう》〉、八種同時。姿を消し、幻影を交え、隙を穿つ。しかし吉隠の対応は早い。姿が見えなくなると同時に暴れ狂う。幻影もなにも関係ない、辺りを丸ごと薙ぎ払うつもりだ。

無論、そういう手で来るのは想定済み。姿を消せば奴はやたらめったら暴れる。適当にではない。そうすれば被害は溜那や井槌、子供達にもいく。甚夜が出て来ざるを得ないと知っているのだ。むしろ狙いはそうさせるためだ。

暴れたことで意識は外に広がって動きは大きくなり、わずかながら雑になった。その一瞬を狙いすまし、〈地縛〉〈不抜〉〈隠行〉。消しておいた最後の鎖は吉隠の首へ。〈剛力〉、高まった膂力で無理矢理引っ張り、崩れた体勢に向かって〈疾駆〉で駆けて間合いを零《ゼロ》にする。

「お、おお！」

千載一遇の好機。仕込みに仕込んで動きを制限し、多種多様な異能を複合した一太刀で斬り伏せる。今の甚夜が取れる最大限、最高の一手だ。

ただ、相手を読むのは何も彼だけではなく、吉隠もまた思考する。

かんかんだらがにたりと哂う。待ち構えているようだが、企みごと斬り伏せる。

『最上の戦術とは何か、分かるかい』

吉隠は冷静を通り越して、寛いだ様子だった。

その態度に甚夜は遅れて気付く。前しか見ていない人間の〝足を引っ掛ける〟。そういう一手をこそ、吉隠は好んだ。それは平成になっても変わっていなかったらしい。

『さて、いっぱい愉しんだし、そろそろ逃げよっかな』

「なっ」

待ち構えてなど、いない。首に絡み付く鎖を引き千切った吉隠は、一転すぐさま逃げの態勢に入った。

甚夜は掛け値のない全力。一太刀で終わらせるつもりだった。それを吉隠は全力で避け、この場から逃げるという。もしここで逃げられたら終わりだ。甚夜の力を把握した吉隠は、二度と姿を現さないだろうし、そもそも甚夜が復調する前に事を起こす。逃げおおせた後は、再び捏造した都市伝説の怪人を生み出し続けて被害を無為に広げる。

そうなれば詰み、もはやどうしようもない。吉隠は勝敗の見えない衝突よりも、退いての再起を選んだ。

「おま、え……！」

『うん、いい顔。君は、ぼく好みの表情をするね』

ならばなおのこと、この一太刀でけりをつける。

甚夜は全霊をもって血の大太刀を振るう。狙うは命、仇敵の首だ。対して吉隠には元より戦う気がなく、あり余る力をすべて回避に費やす。

互いの力は互角だった。ならば当然、狙いをすべて読み切っていた方に勝敗は傾く。

『ぐ、ぅいぅ⁉』

折り重なる瘴気の盾を打ち破り、大太刀がかんかんだらを斬り裂く。甚夜の放った最後の一撃が、肉を骨を抉《えぐ》った。

『ざぁんねん、でし、た』

しかし、命には届かなかった。

傷は決して浅くない。今すぐ戦闘は続行不可能なはずだ。ただし、この一太刀にすべてをかけた甚夜にも余力はない。もともと無理矢理身体能力を底上げしていたにすぎない。それが解ければ当然、吉隠には追い縋れない。

「吉隠ぃ……！」

『あはは、前と一緒だね。逃げるぼくと追えない君。でも、結末は違うよ』

ここで逃がせば次はない。なのに、体が動いてくれない。

逃げる態勢に入った吉隠は、甚夜よりも溜那を注視している。牽制《けんせい》しているのだ。動けば、子供達や甚夜がどうなっても知らない。にやついた口元がこれ以上ないくらい雄弁に語っていた。

『じゃあ、ね。今度は、そうだなぁ。秋津の関係者を殺すとか、みやかちゃんのお父さんとか？うん、動けないうちに学校丸ごとってのも面白そうだ。ああ、あとは眼鏡の女の子。麻衣ちゃんだっけ、あの子もいい感じだね。せっかくだから都市伝説の母体とか？』

無邪気すぎる悪意を撒き散らし、けれど止められる者はいない。

境内に嘲笑を残し、吉隠は甚夜らに背を向けた。

しかし、逃げ道を塞ぐように立つ巫女の姿があった。

なんの力もなく、おそらく今後も人知を超える才になど目覚めないであろう、ごく普通の少女。

いつきひめ……姫川みやかが、かんかんだらと対峙していた。

# 7

マヒルさまとミヅチ。

姫川みやかと吉隠は、性質の異なる神に仕える巫覡《ふげき》である。マヒルさまは火の神、もたらすは産鉄。ミヅチは水の神、育むは農耕。そもそもが人と鬼。同じく巫女といってもその趣きはまるで違う。

しかし、ある意味で両者はよく似ていた。マヒルさまの巫女は既に絶え、平成の世には名前だけが残った。人を愛し、人に裏切られて堕ちたミヅチの巫女は、かんかんだらとなった。どちらも時代に切り捨てられた、かつて在った尊きものの成れの果てにすぎない。

それが平成の世に至りこうして対峙するというのは、本人らの与《あずか》り知らぬところではあるが、奇縁と言えなくもない。

「みや、か……?」

巫女装束で現れたみやかを、甚夜が茫然と見つめている。

傷付き倒れた彼の姿に、激しい戦いが繰り広げられたのが分かった。だから今度は自分の番だと、みやかは覚悟を決めた。

逃げようとする吉隠の前に立ち塞がる。あの化け物は、無力だからと見逃すような相手ではない。自身の無惨な結末が脳裏を過《よぎ》る。怯えに足が震えるが、一歩も退かなかった。

「く、そ」

　全霊の一撃をすかされ、異能の力も解けた。その反動なのか、甚夜は立ち上がろうとしてもうまく力が入らない様子だ。動けないのは他も同じ。柳は呪詛のせいで体力を極端に消耗し、子供達を庇い続けた井槌も似たような状態で地面に転がっている。萌もまた静かに呼吸を整えながら沈黙していた。

　その中で唯一反応できた溜那が駆け出す。彼女も限界に近いが、みやかを守ろうとしてくれている。しかし、それも読まれていた。

『ごめんね、溜那ちゃん。大人しくしてようか』

　大蛇の尾が鞭のようにしなる。狙ったのは溜那ではない。避けるどころか構えることさえできない柳達だ。

「……っ」

　結果、溜那はみやかのいる場所には辿り着けず、後退を余儀なくされた。子供達を庇い、蛇の一撃を受け止める。傷のせいか威力は今までよりも弱い。けれど間を置かず、牽制するように瘴気の槍が打ち込まれた。

「ぅ、んくぅ……！」

　左腕と右足。貫かれた溜那の手足から血が流れる。心臓や頭を狙わなかったのは敢《あ》えてか、それとも正確に狙うだけの余裕がなかったのか。どちらにせよ負った傷以上の足枷《あしかせ》を付けられた。余計な手出しをすれば、被害は広がる。暗に吉隠はそう言っている。

ぐにゃり、と蛇の下肢が蠢く。踏み込む必要がないため、ぬるりとした初動は寒気がするほどスムーズだ。瞬きの間に吉隠が距離を詰める。あまりに速すぎて、みやかにはその動きがほとんど見えなかった。

『こんばんは、みやかちゃん』

気付けば吐息がかかる距離に、薄笑いを浮かべる怪異がいる。

『どうしたの、こんなところで？』

その意味を間違えない。

白峰八千枝が死んだのは、他ならぬ甚夜のせい。仇敵がいる場所に何故わざわざ来たのか。理由があったとして、何の力も持たぬただの人間が、どういうつもりなのか。

それこそ蛇に睨まれた蛙《かえる》のようなものだ。みやかは真っ青になる。いくら気を張っても体の震えは隠せず、対峙しているだけで吐き気を催す。

「つと、務めを、果たしに来た……私は、いつきひめだから」

『へぇ？　で、君に何ができるの？』

吉隠は一度顔を離し、見下すような視線をみやかへ向ける。弾む口調に混じるのは明らかな侮蔑だった。同じ巫女ではあっても、かんかんだらは鬼神にも届こうという怪異である。一方、みやかの方は、大層なのは名前だけ。特別な力を何一つ持たぬいつきひめなど、吉隠には時代に捨てられた路傍の石くらいにしか見えていないだろう。

『務めを果たす。いい冗談だね』

吉隠は溢れる愉悦に、多分笑った。みやかの目には恫喝《どうかつ》にしか映らなかった。

「あ、う……」

怖い。恐怖に足が、心が竦む。

口裂け女、赤マント、渋谷七人ミサキ。散々都市伝説の怪人を目にしてきた。危機ならば幾度も味わってきたが、ここまで怖いと感じるのは初めてだ。吉隠が強大だからではない。みやかが怪異に遭遇する時、いつだって鉄のような背中が目の前にあった。けれど今は見えない。それが何よりも怖い。

今までの怪異が怖くなかったのは、守られて頼りきっていただけ。そんなことにさえ気付けなかった。頭の天辺《てっぺん》から足の爪先まで、余すことなく凍てつくような怖気に、自分がどれだけ彼に甘えていたかを思い知る。

「私にはなんの、力もない。そんなこと知ってる。なにも、できない。でも、逃げない……」

思い知ったからこそ、なけなしの意地を総動員して踏み止まる。

「甚夜……ごめんなさい」

怯えながらも声を絞り出す。目の前の化け物なんてどうでもいい。危険を顧みず都市伝説に頼ったのは、怖くても逃げない理由は呆れるくらいに単純だ。

みやかは、ただ彼に謝りたかったのだ。

「私、ひどいこと言った。本当は知ってた、貴方が救ってくれたから。命を懸けて体を張って頑張ったからの今だって、知ってたのに……」

なのに、失くしたものにだけ目を奪われて彼を責めて傷付けた。なら口先だけの謝罪でいいはずがない。謝れば彼はきっと受け入れる。「気にしないでいい」と言って、許してくれる。それでは駄目だ、そんなものは謝ったとは言わない。彼の優しさに胡坐《あぐら》をかいているだけだ。

「謝りたいことがたくさんある。今さら遅いかもしれない。怒ってもいい、嫌ってもいい。でも、今度はちゃんと向き合いたいと思う。胸を張って友達だって言いたいから、私はここで命を懸ける」

無謀な賭けではない。あれを倒す方法は、さとるくんが教えてくれた。

後は、意志を貫くことさえできればいい。

「もう怖いことからも、貴方からも逃げない。私は、いつきひめとしての役割を果たす……！」

決意というには頼りなく、言っていることも支離滅裂だった。

理屈よりも彼のために何かしたかった。

さとるくんへの電話も、かんかんだらから逃げないのも結局はそういうこと。

けじめをつけてもう一度仕切り直すために、姫川みやかは精一杯我を張ってみせた。

◆

憎まれても仕方ないと思っていた。

吉隠の言葉は悔しいが真実だ。数多を踏み躙った男が、分不相応にも普通の幸せにしがみついた。その皺寄せが白峰八千枝の死。少なくとも甚夜にはそう思えた。

しかし支離滅裂なみやかの叫びに、おふうの言葉を思い出す。彼女の言うことはいつだって的を射ている。多くのものを踏み躙ってきた。それを忘れて幸福に浸るなど許されるのだろうかという疑問への答え。その答えが目の前にあった。

数多を踏み躙ってきたが、些細でも救えたものだってあった。そして、いつか救ったものが巡り巡って甚夜を救おうとしている。積み重ねてきた小さな欠片が、踏み越えてきた過去こそが、彼の今を肯定してくれている。ならば辿り着いた幸福を否定する必要はない。精一杯の意地を張ったあの少女の優しさくらいは、この手で拾えたのだと自惚れられる。

「いい、もういいから。逃げろっ……」

十分報われた。もういい。心はちゃんと伝わったから、早く逃げてくれ。甚夜の願いは、彼がかつてそうしてきたように容易く踏み躙られる。

『……そう、じゃあ頑張ってみれば？』

明るく軽く、愉しそうに怪異は囁く。

底なし沼を思わせる淀んだ眼がみやかを捉えた。

とうの昔に壊れてしまった吉隠には、少女のまっすぐさは不愉快極まりなかったことだろう。たかってくる虫を払うような雑さで致死の一撃は放たれる。甚夜は動けない。抗う術はなく、悲鳴すら上がらなかった。

姫川みやかは、当たり前のようにここで死を迎える。

あらゆる答えを知る都市伝説、さとるくんは語った。原典において『かんかんだら』は、巫女の力によって封ぜられる。故に鍵となるのはいつきひめだと。かの怪異は決して嘘を言わず、真実のみを教えてくれる。

つまり、これは予定調和の一幕だ。

『……う、あ？』

目の前のゴミを片付けよう、それくらいの軽い気持ちで薙ぎ払ったはずだった。しかし吉隠の一撃は、ぴたりと、みやかに当たる寸前で止まった。それも、ただ止まったのではない。かんかんだらは全身を拘束されている。吉隠は〈織女〉によって作られた瘴気の鞭に全身を搦めとられ、身動き一つできないでいた。

『あが、ぎ。な、なん、でっ？』

さらに、炎が立ち上る。吉隠の皮膚を、火の気もないのにいきなり吹き上がった炎が焼いていく。自らの異能に縛られ、かんかんだらは悶え苦しんでいた。

覆された死の運命を前に、誰もが目を疑った。

常識では起こるとは考えられないような不思議な出来事。特に、神などが示す思いがけない力の働きを、人は〝奇跡が起きた〟と表現する。けれど、これを奇跡とは多分呼ばない。そもそも特別なことは何もなかった。

夏休み前、バイトで帰りが遅くなるのは危ないと、桃恵萌はみやかにいくつかの付喪神を渡した。呪詛の身代わりになるドール、防御力を高める福良雀、災い（悪鬼）を遠ざけるフクロウ、幸運を与えるウサギなど。使わなくても所持しているだけで効果のある、萌お手製の付喪神のストラップである。だから、弱ったかんかんだらの呪詛程度ならみやかにも耐えられた。

甚夜はネット由来の都市伝説に疎い。戦えはしないが、せめてその辺りで力になろうと、みやかは『都市伝説大事典』を買った。少しは恩返しがしたい。そんな些細な気持ちが都市伝説関連の書物に興味を持たせ、結果、みやかは携帯電話を使う現代の都市伝説『さとるくん』のことを知った。

そういう優しい娘だから、甚夜は岡田貴一に気遣いを願った。貴一も真面目なアルバイトをそれなりに買っていた。普段の働きぶりがあったからこそ、時代遅れの人斬りも頼まれた以上に身を入れて少女を守った。結果、彼女はさとるくんの都市伝説に失敗しながらもどこかへ連れ去られることはなかった。

奇跡ではない。

ほんの小さな積み重ねがみやかを守り、かんかんだらの前にまで辿り着かせた。だから、吉隠が動きを止めたこともまた、当然だったのかもしれない。

「く、はは。ああ、そうか。そうだったな」

思い至り、甚夜は思わず笑った。

ごうごうと燃え上がる、闇に滲む焔《ほむら》。夜の境内に灯る橙《だいだい》色は、そんな場合ではないというのに美しく思える。

〈織女〉を制御できていないせいか、かんかんだらの呪詛も薄れている。お蔭でようやく立ち上がることができた。

「思いがけない結末になった……あるいは、さして驚くようなことでもないのか。なんにせよ、縁というのは不思議ものだ」

『なに、を、言ってっ。ぐぅ』

自身が作り出した黒い瘴気に縛られ、炎に焼かれ、吉隠は苦悶の声を上げる。

いや、違う。鬼は本来一つしか異能を持ち得ない。〈戯具〉。自分以外の対象を死なせない、それだけが吉隠の元々の力だ。

「忘れたのか？　お前のその異能は、誰のものだったのかを」

吉隠は半月《はにわり》でありミヅチの巫女。鬼の異能とは別に、巫覡としての特性を有している。神降ろし。神の託宣を受けるため、あるいは疫病や災害を鎮めるために、対応する神霊・悪鬼をその身に降ろす。近代化に伴い廃れてしまった、万象に宿る霊威と繋がる〝かんなぎ〟の業だ。

吉隠はそれをもって、鬼哭《きこく》の妖刀に封じられていた鬼をその身に降ろして〈織女〉を得た。

「……夜風《よかぜ》さんは、そんなになっても戦ってくれていたんだな」

〈織女〉は元々、彼の義母にあたる女性のもの。マヒルさまの巫女。夜風と呼ばれたいつきひめの力である。

『ふざけるなよ、そん、な。そんな理由で、なんて、ありえない。あって、たまるもんかっ……！』

甚夜の言わんとすることを理解した吉隠が、軽薄な態度をかなぐり捨てて激昂する。

確かに、〈織女〉はそもそもいつきひめたる夜風の異能。だから同じくいつきひめである姫川みやかを傷付けまいと、喰らった夜風の心が抗ってそれを止めた。

そんな馬鹿な話があるのだろうか。

「ありえないか。そうかもしれないいな」

実際、本当のところは甚夜にも分からない。奴が動けなくなったのも、〈織女〉を使い己を都市伝説に変えた弊害が出ただけ。単に体力の消耗と甚夜が与えた傷によって、異能の制御がうまくいかなくなったのかもしれない。もっともらしい理由ならいくらでも付けられる。

それでも甚夜は、夜風の最後の足掻《あが》きだと信じたかった。

「だが、その方が面白いと思わないか？　互いに異能を突き詰め、相応の強さを得た。しかし個人の悪意も意地も、所詮はこの程度」

人を愛し人に裏切られた巫女はかんかんだらとなり、最後には巫女の力で封ぜられる。同じようにに堕ちたミヅチの巫女は現代に至り、いつきひめに屈する。

「結局、お前は……おそらくは、私も。散々踏み躙ってきた想いに負けるんだ」

この結末は天の配剤などではなく、心の積み重ねが作り上げたもの。結局のところ吉隠は、連綿と繋いできたただの人間の想いに屈するのだ。

『ふざ、けるなっ！』

そんなもの受け入れられない。憎しみにも似た激情が、縛られた体を無理矢理に突き動かす。拘束を食い破り、炎を振り払う。狙いをつける余裕などない。それでも目の前の巫女もどきを葬ろうと、再びかんかんだらはみやかに襲い掛かる。

「おいでやす、鍾馗様……」

皆が苦しむなか、一人静かに呼吸を整えて沈黙していた萌が最後の力を振り絞り、みやかを庇うように付喪神を繰り出した。

「友達が意地張ってんのにそれを応援してやれないようじゃ、染吾郎を名乗れない」

鍾馗は特別な力を持たない代わりに、桁外《けたはず》れに強大だ。かんかんだらは炎に全身を焼かれ、先程までよりも力を随分落としている。消耗した吉隠の一撃を萌は容易に受け止め弾き返す。それを見逃さず、いつの間にか距離を詰めていた溜那が、異形の右腕で吉隠の顔面を殴りつけた。

「さっきの、お返し」

『ぐぁ、ぎぅ……！』

ぐしゃり、と嫌な音が聞こえた。勢いに押されて怪異は退く。溜那は追撃せず、萌が動くのも手で制した。

「これ以上はだめ」

「……分かってる。あたしだって空気くらい読めるって」

「意地は立ててやるのが粋……って、希美子が言ってた」

「誰よそれ？」

甚夜は皆が作ってくれた時間で呼吸を整える。

今度は井槌が吉隠の前に出た。満身創痍《まんしんそうい》だが、しっかりと両の足で立つ。蛇の胴体で動く吉隠とは対照的だ。わずかな躊躇いを滲《にじ》ませながら井槌が声をかける。

「……おう、吉隠」

『井、槌……』

彼らは大正の世を覆そうと妖刀使いの南雲に与した。かつては肩を並べて戦い、酒を酌み交わしたこともあったはずだ。たぶん彼らの間には、甚夜も知らないものがある。

「なんつーかよ、皮肉だな。俺もお前も、目指したもんは同じだったのに、どうしてこうなっちまったのかな」

『同じ？　馬鹿なこと言うね。違ったよ、最初から』

「……ああ。そうなんだろうな、きっとよ。同じ陣営にはいたが、本当は同じものなんて見ていなかった。だがよ、それなりに上手くはやれていたと思ってたんだぜ」

同じと括るには、彼らの在り方はかけ離れすぎている。それでも井槌が酒の席で偽久《いきゅう》と吉隠の話をする時、振り回されてばかりだったと言いながらも、どこか懐かしそうにしていたのを甚夜は知っている。

「なぁ、吉隠。なんでお前はこんなこと」

『なんでって、愉しいじゃないか。命って、一番面白い玩具だとぼくは思うなぁ』

しかし分かり合えない。もはや、〝かつて肩を並べた〟程度の理由では見逃せない。これを野に離せば、無為な被害がどこまでも広がってしまう。井槌もようやく腹を括ったようだ。

「ああ、そうかよっ！」

歯を食い縛り、痛みに耐えるような顔で井槌が拳を振るう。

『ぎぃ……⁉』

決別の意を込めた全霊の一撃が吉隠の胸へ打ち込まれた。いくら消耗しているとはいえ、かんかんだらは強大な怪異だ。膂力に優れた鬼であっても拳一つでは殺すには足らない。地に転がされた吉隠は、息も絶え絶えではあるが、どうにか命を繋ぎ立ち上がろうとしている。

「井槌、お前には悪いが。こいつを、見逃すわけにはいかない」

ただ飛ばされた方向が悪かった。その背後には、冷たい視線で見下ろす左右非対称の異形の鬼がいた。

「分かってるさ。……嫌なこと任せて、すまねぇ」

井槌は吉隠を殺せない。だから掻《か》っ攫《さら》うようで悪いと思いながらも甚夜は動いた。

力の八種同時行使のせいで体は限界だ。もはや拳を振るうことも、刃を突き立てることもできない。ただ幸いにも相手は死にかけ。そして、ほとんど動かない体でも触れるくらいはできる。

『鬼喰らい……』

「そういうことだ。吉隠、お前の力も過去も、私が喰らおう。……ここで消えていけ」

細い首に左手で触れ、へし折るぐらいの力で締め付ける。気持ちではそうだったが、実際は押さえつける程度の力しか残っていない。抵抗はない。余裕がないのか、諦めたのか。だらりと手を放り出し、相手はされるがままになっていた。

その意味を考えることはない。真意がどうあれ見逃すなどありえないのだから。

〈同化《どうか》〉。左腕に神経を集中すれば、どくりと脈打つ。

「……考えてみれば、二つの異能を有した鬼など、自分以外ではお前しか知らないな」

『はぁ。それ、ぼくもだ。やっぱり、似た者同士なの、かぁ、もね』

「そのようだ。これも奇縁、引導は渡してやる。今度こそ、遠慮なく死ね」

『怖いな。でも、ちょっとだけ、愉しいかも』

脱力した吉隠は、こちらに体重を預けてくる。〈同化〉によって喰われているためか、次第に意識が遠くなってきたようだ。

「……っ」

代わりに、甚夜には吉隠の記憶が流れ込む。

人を愛し、人に裏切られたミヅチの巫女。人に弄ばれ、人に捨てられた玩具。同情には値しない。始まりがどうであれ、吉隠は意味もなく殺しすぎた。哀れに思っては、犠牲になった者達への申しわけが立たない。過去を垣間見ても甚夜が心を動かすことはない。

命で散々遊んできた、ならば奪われる時もこんなものだろう。元より執着するほどの生ではなかった。ここで終わりになるとしても、似たような誰かに殺されるというのは、そんなに悪くはない。

鬼喰らいの鬼は、その異名の通りに吉隠を喰らう。

記憶と体を、異能を。そして最後にはその根幹、大切な何かへと辿り着いた。

捨てられたからいらなくなった。

壊れちゃったから、壊したかった。

たくさん泣いてきたから、その分たくさん愉しみたくて。

だけど、時折ちらつく景色もある。

なにかとても大切だったような。

ああ、でも、よく思い出せない。

願ったものは、なんだっけ？

『叡善さんにも考えがあるんだよ。まあ馬鹿な君じゃ分からないだろうけど』

『あ？　人は殺したくないとかふざけたことをぬかす軟弱者は黙ってろや』

『え？　何か言った？　ごめんね、君の背が低くて声が耳まで届かなかったや』

『いや、だからお前ら少しは落ち着けや』

『だがよ、井槌』

『だけどさ井槌』

鬼の力は才能ではなく、理想に今一歩届かない願いの成就だ。〈戯具〉に目覚めた吉隠も多分何かを望んでいた。自分以外の誰かを死なせない力。本当は、何か壊れて欲しくないものがあったはずだ。

しかし考えても思い出せない。なら大したことではなかったのだろう。

「……最後に、名を聞いておこう」

甚夜の脳裏には、吉隠がいつか見た景色が映し出されている。

同情はしないが、己が踏み躙るものなら名を聞くのが彼の流儀だった。

「名前？　なま、え……？」

意識が朦朧としているせいか、吉隠はうわ言のように呟いている。

焦点が合わない状態で考え続けたが、答えは出てこなかった。

「あれ、ぼくって、なんだったたっけ……？」

最後にそんな冴えない言葉を零して、時代に捨てられたミヅチの巫女はそっと消えていった。

# 8

《都市伝説》

近代、あるいは現代に広がったとみられる口承の一種。その定義は非常に曖昧であるが、都市伝説の第一人者ジャン・ハロルド・ブルンヴァンはこのように定義している。

1 知り合いの知り合い程度の間柄において口伝という手段によって伝播する噂。
2 怪奇で魅力的な、真偽が明らかにならないような噂。
3 半分くらいは真実かもしれないと信じてしまうような噂。

また、辞書には「現代社会で語られる噂話の総称」と載っている。

実体を掴むのは非常に難しいが、「真偽にかかわらず定着した噂」はすべて都市伝説と言ってもいいだろう。都市伝説はその性質上、根拠は不明瞭なものが大半となる。怖い話や不思議な話が多いのも前述の定義に由来する。根拠が明瞭であればそれは明確なデマか真実でしかなく、人の興味を引かないものはそもそも噂として定着しない。どこかの誰かが「そんなの嘘だ」と否定しながらも、「もしかしたら、ちょっとくらいあるんじゃないか」と思う〝なにか〟。

都市伝説は、どのような形であれ人々に望まれてこそ成立するのである。

死者に花を手向《たむ》けるのは何故だろうか。

その理由を調べると、もともと遺体に添えられた花は薬効のあるもので、遺体の腐敗を少しでも防ごうという目的から始まったのだという。何度でも再生する花や草木が生命力の象徴と見なされ、死者の新生を願うために供えられるとも。単に亡くなった誰かへの愛情と哀悼《あいとう》を示すためとする場合も多い。はすに構えた意見では、人が花を手向けるのは自分を慰めるため。だから死者を悼《いた》んでのことではない、というのもあった。

みやかは最後の意見に、妙に納得してしまった。確かに、死んだ人は何も食べないし飲まない。花を見て綺麗だなんて思わない。だとしたら花を贈る行為に、いったいどれだけの意味があるのだろうか。

休日に訪れた三浦花店。かんかんだらの件が解決し、白峰八千枝の墓前に添える花を買いに訪れたみやかは、ふとおふうに「死者に花を手向ける理由」を聞いてみた。

「さあ?」

「さあ、って……」

反応は簡素すぎるものだった。真面目な答えが返ってくると思っていたから、肩透かしを食らったような気分になってしまう。

「どうして、そんなことを?」

「私は、こうやって白峰先生に花を手向けるけど、その意味ってあるのかなって。別に、先生が喜ぶわけじゃないし」

もう死んでしまったのだ、何をしても返ってくるものはない。ならこうやって花を贈るのは、ただの自己満足。自分を慰めるためだけの虚しい行為に思える。

「私は死んだことがありません。死んだ方がどう思うかは、分からないです」

心境を察したのか、嫋《たお》やかにおふうは微笑む。

「ですが、毎日父の仏前に花を飾りますよ」

「何故ですか？」

「本当に、大好きだったから。今でもあの人に感謝しているから。理由なら、それで十分ではないのでしょうか」

亡くなった人を今も大切に想えるから、心を籠めて花を手向ける。意味がないと、自己満足だと言う人もいる。けれど花に添えた心に嘘はない。それでいいのだとおふうは語る。

「そう、でしょうか」

「貴女は、先生に花を手向けたいと思った。そのくらい、大切な人だったんですよね？」

「とても。中学時代の恩師なんです」

「なら、それでいいじゃないですか。周りがどう言おうと、ただの慰めにすぎないとしても。添えた心に嘘がないのなら、捧げた花にも意味はあります、きっと」

そっと背中を押すような、優しく柔らかい言葉だった。

そういえば彼女は甚夜と同じ鬼だと聞いた。いったいどういう関係だったのだろうか。

みやかの視線に苦笑を落とし、悪戯《いたずら》っぽくおふうは昔を語る。

「昔ね、一緒に蕎麦屋をやらないかって甚夜君を誘ったことがあります。振られてしまいましたが」

「そ、そうなんですか？」

「だから、私のことはあまり気にしないでいいですよ。はい、どうぞ」

注文した花束を渡される。

料金を支払い、深く頭を下げて三浦花店を離れた。

先生のことは、本当に大好きだったから。ちゃんと心を添えて花を贈ろうと思う。


捏造された都市伝説にまつわる事件は終わりを迎え、既に二か月が経った。

事件が解決したところで失われた者は還らない。四十九日の法要もつつがなく済み、白峰八千枝は葛野市のはずれにある霊園で眠っている。墓参りしたいとは思っていたが、高校生もそれなりに忙しい。結局、休みの日くらいしか行く機会はなく、訪れるのが随分と遅くなってしまった。

「先生、こんにちは」

墓は綺麗に掃除されている。墓の手入れでもと思っていたが、やることがほとんどなかったため、みやかはさっそく買ったばかりの花を墓前に添えて静かに手を合わせた。

薫を誘ってもよかったが、色々なことに整理をつけるためにも今日は一人で来たかった。思い出されるのは昔のこと。不愛想に見られがちなみやかを、八千枝はさり気なく助けてくれた。恩師といえば、やはり彼女が一番に思い浮かぶ。

『ごめんね、姫川。男の子にも、ありがとう』

溜那から伝え聞いた、八千枝の遺言。

無惨にも殺されて都市伝説となり、最後には大好きな先生に戻って死んでいった。それが救いになったのかは分からない。男前な彼女のことだ。みやかが気に病まないよう心を砕いただけだったのかもしれない。

今さら真実を知る術はなく、もう二度とその優しさには触れられない。そう考えると、やはり寂しい。その寂寞《せきばく》は、みやかが確かに白峰八千枝を慕っていた証拠だ。

「先生がいないの、悲しいです。でも、私が悲しんでいると心配してくれる人、いっぱいいるみたいなんです」

薫は自分だって悲しいくせに、無理に明るく振る舞って元気づけようとしてくれる。萌や麻衣、柳や夏樹に久美子。高校から知り合った友人達も同じだ。それに今回の件で一番辛い立場だったであろう彼も、みやかがいつまでも悲しんだままでいたら苦しいだろう。

「だから、ごめんなさい。悲しいけど、私ちゃんと笑おうと思います」

先生を忘れるわけではないし、開き直るつもりもない。しかし、彼ならきっとこう言う。

〝いつまでも、立ち止まってはいられない〟

慕っていたのは間違いない。だとしても悲しんで寂しがって、ぐずぐずしたまま周りに心配をかけるのは何かが違うと思う。

「また来ます。今度は薫と」

もう大丈夫と伝えるようにみやかは微笑んで、八千枝の墓に背を向ける。吐息は少しだけ白い。

うっすらと雲のかかった日曜日。冬になり、空は澄んだ青から灰色に近付いた。

みやかは弱い日差しを遮るように手をかざす。

「空が高いなぁ……」

遠い薄墨の空が目に染みる。

もう大丈夫、ちゃんと笑える。でも、今日はとてもいい天気だから、少しだけ空を眺めていよう。

みやかは暫《しばら》くの間、広がる灰色の空を静かに見上げていた。

◆

同じく日曜日、甚夜は井槌と休日を過ごしていた。

昼間から酒ではない。適当なファミレスで飯を食って食後のコーヒーを飲みながら、時々思い付いたように言葉を交わす。お互い暦座キネマ館で世話になった身だ。昭和の初期には二人旅をしていたこともあり、それなりに楽な関係ではあった。

「かんかんだらの都市伝説、ちっと読んでみた。人に裏切られた巫女。嫌な話だったが、思ったよ。もしかしたらミヅチの巫女を名乗ったあいつも、そうだったのかもしれねえってな」

こういう場だから、井槌は色々と濁して話を切り出した。やはり吉隠のことが尾を引いているのだろう。表情は暗い。

「あいつが誰にも守ってもらえなかったとして。もしも、変わらず人に愛された巫女でいられたら、どうなってたのか。……あいつは、どこかに辿り着けたんだろうか」

鬼の血を引く、時代に捨てられた巫女。吉隠は人に裏切られて怪異となったが、元は人を愛し、優しく美しいミヅチの巫女として崇められていた。ならば奴は〝敵の首魁《しゅかい》〟ではなかったのではないかと、井槌は今も悩んでいるらしい。

コーヒーを啜《すす》りながら、投げ捨てるような調子で甚夜は言う。

「成り行きがどうであれ、あれは殺して生きて殺されて終わった。守ってもらえなかったなど、言いわけにもならない」

「違いねぇ」

理由がどうあれ殺して生きた吉隠は、似合いの最期を迎えた。ならば甚夜も井槌も、似たような結末を迎える。結局、下種は落ち着くところに落ち着くのかもしれない。

「あともう一個、姫川の嬢ちゃんだ」

「みやか？」

「おう、あれだよ。最後の時の話だ。かんかんだらの呪詛に耐えられたのはいい。秋津の十代目が付喪神を山ほど渡してたってことだからな。怪異に襲われたって、そりゃ岡田の奴なら簡単に斬る。その辺りは別にいいんだ」

井槌は腕を組んで、しきりに首を傾げている。

「でもよ、最後、なんで吉隠は止まったんだ？　姫川の嬢ちゃんはいつきひめって言っても、厳密にゃ初代の血は流れちゃいねえんだろ？」

「まあ、そうだな」

「ならよ、見ず知らず縁もゆかりもない嬢ちゃんのために足掻くくらいなら、夜風って鬼も、義理の息子であるお前のために頑張ってもよかったと思うんだがなぁ。つか、あの炎は何だったんだ？」

その辺りは、甚夜にもよく分かっていなかった。

そもそも夜風の足掻きというのは甚夜の想像にすぎず、本当は自身を都市伝説化したことで吉隠になんらかの弊害が起こっただけなのかもしれない。炎に関しては仮説すら立てられない状態であり、真相は闇の中だった。

──甚夜は『8月32日』を知らず、みやかもまた覚えていない。だから夜刀《やと》の血を引く最後のいつきひめ、〝終の巫女〟が背中を押してくれたなんて彼には想像できるはずもなかった。

なんにせよ、かんかんだらの都市伝説は巫女に始まり巫女に終わる。納得できないところも多々あるが、それでよしとするより他にないのだ。

「ま、全部、今さらか。おう、そろそろ出ようぜ。この後は溜那の奴も来るんだろ？」

「ああ、須賀屋デパートで買い物がしたいそうだ。……ん、井槌。伝票はどこだ？」

「あん、お前が持ってんじゃねえのか？」

「いや、こちらにもないが」

会計しようにもテーブルには伝票が置いていない。もしかしたら店員が置き忘れたか？　そう思って声をかければ、近くにいたウェイトレスがにっこりと営業スマイルで返す。

「ああ、こちらのテーブルのお会計でしたら、先程高校生くらいの女の子がしていかれましたよ。お世話になったからお礼だと」

最後の謎、吉隠を包み込んだ炎の話である。

いつきひめは鬼の血を引く家系だ。姫ではなく火女であり緋目《ひめ》。赤い目で、火にまつわる女を意味する。だからもしかしたら、その始まりとなった鬼。兼臣の妻、夜刀は火にまつわる異能……〈火女《ひめ》〉を有していたのではないだろうか。そして夜刀がもしも現代まで生き延びたなら、兼臣の刀を振るい、自身の血族を喰らった鬼に立ち向かった甚夜に、ほんの少しだけ助力することもあるのかもしれない。

「高校生くらいの女の子……みやかか萌でもいたか？」

「あれだ、都市伝説じゃねえのか。『金払い女』みたいな」

「そんな都合のいい奴がいてたまるか」

それもまた彼らの与《あずか》り知らない、心の積み重ねだ。よく分からないまま二人はファミレスを出ようとしたが、聞こえてきた会話に足が止まった。

「ねえねえ知ってる？」

「あれ、『首なしライダー』が出るってやつ？」

「なにそれ？」

「都市伝説よ。首のない人が乗ったバイクが走り回るっていう」

通りすがったテーブルの客、数人の学生達の噂話だ。

「おい」

「ああ」

吉隠を倒したとしても、それは「捏造された都市伝説の怪人」を造り出す大本《おおもと》がなくなったというだけ。巷では相変わらず都市伝説が囁かれている。今も昔も変わらない。街の片隅、どぶ臭い路地裏。光の当たらない場所には魔が差し込むものである。

聞いてしまった以上、捨て置くこともできない。

甚夜達は小さく溜息を吐いた。溜那には申しわけないが、どうやらせっかくの休日は、『首なしライダー』捜しに費やされてしまうようだった。

◆

怪異は消えず、しかしとりあえずの区切りを経て、騒がしかった周囲も日常へ収束していく。八千枝のことで悲嘆に暮れていたみやかや薫も少しずつ持ち直し、今では楽しそうに高校生活を送っている。

朝のホームルーム前、桃恵萌は派手めのグループの皆と、ジュースやお菓子をつまみながら雑談を楽しんでいた。

みやか達は大事な友達だが、彼女達も中学から付き合いのあるツレだ。新作コスメやら服やら、久々に日常を満喫していたのだが、そのうちの一人の発言に思わず固まる。

「ねえねえ、アキ知ってる？　首なしライダーの話！」

「……なにそれ？」

「知んねーの？　最近さぁ、真夜中に首のない幽霊がバイクで暴れ回ってるってやつ」

「あーなんだっけー、こういうの」

「都市伝説！　口裂け女とか」

「それそれ。なんかひき殺されたりとか、けっこーヤバいんだって！」

なんだか盛り上がっているが、十代目秋津染吾郎としては聞き捨てならない。吉隠が倒れても怪異が消え去るわけではない。もしも首なしライダーの話が本当なら、釘を刺しておかないといけないだろう。

「大丈夫だって、だってここらには『鬼を斬る夜叉《やしゃ》』がいるし！」

しかし満面の笑みでそう言う女子のせいで、飲み込みかけたオレンジジュースが気管の方へ入ってしまった。

「ごほっ、変なとこ入った……って、はぁ!?」

「ちょ、アキ大丈夫ー？」

「大丈夫か大丈夫じゃないかで言ったら確実に大丈夫ではないけど、それより今のなに!?」

「えっ、夜叉の話？　あのね、友達の友達に聞いたんだけどさー。この街で都市伝説に殺されそうになると、日本刀を持った男子高校生が現れて化け物を退治してくれるんだって。これも都市伝説ってやつ？　なんで夜叉なんて呼ばれてるかは知んないんだけどね。だから、ここら辺で遊ぶ分には安全っぽい？」

その都市伝説、初めて聞くのに聞き覚えがあった。そういえば昔、江戸では『鬼を斬る夜叉』が噂になっていたと祖父に聞いたことがある。考えてみれば、それも都市伝説のようなものなのだろうか。

「それそれ。だから大丈夫。だってさ、これも友達の弟の友達のお姉さんから聞いたんだけど、実は首なしライダーもそいつが倒しちゃったって噂なの！　めっちゃすげーんだから！」

始めに首なしライダーの話を持ち出した女子は、ものすごく嬉しそうだ。

「どしたのアキ、やっぱ気分悪い？」

「うん、なんかすっごい変な感じ」

興奮している女子とは裏腹に、萌はひどく微妙な表情だ。

頭が痛くなってきた。萌はきゃいきゃいと騒ぐ友達を眺めながら、こめかみに手を当てて顔を顰めていた。

◆

「みやかちゃん、なんかしんどそうだけど大丈夫？」

同じく教室では、みやかも苦々しい顔をしていた。薫が心配そうに覗き込んでいる。

「別にしんどくはないよ。ただ昨日、後輩から久しぶりに電話があったの」

「後輩って、女子バスケの？　そういえば新しい部長さん、みやかちゃんに懐いてたよね。あっ、もしかしたらなんか悩み事の相談？」

「じゃなくて。最近、首なしライダーが」

みやかが語るのは、後輩の友達が学生服の剣士に助けられたといった内容だ。途中で剣士の正体に気付いた薫は無邪気に笑っていた。

「甚くん、頑張ってるんだね」

「頑張ってるといえばそうかな？　最近は『鬼を斬る夜叉』なんて都市伝説まであるんだって」

「『寺生まれのTさん』とか『時空のおっさん』みたいな？　私達も助けてもらってるし、別に噂になっても不思議じゃないよね」

「……それもそっか」

面倒見のいい彼のことだ。みやか達が知らないところでも、話を聞いたら捨て置けないと言って都市伝説関連の事件を解決していたのだろう。

人の口に戸は立てられない。どれだけ黙っているよう頼んでも「これは友達の友達に聞いたんだけど」と、又《また》聞きの話として誰かに話す。そうやって話が増えていけば、いつかは〝都市伝説を倒す男の都市伝説〟が流れたって不思議ではない。

よくよく考えてみれば、この噂は当然の帰結なのかもしれなかった。

**《対抗神話》**
『口裂け女』はポマードやべっこう飴に弱い。『トイレの花子さん』に遭遇した時、100点満点のテスト答案を見せると悲鳴を上げて消え去る。また、怖い話を「破ぁ！」の一言で打ち破って去っていく『寺生まれのTさん』、タイムスリップしても助けに来てくれる『時空のおっさん』など。都市伝説の中には危険なものも多いが、同時に無効化する話もいくらか存在する。それらを総称して『対抗神話』と呼ぶ。ちなみに「都市伝説」に対するものなのに「対抗伝説」とならなかったのは、都市伝説の定義や名称が定着するよりも早くこの概念が登場したからだ。

根拠の曖昧な都市伝説に対するメタフィクションであるため、対抗神話も都市伝説的な性質を有している。対抗神話とは「都市伝説を倒す都市伝説」と言える。つまり、対抗神話もまた「友達の友達から聞いたんだけど」と曖昧な根拠で語られる。根拠が存在しなくても対抗神話は成り立つし、存在していても構わない。

だから都市伝説を倒す誰かの噂の陰に江戸から生きる鬼の姿があったとしても、特に問題はないのだろう。

「なんだかなぁ。まあ、少し変な感じだけど。いいことだね、救われる誰かがいるのは」

「そうだよ。でも、あんまり無理しすぎないようには言おうよ」

「うん、そこは薫の言う通り。かんかんだらの時から、まだ二か月くらいなのに」

みやかと薫の結論はそれで落ち着いた。

いつの時代も学校の怪談は人気だし、ネット掲示板にも恐怖の話はいくつも書き込まれている。なら、そんな時に助けてくれる誰かのお話があってもいいだろう。何もかもを救えるわけではないが、命を懸けて意地を張って必死に頑張ってくれる誰か。苦難に立ち向かう、優しく不器用な鬼のお話。そんな都市伝説があってもいいと思う。

ちょうどその時、件《くだん》の都市伝説が登校してきた。

「ああ、おはよう。みやか、朝顔」

タイミングの良さに思わず口元が緩む。どうやら薫も同じような気持ちらしく、笑いをこらえている。甚夜は少しだけ戸惑った様子だ。

「どうした、何かあったのか」

「なんでもないよ」

「うん、なんでもないね」

冬の教室。朝の空気は冷たく、なのに胸は温かい。今日も当たり前の一日が始まる。みやかにとっては、そういう些細な結末が何よりも嬉しかった。

これで都市伝説のお話はひとまずおしまい。

失って悲しくて、寂しいと思うこともある。けれど少女は前に進み、大切な心と向き合えるようになった。

「いや、しかしな」

「大丈夫だから、そんなに心配しないでね」

みやかは心配そうな顔をしている甚夜に微笑んでみせる。

それはきっと、今までで一番の笑顔に違いなかった。

**中西モトオ**（なかにし もとお）

愛知県在住。WEBで発表していた小説シリーズ
『鬼人幻燈抄』でデビュー。

# 鬼《き》人《じん》幻《げん》燈《とう》抄《しょう》 平成編《へいせいへん》 終《つい》の巫女《みこ》

2023年7月29日　第1刷発行

著　者　中西《なかにし》モトオ

発行者　島野浩二

発行所　株式会社 双葉社
〒162-8540 東京都新宿区東五軒町3-28
電話 営業03(5261)4818
編集03(5261)4804

印刷所　中央精版印刷株式会社
製本所　中央精版印刷株式会社



ISBN978-4-575-24640-7　C0093　©Motoo Nakanishi 2023
定価はカバーに表示してあります

双葉社ホームページ　http://www.futabasha.co.jp/
(双葉社の書籍・コミック・ムックが買えます)